Lincoln kann sich noch gut an sein Herzklopfen erinnern, als er Molly Stillman zum ersten Mal sah. Ihr sanftes Lächeln, ihre kecken Sommersprossen, ihr liebevolles Wesen. Auch heute liebt er sie noch so sehr wie damals. Dann erreicht Lincoln nach vierzig Jahren des Schweigens eine erschütternde Nachricht: Sein Vater liegt im Sterben. Er, der Molly und Lincoln damals vor die härteste Entscheidung ihres Lebens gestellt hat. Soll Lincoln ihm vergeben?

Die ›Lost in Love – Die Green-Mountain-Serie‹:
Band 1: *Alles, was du suchst*
Band 2: *Kein Tag ohne dich*
Band 4: *Schenk mir deine Träume*
Band 5: *Sehnsucht nach dir*
Band 6: *Öffne mir dein Herz*
Band 7: *Jede Minute mit dir*
Band 9: *Meine Hand in deiner*
Band 10: *Mein Glück mit dir*
Band 11: *Nur Augen für dich*
Band 12: *Jeder Schritt zu dir*

Als Marie Force Urlaub in Vermont, USA, machte, spürte sie sofort, dass diese wunderschöne Landschaft die perfekte Kulisse für unwiderstehlichen Lesestoff bietet. Dann entdeckte sie in einer idyllischen Kleinstadt den Green Mountain Country Store und lernte dessen charmante Besitzer kennen. Schon sah Marie Force das Setting für die Romane vor sich. Fehlt nur noch die Liebe ... Marie Force lebt mit ihrer Familie in Rhode Island, USA.

Lena Kraus, geboren 1991, studierte Anglistik und Skandinavistik und übersetzt Literatur aus dem Englischen und Norwegischen.

Weitere Informationen finden Sie auf www.fischerverlage.de

Marie Force

JEDER SCHRITT ZU DIR

Lost in Love
Die Green-Mountain-Serie 12

Aus dem Amerikanischen
von Lena Kraus

FISCHER Taschenbuch

Erschienen bei FISCHER Taschenbuch
Frankfurt am Main, November 2021

Die Originalausgabe erschien unter dem Titel ›Let It Be‹

Satz: Pinkuin Satz und Datentechnik, Berlin
Druck und Bindung: GGP Media GmbH, Pößneck
Printed in Germany
ISBN 978-3-596-70601-3

1

Leben ist das, was passiert, während du eifrig
dabei bist, andere Pläne zu machen.
John Lennon

Freitage waren Lincoln Abbotts Lieblingstage während der Arbeitswoche, und zwar nicht nur, weil sie das Einzige waren, was zwischen ihm und zwei komplett freien Tagen stand, die er mit seiner Frau Molly verbringen durfte. Er mochte Freitage auch, weil sein Management-Team – alle seine erwachsenen Kinder – an diesem Tag besonders gut gelaunt waren, weil sie sich auf das Wochenende freuten. Eine weitere Sache, die den Freitag zum besten Tag der Woche machte, war, dass er sich an diesem Tag meistens mit Molly und ihrem Vater Elmer im Diner zum Mittagessen traf. Die beiden standen ganz oben auf der Liste seiner Lieblingsmenschen.

Lincoln liebte alles an seinem Leben in Butler, Vermont, von der atemberaubenden Landschaft über den lustigen Stadtelch Fred bis hin zum Green Mountain Country Store. Elmers Eltern hatten das Geschäft gegründet, und seit über vierzig Jahren leitete es Lincoln mit viel Herzblut, fünfzehn davon als Geschäftsführer. Aber vor allem liebte er die Familie, die er zusammen mit Molly gegründet hatte. Aus ihren zehn Kindern waren Erwachsene geworden, die er liebte und bewunderte, und es erfüllte ihn mit Stolz, dass er sie als Freunde und Kollegen bezeichnen konnte. Molly, ihre Ehe und die Kinder waren das, worauf er im Leben am meisten stolz war.

Als er auf dem Rückweg vom Mittagessen mit Molly und Elmer die Elm Street überquerte, warf er einen Blick auf die Baustelle des neuen *Admiral Butler Inn.* Im Hotel hatte es Anfang des Jahres gebrannt. Bei den Löscharbeiten und der Rettungsaktion der Gäste wäre sein Sohn Lucas beinahe ums Leben gekommen. Linc konnte es kaum ertragen, sich an diese Nacht zu erinnern und daran, wie knapp es gewesen war. Sein geliebter Sohn Luc war genau wie sein eineiiger Zwilling Landon Brandmeister bei der Freiwilligen Feuerwehr von Butler, und beide waren in jener Nacht im Einsatz gewesen.

Linc schüttelte die düsteren Gedanken ab und konzentrierte sich darauf, wie dankbar er war, dass Luc so gesund war und dass er sich so schnell erholt hatte. Für einen weniger fitten Menschen hätten die Verletzungen, die er erlitten hatte, leicht tödlich enden können. Lucas hatte bei dem Vorfall Amanda gerettet, mit der Landon jetzt glücklich verlobt war.

Alle sieben Söhne Lincs waren gut in Form, was vor allem daran lag, dass sie einen Großteil ihrer Zeit im Freien verbrachten. Sie kletterten, fuhren Ski und Snowboard und waren bei der Bergwacht. Vieles von dem, was sie in ihrer Freizeit machten, wollten er und Molly lieber gar nicht so genau wissen, aber es war dieses Training gewesen, das Lucas im Feuer das Leben gerettet hatte.

Lincs Neffe Noah Coleman besaß die Baufirma, die das Hotel wieder aufbaute, und Linc konnte kaum erwarten, zu sehen, was er daraus machte. Von allen Kindern – zehn Abbotts und acht Colemans – war Noah der Geheimnisvollste, der, der den meisten Abstand zur Familie wahrte, vor allem seit der schrecklichen Trennung von seiner Exfrau. Niemand wusste genau, was passiert war, denn Noah hielt die Details konsequent unter Verschluss. Linc hatte die Hoffnung noch nicht aufgegeben, dass Noah eines Tages wieder der Alte sein würde. Er war mal fröhlich und offen gewesen, aber von dieser Seite seiner Persönlichkeit war seit Jahren nichts mehr zu sehen.

Als Linc den Diner verlassen hatte, saßen Molly und ihr Dad noch bei einer Tasse Kaffee und einem Stück Apfelkuchen, den ihre Schwiegertochter Megan gebacken hatte. Linc würde jetzt die Besprechung mit der Belegschaft leiten, die jeden Freitagnachmittag stattfand. Das Meeting war nicht wirklich nötig, aber Linc war es wichtig, einmal in der Woche alle zusammenzubringen, um Ideen auszutauschen und sich gegenseitig Energie zu geben. Ein paar ihrer besten Initiativen waren in diesen Meetings entstanden, und sie hielten konsequent daran fest, sie regelmäßig durchzuführen. Nur selten wurden sie abgesagt, zuletzt für ein langes Wochenende in ihrem Haus in Burlington und für die Hochzeit ihres Sohnes Wade, die im Juni in Boston stattgefunden hatte.

Die Familie ging vor, immer, sogar vor dem Unternehmen, das sein Schwiegervater ihm anvertraut hatte, als er in den Ruhestand gegangen war. Es war eine große Ehre für Linc gewesen, das Erbe anzutreten. Elmers Eltern hatten die Firma aufgebaut, um sie an ihren Sohn weiterzugeben, und Elmer hatte es dann seinem Schwiegersohn Lincoln übertragen. Linc würde es gut führen, bis eines seiner Kinder das Ruder übernahm. Er glaubte, dass es wahrscheinlich Hunter sein würde, aber er war fest entschlossen, diese Entscheidung den Kindern selbst zu überlassen. Die fünf, die mit ihm im Büro arbeiteten, waren alle sehr gut qualifiziert und in der Lage, die Geschäftsleitung zu übernehmen, wenn es Zeit dazu war. Aber das war noch weit weg. Linc hatte viel zu viel Spaß, um über seinen Ruhestand nachzudenken. Solange er und Molly ab und zu verreisen konnten, war alles gut, so wie es war.

Er liebte seine Arbeit, die Herausforderung, den Country Store so zu leiten, dass das Geschäftsmodell zukunftsfähig war und weiterwuchs, das Geschäft selbst jedoch seinen altmodischen Charme beibehielt. Ein Beispiel dafür war der Katalog, den sie im September lanciert hatten. Ihre monatlichen Einnahmen hatten sich in den drei Monaten, seit der Katalog erschienen war, verdoppelt, so dass sie im Weihnachtsgeschäft so viel zu tun gehabt hatten wie noch nie.

Der Katalog und das Lager, in dem die Bestellungen verpackt wurden, hatten einen Schwung ins Geschäft gebracht, der deutlich spürbar war. Genauso war es mit der Intimlinie, die Linc zum Grauen seiner Kinder eingeführt hatte und die einen riesigen neuen Kundenkreis gebracht hatte. Linc musste sich oft gegen die konservativere Einstellung seiner Kinder durchsetzen, wenn es um das Wachstum des Unternehmens ging. Wenn es nötig war, gelang ihm das jedes Mal sehr gut. Wie zuletzt bei der neuen Intimlinie, und er bereute seine Entscheidungen kein bisschen. Abgesehen vom geschäftlichen Erfolg hatte die Produktlinie Amanda in die Stadt gebracht, und sie und ihre Tochter Stella würden bald offiziell zur Familie gehören, wenn Amanda seinen Sohn Landon heiratete.

Linc stieg die Treppe zu den Büros hinauf, wo ihn im Eingangsbereich Emma, die Verlobte seines Neffen Grayson, begrüßte. Ihre Schwester Lucy war mit seinem Sohn Colton verheiratet.

»Wie war die Mittagspause?«, fragte Emma.

»Super, wie immer. Ist irgendwas los?«

»Ich habe dir ein paar Anrufe weitergeleitet, aber nichts davon klang besonders eilig.«

»Danke. Ich wollte eben schon fragen, wie es Simone mit ihrer neuen Zahnspange geht.« Emmas Tochter hatte die Spange vor etwa einer Woche bekommen.

»Sie hasst sie, aber wir sagen ihr die ganze Zeit, dass sie sich daran gewöhnen wird. Sie ist noch nicht überzeugt.«

»Meine Kinder haben ihre Zahnspangen anfangs auch gehasst, aber du hast recht. Nach einer Weile vergessen sie völlig, dass sie überhaupt eine tragen.«

»Das hoffe ich. Sie fühlt sich gar nicht gut.«

»Die Arme.«

Das Telefon klingelte, und Emma machte sich wieder an die Arbeit. Linc ging in sein Büro, um die verpassten Anrufe abzuhören. Es schien, als seien die anderen noch in der Mittagspause, aber sie würden sicher rechtzeitig für das Meeting um halb zwei zurück sein. Er hörte sich eine Nachricht von Lucas' Verlobter Dani an, die das Lager leitete.

»Hi, ich wollte nur sagen, dass ich es heute nicht zum Meeting schaffen werde. Hier ist wirklich Land unter, ich kann nicht weg. Ich frage dich am Sonntag beim Abendessen, was ich verpasst habe. Die gute Nachricht ist: Hier ist Land unter. Die schlechte Nachricht ist: Hier ist Land unter.« Sie lachte. »Bis bald.«

Linc schmunzelte. Dani hatte recht – es war toll, dass so viel los war, aber er würde mit ihr darüber sprechen müssen, wie er sie und das Team im Warenhaus besser unterstützen konnte, vor allem während der letzten Arbeitstage vor Weihnachten. Dani war so eine Bereicherung für ihr Team und ihre Familie. Sie und Luc waren einfach toll zusammen. Zu sehen, wie sein Sohn die Vaterrolle für Danis einjährige Tochter Savannah übernahm, war einfach überwältigend gewesen.

Ein Piepton, dann die nächste Nachricht.

»Lincoln. Hier ist Charlotte, deine Schwester.«

Der Klang der Stimme, die er seit mehr als vierzig Jahren nicht gehört hatte, traf ihn bis ins Mark. Er saß jetzt kerzengerade auf seinem Bürostuhl.

»Es tut mir leid, dass ich dich so unerwartet anrufe, aber ich wollte, dass du weißt, dass dein Vater sehr krank ist und nicht mehr viel Zeit hat. Er hat gesagt, er würde dich gerne sehen. Er weiß, dass er kein Recht hat, darum zu bitten, aber er bittet dich trotzdem. Bitte ruf mich doch an, wenn du kannst.« Lincolns Hände zitterten, als er sich die Nummer aufschrieb, die sie diktierte. »Ich verstehe es vollkommen, wenn ich nichts von dir höre, aber ich hoffe trotzdem, dass du dich meldest.«

Noch lange, nachdem er die Nachricht zu Ende gehört hatte, saß Lincoln absolut still da und starrte auf einen Fleck an der Wand, der von einer undichten Stelle im Dach kam, die sie letzten Winter repariert hatten. Das Dach war wieder in Ordnung, der Wasserfleck war noch da. Und warum dachte er überhaupt über so etwas nach, wenn ihm seine Schwester gerade Neuigkeiten verkündet hatte, die ihn völlig aus der Bahn werfen müssten?

Sein Vater lag im Sterben und wollte ihn sehen.

Lincoln hatte keine Ahnung, was er mit dieser Information anfangen sollte. Seit jenem schrecklichen Tag vor vierzig Jahren, als er zu einer unfassbaren Entscheidung gezwungen worden war, hatte er nichts mehr von seiner Familie gehört. Er hatte die Entscheidung getroffen und sie nie bereut, keine Sekunde lang. Aber der Schmerz über alles, was er verloren hatte, war seitdem sein stetiger Begleiter, wie eine entzündete Wunde, die einfach nicht heilen wollte, trotz eines Lebens voller Glücksmomente.

Eine Sekunde lang fürchtete er, sich übergeben zu müssen, und war sich plötzlich allzu bewusst, wie das Thunfischsandwich, das er zu Mittag gegessen hatte, in seinem Magen rumorte. Er trank einen Schluck Wasser aus der Flasche auf seinem Schreibtisch. Dann nahm er das Telefon wieder in die Hand und hörte sich Charlottes Nachricht erneut an.

Die erste Charlotte, seine kleine Schwester … Vier seiner Kinder trugen die Namen seiner Geschwister, aber keines von ihnen wusste das. Sie sprachen nie über seine Familie. Irgendeine ungeschriebene Regel sorgte dafür, dass dieses eine Thema von einer Gruppe, die sonst endlos über alles sprach, nicht angerührt wurde. Es war schon lange her, dass er mit Molly über jenen verhängnisvollen Sommer, in dem sich so vieles entschieden hatte, gesprochen hatte. Ein Anruf von seiner Schwester, und er war sofort wieder mittendrin, von seinem eigenen Vater dazu gezwungen, sich zwischen der Frau, die er über alles liebte, und seiner Herkunftsfamilie zu entscheiden.

Er hatte sich für Molly entschieden, und die Trauer um seine Eltern und Geschwister seitdem jeden Tag gespürt.

Seine Mutter war schon vor einigen Jahren gestorben. Er hatte das in einem Brief vom Anwalt seines Vaters erfahren, der mehrere Wochen nach ihrem Tod an sein Büro geschickt worden war. Seitdem hatte Linc ein paarmal im Internet nach seinen Geschwistern gesucht, allerdings ohne Erfolg. Das Einzige, was er hatte finden können, waren Nachrichten zum Familienunternehmen gewesen. Er hatte keine Ahnung, ob sie geheiratet hatten, ob er Nichten und Neffen besaß, ob sie immer noch im Familienunternehmen arbeiteten und in der Nähe von Philadelphia lebten, wo sie aufgewachsen waren.

Er wusste nichts über die Menschen, die ihm in seiner Kindheit am nächsten gestanden hatten.

Ein Blick auf die Uhr sagte ihm, dass er noch eine Viertelstunde hatte, bis seine Kinder für die Besprechung zurückkamen. Wenn er Charlotte zurückrufen wollte, musste es jetzt sofort sein, sonst müsste er bis nach dem Meeting warten.

Irgendwie wusste Linc: Wenn er sie nicht jetzt sofort anrief, würde er es nie tun. Er nahm das Telefon und wählte die Nummer, dann wartete er mit angehaltenem Atem.

»Linc? Bist du das?«

Sie musste die Vorwahl 802 erkannt haben. »Ich bin's.«

»Wie schön, deine Stimme zu hören.«

»Und deine.«

»Es tut mir leid, dir das anzutun, aber Vater … Er hat mich darum gebeten, dich anzurufen. Er hat nicht mehr viel Zeit, Linc.«

»Was ist denn mit ihm?«

»Er hat schon seit Jahren mit Emphysemen zu kämpfen, und es ist immer schlimmer geworden. Seine Ärztin hat ihm diese Woche gesagt, dass er seine Angelegenheiten in Ordnung bringen soll. Er meinte, das Einzige, was er dazu tun müsse, sei, mit dir zu sprechen.«

»Ich weiß nicht genau, was ich dazu sagen soll. Es sind jetzt vierzig Jahre …«

»Ich habe ihm gesagt, dass es zu viel verlangt ist, aber er hat mich gebeten, trotzdem anzurufen. Niemand würde es dir übelnehmen, wenn du nicht kommst.«

»Ich … ich weiß nicht.« Der Gedanke daran, diese Verletzung wieder aufleben zu lassen, war fast mehr, als er ertragen konnte. »Ich muss darüber nachdenken.«

»Das verstehe ich, aber du solltest es schnell tun. Die Ärztin hat gesagt, er habe noch eine Woche, vielleicht zwei.«

»Ich ruf dich morgen an.«

»Linc … Du hast jetzt meine Nummer. Auch wenn du dich entscheidest, Vater nicht zu sehen, ruf mich doch bitte an, wenn du ein bisschen Zeit zum Reden hast. Ich habe dich so vermisst.«

Ihre mit leiser Stimme gesprochenen Worte trieben ihm die Tränen in die Augen. Das Ultimatum seines Vaters hatte eine Menge Chaos zurückgelassen, und das nicht nur für ihn. »Ich dich auch. Danke, dass du angerufen hast. Ich melde mich.«

»Ich freue mich schon.«

Linc legte auf und dachte über Charlottes Worte nach. Sein Vater wollte ihn sehen. Er hatte nicht mehr viel Zeit. Seine Schwester hatte ihn vermisst. Selbst einzeln wäre jede dieser Informationen viel für ihn gewesen. Aber auf einmal … Es war mehr, als er nach diesem langen Schweigen seitens seiner Familie verarbeiten konnte. Er hatte seine

Entscheidung gefällt, und er war gezwungen gewesen, damit zu leben, getrennt von den Menschen, die er als Erstes geliebt hatte.

Molly. Er brauchte sie.

Gerade, als er diesen Gedanken hatte, betrat sein Sohn Hunter das Büro. Hunter war groß und gut aussehend. Mit seinem dunklen Haar und den braunen Augen erinnerte er Linc so sehr an den großen Bruder, nach dem sein Sohn benannt worden war, den Bruder, den er viel zu jung verloren hatte.

»Was ist los?« Hunter konnte man so schnell nichts vormachen.

»Nichts Schlimmes. Mir ist nur was dazwischengekommen, und ich muss ein bisschen früher gehen. Würdest du das Meeting leiten und dich später melden?«

»Klar, kein Problem.«

Lincoln nahm seine Jacke und die Schlüssel und ging zur Tür.

»Bist du sicher, dass es dir gut geht?«

»Ganz sicher, mein Sohn.« Er drückte im Vorbeigehen Hunters Arm und blieb dann noch kurz bei Emma stehen. »Ich bin heute Nachmittag zu Hause, falls was ist.«

Emma runzelte besorgt die Stirn. »Oh, okay. Geht es dir gut?«

»Mir geht es gut, danke. Wir sehen uns am Montag. Schönes Wochenende.«

»Dir auch.«

Er eilte die Treppe hinunter. Er wollte jetzt wirklich

nicht noch jemandem erklären müssen, warum er früher ging. Er wusste nur zu gut, dass ihm das nicht ähnlich sah. Seine Kinder kannten ihn ganz genau und würden wie Hunter und Emma sofort merken, dass etwas nicht stimmte.

Linc stieg in seinen Range Rover und machte sich auf den Weg nach Hause. Er war sich nicht sicher, ob Molly nach dem Mittagessen noch weitere Pläne mit ihrem Dad gehabt hatte, aber irgendwann würde sie schon nach Hause kommen, und er würde da sein und darauf warten. Sie würde ihm bei der Entscheidung helfen.

Molly wusste immer, was richtig war, und er hatte ihre Weisheit noch nie mehr gebraucht als jetzt.

2

Liebe ist die Blume, die du wachsen lassen musst.
John Lennon

Als Lincoln wenig später die Tür aufschloss, fiel ihm ein, dass er George, einen seiner beiden Labradore, bei seiner Tochter Charley in der Stadt gelassen hatte. Sie hatte George in der Mittagspause zum Joggen mitgenommen und war noch nicht zurück gewesen, als er nach Hause gefahren war. Er würde George später abholen müssen, wenn er mit Molly geredet hatte. Er ließ ihren anderen Labrador, Ringo, nach draußen und nahm sich ein Glas Wasser mit Eiswürfeln.

Was er wirklich wollte, war ein Bourbon, aber er musste einen klaren Kopf behalten. Er blieb am Küchenfenster stehen und schaute auf die schneebedeckte Landschaft hinaus, die ihm so vertraut geworden war, seit er in Vermont lebte. Damals hatte er keine Vorstellung davon gehabt, wie es war, monatelang hüfthohen Schnee zu haben. Jetzt gehörte der Schnee genauso zu seinem Leben wie seine geliebte Frau, die Scheune, die sie zu ihrem Zuhause gemacht hatten, und die zehn Kinder, die dort aufgewachsen waren.

Vermont war ihm in Fleisch und Blut übergegangen,

mit seinen schroffen Berggipfeln, den Espen und Tannen, der kalten, klaren Luft und der reinen, rauen Schönheit. Er hatte das Glück gehabt, sehr viel zu reisen, aber er war noch nie an einem Ort gewesen, an dem er sich wohler fühlte als in Vermont. Er hatte es gewusst, sobald Molly ihn zum ersten Mal mit nach Hause genommen hatte.

Er liebte es, wie ihr Haus zu dieser Jahreszeit nach Tannenzweigen und Gewürzen roch und wie Molly die Scheune für die Weihnachtszeit dekorierte.

Ringos aufgeregtes Bellen sagte Lincoln wenig später, dass Molly zurück war.

Sie betrat das Haus kaum eine Minute später, redete mit dem Hund, der zwischen Küche und Waschküche hin und her flitzte, weil er sich nicht entscheiden konnte, ob er zu Molly wollte oder zu Lincoln.

Sie hatten Hunde, Kinder und ein gemütliches Zuhause gewollt und ein Leben in Butler, Vermont, und sie hatten das alles bekommen, und zwar haufenweise.

Lächelnd betrat Molly die Küche. Ihre Wangen waren von der Kälte gerötet, und ihre Augen funkelten, wie immer, wenn sie ihn anschaute. »Das ist ja eine schöne Überraschung. Ich dachte, du hast heute Mittag noch das Meeting.«

»Hatte ich auch. Ich meine … habe ich. Hunter hat das für mich übernommen.«

Sie schaute ihn genauer an und sah sofort, dass etwas nicht in Ordnung war. »Was ist los, Liebling?«

»Setzt du dich zu mir?«

»Ist etwas passiert? Die Kinder …«

»Es geht allen gut.« Er nahm sie bei der Hand und ging mit ihr zum Küchentisch, an dem sie schon so viele wichtige Gespräche geführt hatten.

»Du machst mir Angst«, sagte sie, als sie nebeneinandersaßen.

»Tut mir leid. Meine Schwester, Charlotte, hat mich angerufen.«

Molly riss erschrocken die Augen auf. »Deine … deine … Oh. Was wollte sie denn?«

»Mir sagen, dass mein Vater im Sterben liegt und mich sehen will.«

Sie schaute ihn lange an, das Funkeln war aus ihren Augen verschwunden. Stattdessen lag ein stumpfer Ärger darin. »All diese Jahre … Und jetzt will er dich sehen? Nachdem er dich aus seinem Leben geworfen hat, aus dem Leben deiner Mutter, deiner Geschwister?«

»Ja.«

»Ich hoffe, du hast ihr gesagt, sie soll ihm sagen, wo er sich hinscheren soll.«

»Das nicht gerade.«

»Lincoln, du denkst doch nicht wirklich darüber nach, hinzufahren? Nach allem, was er dir angetan hat …«

»Ich weiß.«

»Tust du das?«, fragte sie zögerlich. »Darüber nachdenken, meine ich.«

»Ich weiß nicht, was ich machen soll. Ein Teil von mir sagt, das kann er vergessen. Wo war er während der letzten vierzig Jahre? Der andere Teil …« Er stieß einen tiefen Seufzer aus. »Der andere Teil ist der pflichtbewusste Sohn, der immer noch denkt, dass er springen muss, wenn der Vater ruft, selbst nach all den Jahren.«

Molly stand auf und sah ihn an. »Mach Platz.«

Er rutschte mit seinem Stuhl zurück, so dass sie sich auf seinen Schoß setzen konnte.

Sie schlang die Arme um ihn und gab ihm einen Kuss auf die Wange. »Dass er es wagt, dir das anzutun!«

Lincoln hatte gewusst, dass sie sich ärgern würde, und zwar aus gutem Grund. Sein Vater hatte sich damals furchtbar verhalten, ihnen beiden gegenüber. Die Wahl, zu der er ihn gezwungen hatte, war einfach schrecklich gewesen. Linc legte seine Stirn an Mollys. Sie gab ihm Kraft, und das schon seit so langer Zeit. Sie und die Familie waren das Beste, was ihm je passiert war. Er hatte keinen Zweifel daran, dass er das Leben führte, zu dem er bestimmt war. Nichts, nicht einmal etwas, das ihn derart abrupt in die Vergangenheit zurückversetzte, konnte daran etwas ändern.

»Was wirst du tun?«, fragte Molly nach langem Schweigen.

»Ich schätze, ich werde hingehen müssen, sonst frage ich mich für den Rest meines Lebens, ob ich das Richtige getan habe, als ich nicht hingegangen bin.«

Mollys tiefer Seufzer sprach Bände. »Es tut mir so leid für dich. Er hat kein Recht dazu, dich nach all den Jahren vor diese Entscheidung zu stellen, vor allem nicht vier Tage vor Weihnachten.«

»Nein, dazu hat er kein Recht, aber das hat ihn ja noch nie gestört.«

»Ich werde nie verstehen, wie es kommt, dass du von diesem Mann erzogen wurdest und trotzdem der liebste, liebevollste Mann, Vater, Onkel und Großvater geworden bist.«

»Das verdanke ich ganz allein meiner Mutter und einer Reihe von lieben Nannys, die mir Mitgefühl und Empathie beigebracht haben. Von ihm kommt es jedenfalls nicht.«

»Ich will dir etwas sagen, und es ist vielleicht nicht das Richtige, aber es ist das, was ich fühle.«

»Du weißt, dass du mir alles sagen kannst, mein Liebling, und dass ich deine Meinung immer hören möchte. Warum, glaubst du, bin ich sofort zu dir gekommen, nachdem ich mit Charlotte telefoniert hatte?«

»Was ich dir sagen möchte, ist das hier: Du schuldest ihm nichts, Linc. Du schuldest ihm rein gar nichts. Uns wird beigebracht, unsere Eltern zu lieben und zu ehren, aber er hat nichts getan, wodurch er deinen Respekt verdient hätte. Er ignoriert dich seit Jahrzehnten. Er hat zugelassen, dass deine Mutter stirbt, ohne dass sie dich noch einmal gesehen oder mit dir gesprochen hat. Er hat nie deine Kinder kennengelernt oder sich in dieser ganzen Zeit nach deiner Gesundheit erkundigt oder wie es dir geht. Du schuldest ihm *gar nichts*, und du hast jedes Recht dazu, diese alte Wunde nicht wieder aufzureißen, nur weil sich bei ihm in seinen letzten Lebensstunden plötzlich ein Gewissen entwickelt hat.«

Lincoln konnte nicht anders, als über die Nachdrücklichkeit ihrer Worte zu lächeln.

»Warum grinst du denn so?«

»Wegen dir. Du bist einfach wundervoll, und ich liebe dich mehr als alles andere auf der Welt.«

»Was hat das mit deinem Vater zu tun?«

»Es hat alles mit ihm zu tun. Jedes Mal, wenn ich dein wunderschönes Gesicht sehe oder deinen weisen Worten lausche, erinnerst du mich daran, warum ich mich für dich entschieden habe und warum ich mich jeden Tag wieder für dich entscheide, dienstags sogar zweimal.«

»Die Tatsache, dass du dich je entscheiden musstest, ist ja genau das Problem. Das hätte nie passieren dürfen.« Sie strich ihm mit den Fingern durchs Haar, dann strich sie es wieder glatt und schaute ihm in die Augen. Ihr Blick war besorgt – und voller Liebe. So viel Liebe. »Was willst du denn machen? Du weißt, dass ich dich unterstütze, egal, wie du dich entscheidest, auch wenn das bedeutet, vier Tage vor Weihnachten nach Philly zu fahren.«

»Ich würde dich nicht bitten, mitzukommen, mein Liebling. Ich weiß doch, wie viel du vor den Feiertagen zu tun hast.«

»Du wirst dort auf gar keinen Fall alleine hinfahren, also lass uns diesen Streit bitte einfach überspringen.«

Lincoln drückte sie fest an sich, während er versuchte, das Für und Wider abzuwägen, so, wie er das bei geschäftlichen Entscheidungen tat. *Lass deine Gefühle außen vor,* so sagte er es immer seinen Kindern. Manchmal war das leichter gesagt als getan.

Die Tür zur Waschküche ging auf und ließ einen kalten Windstoß herein, dicht gefolgt von George und Hunter. »Du hast jemanden im Büro vergessen.«

»Das habe ich erst bemerkt, als ich schon zu Hause war.«

Hunter sah, dass seine Mutter auf dem Schoß seines Vaters saß, und blieb in der Küchentür stehen. »Ich will euch nicht stören.«

»Tust du nicht«, sagte Linc. »Komm rein, Junge, deine Mutter und ich haben uns nur unterhalten.«

Hunter setzte sich zu ihnen an den Tisch, auf den Stuhl, wo zuvor Molly gesessen hatte. »Ist alles in Ordnung? Es sieht dir nicht ähnlich, das Freitagsmeeting zu verpassen.«

Lincoln zögerte. Er kraulte George am Ohr. Er wollte seinem Sohn sagen, was passiert war, aber dazu müsste er mit ihm über Dinge sprechen, die er nie mit seinen Kindern geteilt hatte.

»Erzähl es ihm«, sagte Molly leise. »Es ist Zeit.«

»Jetzt mache ich mir wirklich langsam Sorgen.« Hunter schaute von seiner Mutter wieder zurück zu seinem Vater. »Irgendjemand sollte mir wirklich sagen, was los ist.«

Weil es keinen einfachen Weg gab, diese Geschichte zu erzählen, fing Lincoln mit dem Höhepunkt – oder eher gesagt, mit dem Tiefpunkt – an: »Du weißt ja, dass ich keinen Kontakt zu meiner Familie habe.«

Hunter nickte. »Du hast nie erzählt, warum, und ich

habe früh gemerkt, dass es besser ist, nicht danach zu fragen.«

»Ich habe mich mit meinem Vater gestritten.«

»Das ist nicht wirklich wahr.« Molly warf Hunter einen Blick zu. »Dein Großvater hat deinem Vater ein furchtbares Ultimatum gestellt, und jetzt liegt er im Sterben und bereut das anscheinend. Er hat deine Tante Charlotte, von der dein Vater ebenfalls seit vierzig Jahren nichts gehört hatte, gebeten, ihn anzurufen und ihm zu sagen, dass er ihn sehen möchte.«

»Ich habe eine Tante namens Charlotte?«

»Und Onkel mit den Namen Hunter, Will und Max. Hunter ist mit zwanzig bei einem Unfall gestorben.«

Hunter nahm diese Informationen wie gewohnt ruhig und nachdenklich auf. »Es tut mir leid, dass du ihn verloren hast.«

»Es war das Schlimmste, was mir je passiert ist, bis mein Vater mich dazu gezwungen hat, mich zwischen meiner Familie und deiner Mutter zu entscheiden.«

Hunter starrte ihn ungläubig an. »Er hat dich zu einer Wahl gezwungen …?«

»Ja, und als ich mich für deine Mutter entschieden habe, habe ich von niemandem von ihnen mehr gehört, abgesehen von einem einzigen Brief vom Anwalt meines Vaters, in dem stand, dass meine Mutter ein paar Wochen zuvor verstorben war.«

»Gott, Dad, das ist … Das ist wirklich unglaublich. Es tut mir so leid.«

»Ist schon lange her«, seufzte Lincoln.

»Und es war damals genauso unglaublich wie jetzt«, fügte Molly hinzu.

»Was willst du machen?«, fragte Hunter.

»Ich habe mich noch nicht entschieden.«

»Wir brauchen eine Familiensitzung«, erklärte Hunter. »So treffen wir doch immer wichtige Entscheidungen, oder?«

»Ja, aber …« Lincoln zögerte. Das würde bedeuten, diese unschöne Geschichte mit der ganzen Familie zu teilen.

»Lass uns dir auch mal helfen, Dad. Du hilfst uns doch auch immer.«

»Ich finde, das ist eine gute Idee«, sagte Molly. »Und Hunter hat recht – so machen wir das immer, wenn wichtige Entscheidungen anstehen.«

Lincoln wusste nicht, ob es gut war, seine Kinder mit dieser Geschichte zu belasten, aber er musste zugeben, dass sie es normalerweise so machten, wenn wichtige Entscheidungen anstanden. Jetzt, wo er die sprichwörtliche Katze aus dem Sack gelassen hatte, gab es ohnehin kein Zurück. »Okay.«

»Ich rufe die anderen an.« Hunter stand auf und ging zum Telefon.

»Es ist das Richtige, es ihnen zu sagen«, sagte Molly, als sie wieder alleine waren.

»Bist du dir da sicher?« Lincoln lächelte schwach.

»Außer dir und meinem Vater sind die Kinder die

klügsten Menschen, die ich kenne. Sie wissen sicher, was zu tun ist.«

»Du solltest Elmer auch Bescheid sagen. Ohne ihn ist es kein richtiger Familienrat.«

»Hunter«, rief Molly. »Ruf Gramps auch an.«

»Mach ich.«

Molly stand auf. »Ich schätze, ich sollte mich darum kümmern, dass bei diesem Meeting was zu essen da ist.«

»Hey, Mol?«

»Ja?«

»Danke. Du weißt schon. Danke, dass du immer hinter mir stehst.«

»Immer. Jederzeit. Egal, wie du dich entscheidest, du hast immer noch uns. Wir lassen nicht zu, dass irgendwer dir weh tut. Nicht mal dein eigener Vater.« Sie gab ihm einen Kuss auf die Stirn und machte sich dann an die Arbeit, um der hungrigen Meute etwas zu kochen.

Die Kinder konnten wirklich immer etwas essen, aber Lincoln drehte sich bei dem Gedanken an Essen in Verbindung mit dieser schwierigen Entscheidung der Magen um. Seine Gedanken kreisten wie wild, aber er landete immer wieder bei dem Moment, der sein Leben für immer verändert hatte, auf eine Art, die er sich nicht hätte träumen lassen.

Als er Molly Stillman zum ersten Mal gesehen hatte, war sie gerade aus dem Bus gestiegen, in dem sie die dreißigstündige Fahrt von Vermont nach Mississippi verbracht hatte. Sie war dort, um über den Sommer Häuser für diejenigen zu bauen, die ihre bei dem furchtbaren Sturm im Vorjahr verloren hatten.

Sie hatte gerade ihren Abschluss am Middlebury College gemacht, wollte mehr von Amerika sehen und anderen helfen, bevor sie anfing, im Familienunternehmen in Vermont zu arbeiten. Damals hatte sie langes honigfarbenes Haar gehabt, Sommersprossen auf der Nase und diese Neugier, die ihn sofort angezogen hatte. Er sah die junge Molly in ihren Töchtern – in Hannahs Neugier, Ellas Freundlichkeit und Charleys Zielstrebigkeit.

Linc arbeitete freiwillig beim selben Hausbauprojekt wie Molly, nachdem er gerade in Yale mit dem Studium fertig geworden war. Danach wollte er ein Jahr in Oxford studieren, weil er schon immer in England hatte leben wollen. Er wollte die Orte besuchen, die für die Beatles, seine Lieblingsband, besonders wichtig gewesen waren. Die beiden Monate in Mississippi sollten nur ein kurzer Zwischenstopp sein, bevor der Rest seines Lebens begann.

Er hatte damals keine Ahnung, dass diese beiden Monate alles verändern würden.

Das Erste, was Linc aufgefallen war, als er in Gulfport (damals hatte das Städtchen 39 600 Einwohner) ankam, war die Hitze gewesen. Man hatte ihm im Voraus gesagt, dass es in Mississippi heiß sein würde, aber nichts hätte ihn auf die dicke, heiße Feuchtigkeit vorbereiten können, die wie eine Decke über der Landschaft lag und ihm das Atmen schwer machte. Glücklicherweise sorgte eine Meeresbrise von der Golfküste ab und zu für etwas Erleichterung.

Ein großer, muskulöser Afroamerikaner namens Joseph Tolman hatte ihn am Busbahnhof abgeholt. Sein strahlendes Lächeln und sein kräftiger Händedruck nahmen Lincoln sofort für ihn ein. »Vielen Dank, dass du hier bist.« Er bedeutete Linc, ihm zu seinem Pick-up zu folgen. »Wir brauchen alle Hilfe, die wir kriegen können, wenn wir rechtzeitig fertig werden wollen, um die zweite Hälfte unserer Fördergelder zu bekommen.«

Nach Hurricane Frederic hatten sich Tolman und ein paar örtliche Baufirmen zusammengeschlossen, um den der Naturkatastrophe obdachlos gewordenen Menschen zum ersten September einhundertfünfzig günstige Häuser zur Verfügung zu stellen. Sie hatten im ganzen Land inseriert und um freiwillige Helferinnen und Helfer gebeten, die einen Sommer lang im Gegenzug für ihre Hilfe die Grundlagen des Bauens lernen würden. Linc hatte diese Möglichkeit, sich etwas Handwerkliches anzueignen und dabei auch noch anderen zu helfen, bevor er nach Oxford ging, sofort gefallen.

Seit sie vor drei Jahren seinen älteren Bruder Hunter verloren hatten, war nichts mehr so wie vorher gewesen. Linc hatte nach dem unfassbaren Verlust mit seiner eigenen Trauer gekämpft und es schwerer als vorher gefunden, zu Hause zu sein, wo die Trauer wie ein dunkler Schleier alles im Haus umfing.

Den Sommer in Philadelphia zu verbringen war also

nicht seine erste Wahl, und das Bauprojekt war eine tolle Möglichkeit gewesen, dem zu entgehen. Als er davon erfahren hatte, hatte er sich sofort auf die Chance, etwas völlig anderes zu machen, gestürzt und sich noch am selben Tag angemeldet.

»Mein Freund, der mir von Ihrem Projekt erzählt hat, hat gesagt, es macht nichts, dass ich noch keine Erfahrung im Bauwesen habe«, meinte Linc, als sie im Pick-up saßen.

Sobald Joseph den Motor anließ, schallte der neue Song von AC/DC, »You Shook Me All Night Long« aus dem Radio. Joseph stellte lächelnd den Ton leiser. »Dein Freund hatte recht. Wir bringen dir alles bei, was du wissen musst. Dabei sorgen wir auch dafür, dass deine zarten Händchen ein bisschen rauer werden.«

Linc lachte über diesen Seitenhieb, den Joseph im besten Südstaatenakzent vorbrachte. »Ich habe bisher mein ganzes Leben am Schreibtisch verbracht, so kommt es mir jedenfalls vor.«

»Dann wird es ja höchste Zeit für ein bisschen Praxis.«

»Das dachte ich auch.«

»Wir arbeiten sechs Tage die Woche von Sonnenaufgang bis Sonnenuntergang, aber die Sonntage gehören ganz dir. Es gibt sieben Meilen weißen Sandstrand direkt in Gulfport.«

»Davon habe ich gelesen, und ich kann es kaum erwarten, mir den Strand anzusehen. Ich werde dort mit Sicherheit an sehr vielen Sonntagen sein.« Seine liebsten

Sommerferien hatte er als Kind mit seinen Großeltern in deren Ferienhaus an der Küste von Jersey verbracht.

»Wir haben für die Freiwilligen einen Campingplatz angelegt. Ist nicht gerade nobel, aber es gibt dort alles, was ihr braucht.«

»Ist bestimmt super.«

»Als sich abzeichnete, dass wir die Deadline für die Finanzierung verpassen würden, hat einer meiner Partner vorgeschlagen, die Colleges um Hilfe zu bitten. Wir wissen es wirklich zu schätzen, dass ihr hier seid.«

»Und ich weiß es zu schätzen, dass ihr mich davor bewahrt, den Sommer zu Hause bei meinem Vater zu verbringen.«

»Er macht dir wohl viele Vorschriften?«

»Sie haben ja keine Ahnung. Er kann es kaum erwarten, dass ich mit dem Studium fertig bin und das Familienunternehmen übernehme.«

»Das da wäre?«

»Er ist Immobilienmakler.«

»Klingt interessant.«

Linc lachte. »Nicht wirklich, aber man kann davon leben.« Die Firma war sehr erfolgreich, dank der Vision und der unermüdlichen Arbeit seines Vaters. Doch je näher der Zeitpunkt rückte, an dem Linc Teil des Führungsteams werden sollte, desto mehr fühlte er sich im Leben eines anderen gefangen.

»Und ist das auch das, was du willst?«, fragte Joseph.

»Ich freue mich nicht besonders darauf, falls es das ist,

was Sie wissen möchten, aber ich habe es jedenfalls vor.«

All ihre Pläne hatten sich verändert, als Hunter gestorben war, und sein Vater plötzlich Linc als seinen neuen Nachfolger im Visier hatte. Was Linc wollte, schien keine Rolle zu spielen. Aber weil er keine wirkliche Alternative hatte, hatte er bei den Plänen seines Vaters mitgemacht, wenn auch nicht mit großer Begeisterung.

»Hm«, machte Joseph.

»Sie können ruhig sagen, was Sie wirklich denken.«

»Dann werde ich nur sagen – das Leben ist kurz. Du solltest tun, was dich glücklich macht, nicht, was von dir erwartet wird.«

»Das sehe ich ganz genauso, aber ich habe bisher nichts gefunden, was mehr Sinn für mich macht als der Familienbetrieb.«

»Vielleicht hast du noch nicht am richtigen Ort gesucht.«

»Das könnte sehr gut sein, deshalb habe ich die Möglichkeit, den Sommer über hier zu arbeiten, auch sofort wahrgenommen. Ich bin jetzt an einem Ort, wo ich noch nie war, und tue etwas, was wirklich Sinn macht.«

»Die Arbeit, die du hier tun wirst, wird so vielen so viel bedeuten. Wir haben hier hundertfünfzig Familien, die ihr Zuhause verloren haben. Sie werden die Ersten sein, denen wir die fertigen Häuser anbieten. Für viele von ihnen wird es das erste eigene Haus, und sie freuen sich sehr darauf.«

»Es ist wirklich toll, was ihr hier macht.«

»Das finde ich auch, aber es ist viel stressiger, als wir es uns vorgestellt haben, weil es für die Finanzierung diese starren Fristen gibt. Ich habe schon ganz graue Haare davon.«

Linc schätzte Joseph auf Ende dreißig, und wirklich, in seinem sonst völlig schwarzen Haar gab es ein paar graue Strähnen. »Das ist es sicher wert, wenn diese Familien erst mal glücklich in ihren neuen Häusern leben.«

»Sag mir das ruhig immer wieder.« Joseph bog nach links auf einen Feldweg ab, der zu dem Campingplatz führte, wo schon einige Zelte standen. »Ihr habt eure eigenen Zelte und teilt euch die Sanitäranlagen.« Er zeigte auf ein Gebäude am linken Rand des Grundstücks.

In einem großen Zelt in der Mitte des Platzes, dessen Seiten offen waren, war eine größere Gruppe beschäftigt.

»Essen«, sagte Joseph, als er Lincolns Blick folgte. »Meine Frau Keisha und ein paar andere Frauen kochen für die Freiwilligen. Keisha leitet auch meine Firma und kümmert sich um unsere Kinder.«

»Ihr habt wirklich viel zu tun.«

»Du hast ja keine Ahnung. Komm, ich stelle dich ihr und den anderen vor.«

Lincoln stieg aus dem Truck und folgte Joseph ins Küchenzelt. »Das hier ist Lincoln Abbott aus Pennsylvania. Er lebte zuletzt in Yale. Linc, das hier ist meine Frau Keisha, unsere Tochter Jasmine, mein Geschäftspartner Desmond, seine Frau Charity und ihre Tochter Shanda.«

Linc schüttelte den Erwachsenen die Hand und ging

vor der kleinen Shanda in die Hocke. Sie musste etwa drei Jahre alt sein. »Schön, euch kennenzulernen.«

»Ebenso.« Keisha hatte ein warmes, herzliches Lächeln, goldbraune Haut und leuchtend braune Augen. Ihr geflochtenes Haar war zu einem hohen Pferdeschwanz gebunden, damit es ihr bei der Arbeit nicht im Weg war. »Du hast noch keine Ahnung, worauf du dich eingelassen hast.«

»Das ist sicher wahr, aber irgendetwas riecht jedenfalls sehr gut.«

»Du wirst sehr hart arbeiten, aber ich kann dir eines versprechen, dass du hier speisen wirst wie ein König«, sagte Joseph.

Linc lief das Wasser im Mund zusammen. »Das klingt nach einem fairen Deal.«

3

Ein Traum, den du alleine träumst, ist nur ein Traum.
Ein Traum, den ihr zusammen träumt, ist Wirklichkeit.
John Lennon

Die Erinnerung an seine Ankunft in Mississippi brachte Linc zum Lächeln. Joseph und Keisha hatten ihn so herzlich willkommen geheißen. Bis heute waren die beiden mit ihm und Molly gut befreundet. Sie hatten in diesem Sommer viele wichtige Freundschaften geschlossen und diese auch in den folgenden Jahren gepflegt. Dieser Sommer hatte aus Hitze, harter Arbeit, gutem Essen, tollen Freundschaften, Lektionen fürs Leben und Liebe bestanden.

Apropos Liebe, Molly war gerade mit ihrem Enkelsohn Caden auf dem Arm zurück in die Küche gekommen. Der kleine Kerl zwitscherte nur so vor Aufregung, als er Linc sah, der die Arme nach ihm ausstreckte.

Molly reichte ihn Linc.

Linc vergrub seine Nase am Hals des Babys, atmete den süßen Geruch ein und gab Caden dann einen Kuss aufs flaumige Köpfchen. »Wo ist denn dein Daddy, mein Kleiner?«

»Unter der Dusche«, antwortete Molly. »Er hat gesagt, er kommt in ein paar Minuten runter zum Familienrat.«

Max war mittags von der Arbeit gekommen, um mit Caden einen Arzttermin wahrzunehmen, damit Molly für ihren Freitagslunch mit Linc und Elmer in die Stadt fahren konnte. Normalerweise wäre Max jetzt wieder auf dem Weg zur Arbeit – entweder mit Colton auf dem Berg oder mit Landon auf der Weihnachtsbaumfarm. Aber weil Lincoln diesen bedeutungsschweren Anruf bekommen hatte, war an diesem Tag rein gar nichts normal.

»Alles okay, Dad?«, fragte Hunter.

»Alles okay. Ich bin natürlich sehr aufgewühlt, aber du musst dir wirklich keine Sorgen machen.«

»Dann ist ja gut.« Hunter war sichtlich erleichtert.

Es war wirklich erstaunlich, wie sehr das Ganze nach all den Jahren immer noch schmerzte. Linc drückte seinen Enkelsohn fester an sich und versuchte, sich auf das Positive zu konzentrieren. Die Familie, die er mit Molly gegründet hatte, war mehr als genug, um die Leere zu füllen, die seine Herkunftsfamilie zurückgelassen hatte. Aber so war das nicht. Nicht ganz. Wie könnte man die Menschen, mit denen man aufgewachsen war, je ersetzen? Er konnte sich nicht vorstellen, dass eines seiner Kinder den Kontakt zu ihm und Molly oder zu seinen Geschwistern abbrechen würde.

Als die Kinder noch kleiner gewesen waren, hatten sie sich ständig gestritten, wie das unter Geschwistern eben ist. Linc hatte sie immer daran erinnert, dass die besten

Freunde, die sie im Leben haben würden, die Menschen waren, mit denen sie ihr Zuhause teilten. Seine Kinder hatten das oft genug gehört, um es umzusetzen, und waren noch heute unzertrennlich. Elmer bewunderte das sehr und sprach oft darüber.

Lincoln sah das als eine seiner größten Lebensleistungen an, weil er nur allzu gut wusste, dass es nicht immer so war und dass Familienbande viel zerbrechlicher waren, als sie aussahen.

Im Laufe der nächsten halben Stunde trudelten die Kinder nach und nach in der Scheune ein. Als Erstes kam Ella, dann Landon, Colton und Will. Hannah hatte die kleine Callie dabei, und Lucas trug noch seine Feuerwehruniform. Luc war so froh, dass er endlich wieder arbeiten konnte, nachdem er nach dem Brand im Hotel lange krankgeschrieben gewesen war. Es war eine echte Erleichterung, ihn gesund, stark und in Uniform zu sehen.

Max kam nach unten und sah sofort, dass Caden an seinen Großvater gekuschelt döste. Er war so ein toller Vater!

»Was steht auf der Agenda?« Charleys Wangen waren gerötet von der Kälte.

»Ich sag es euch, wenn Wade da ist.«

»Ich bin da.« Wade kam mit Elmer auf den Fersen in die Küche.

»Das sind alle, Dad«, sagte Hunter. Er hatte wie immer den Überblick.

»Gehen wir ins Wohnzimmer.« Lincoln bemerkte, wie

angespannt seine Kinder aussahen, nicht nur ihre Gesichter, sondern auch die gesamte Körperhaltung.

Er ging mit ihnen in den großen, gemütlichen Raum, in dem einige Sofas aus der Zeit, als die Kinder noch im Haus gewohnt hatten, standen, so dass immer noch genug Platz war. Manchmal schauten alle zusammen Filme oder Sport. Auch die Spieleabende der Abbotts waren legendär.

Caden schmiegte sich an Lincoln, als würde er ganz genau spüren, dass dieser gerade alle Liebe brauchte, die er kriegen konnte.

Molly saß neben ihm, ihre Hand lag auf seinem Bein. Wie schon zu Beginn ihres gemeinsamen Weges war sie jedes Opfer wert, das er hatte bringen müssen, um mit ihr zusammen zu sein.

»Danke, dass ihr alle gekommen seid.«

»Du machst uns echt Angst.« Charley nahm wie immer kein Blatt vor den Mund.

»Tut mir leid, dass ihr euch wegen mir Sorgen macht.« Lincoln holte tief Luft. Die Zeit war gekommen. »Ihr wisst ja, dass ich nie über meine Familie spreche. Meine Herkunftsfamilie natürlich. Ihr fragt euch sicher manchmal, warum wir sie nie sehen oder mit ihr sprechen. Ich denke nicht gerne darüber nach, deshalb habe ich das Thema auch bisher vermieden. Mein Vater … Er ist ein schwieriger Mensch, der alles in seiner Welt kontrollieren möchte, vor allem seine Kinder. Als mein großer Bruder Hunter mit zwanzig Jahren durch einen Unfall ums Leben kam, waren wir am Boden zerstört.«

»Gott, Dad!«, sagte Hannah. »Es tut mir so leid, dass du ihn verloren hast.«

»Es war wirklich hart. Und mein Vater … er wurde nach dem Tod von Hunter noch strenger als zuvor. Für ihn war es selbstverständlich, dass ich, weil ich ja nun sein ältester Sohn war, Hunters Platz einnehmen, im Familienbetrieb mitarbeiten und irgendwann die Führung übernehmen würde, wenn er in den Ruhestand ging.«

»Was war denn das Familienunternehmen?«

»Ein Immobilienbüro in Philadelphia.«

»Was ist mit deinem Bruder passiert?«, fragte Wade.

»Er war segeln, als ihn der Mastbaum am Kopf getroffen und über Bord geworfen hat. Bei der Autopsie kam heraus, dass er ertrunken ist.«

»Es tut mir so leid, Dad«, sagte Ella.

»Es war ein furchtbarer, schlimmer Verlust, vor allem, weil Hunt so ein guter Segler war.« Linc dachte so gut wie jeden Tag an seinen verstorbenen Bruder und seine anderen Geschwister. Er nahm ein paar abgenutzte Familienfotos aus seinem Geldbeutel und reichte das erste Hunter. »Das ist der Onkel, von dem du deinen Namen hast.«

Hunter betrachtete das Bild. »Ich sehe aus wie er.«

»Ja, das stimmt. Hier ist eins von uns allen.« Er reichte das zweite Bild Hannah. »Meine Schwester Charlotte und meine anderen Brüder, Will und Max, sind da auch drauf.«

»Ihr habt uns nach ihnen benannt«, sagte Max.

»Haben wir, weil ich nie aufgehört habe, sie zu vermissen.« Der starke Schmerz, den er zu Beginn bei jedem Gedanken an die Trennung von seinen Geschwistern verspürt hatte, war mit der Zeit von einer Nostalgie ersetzt worden, die ihm ihre gemeinsamen Jahre vor Augen führte. Damals war er so naiv gewesen, zu denken, dass es nichts gab, was sie je trennen konnte. Er hatte auf die schlimmstmögliche Art erfahren, dass das nicht stimmte.

»Weil ich nicht wirklich einen besseren Plan für mein Leben hatte, habe ich die Pläne meines Vaters akzeptiert, als Hunter starb. Ich wollte auch dafür sorgen, dass alles friedlich blieb und dass wir nach allem, was die Familie durchgemacht hatte, nicht noch mehr Ärger hatten.« Linc zwang sich, die ganze Geschichte zu erzählen, damit es ein für alle Mal vorbei war. »Ich meine, es ist auch nicht so, dass er versucht hätte, mir einen schlechten Betrieb unterzujubeln. Im Gegenteil. Die Firma warf damals dreißig Millionen im Jahr ab, und nach allem, was ich gesehen und gehört habe, ist sie seitdem noch erfolgreicher geworden.«

Hunter pfiff leise durch die Zähne.

»Ich hatte einfach immer das Gefühl, dass ich nicht für das Immobiliengeschäft bestimmt war. Aber solange ich tat, was von mir erwartet wurde, war mein Vater mit mir zufrieden. Ich hatte vor, nach dem Studium in Yale noch ein Jahr in Oxford zu studieren. Darauf bestand ich, weil ich Angst hatte, dass ich es sonst nie nach Großbritannien schaffen würde, und dann wäre es Zeit gewesen, mit der Arbeit zu beginnen. Ich hatte mich an den Gedanken gewöhnt, auch wenn ich mich nicht besonders darauf freute.«

Er warf Molly einen kurzen Blick zu und lächelte. »Und dann habe ich eure Mutter kennengelernt.«

Am Ende seines ersten richtigen Arbeitstages auf der Baustelle war Lincoln müde, schmutzig und verschwitzt. Ihm tat alles weh. Es war eine echte Enthüllung für ihn gewesen, als er feststellte, wie einfach er es im Vergleich zu seiner jetzigen Arbeit auf dem College und an der Uni gehabt hatte.

»Na, wie geht's denn so, Frischling?«, fragte ihn Joseph mit einem gutmütigen Grinsen.

»Ich bin erledigt.«

Joseph legte den Kopf in den Nacken und lachte. »Du gewöhnst dich daran. Irgendwann.«

»Mir bleibt nichts anderes übrig, als dich beim Wort zu nehmen.« Lincoln streckte sich. Sein Rücken tat ihm weh, weil er den ganzen Tag Baumaterial vom Anlieferpunkt zu den Häusern getragen hatte. Sie wurden rund um eine Grünfläche gebaut, die als Treffpunkt für die neue Gemeinschaft dienen sollte, wenn die Häuser fertig waren.

Von manchen Häusern stand nur das Gerüst, andere waren so gut wie fertig. Joseph hatte ihm erklärt, dass verschiedene Teams an verschiedenen Häusern arbeiteten, vom Trockenbau über den Rauputz bis hin zum Innenausbau. Die Sanitäranlagen und die Elektrik wurden nach Bedarf eingebaut.

Lincoln konnte sich die Koordinationsleistung, die dieses geschäftige Treiben erforderte, kaum vorstellen.

»Hey, Joseph.« Einer der Vorarbeiter winkte von einem der Häuser in Sichtweite zu ihnen hinüber. »Wir haben hier ein Problem, das du dir ansehen solltest.«

»Oh, irgendwas ist immer.« Joseph warf einen Blick auf die Uhr. »Es kommt noch jemand um halb sechs an. Würde es dir was ausmachen, sie mit meinem Truck am Busbahnhof abzuholen?«

Linc konnte es kaum erwarten, zu duschen und sich frische Kleider anzuziehen. Hunger hatte er auch. Aber er nahm die Schlüssel, die Joseph ihm hinhielt, trotzdem. Schließlich arbeitete Joseph härter, als Linc das je getan hatte. »Gerne.«

»Vielen Dank! Bring sie mit hierher, und ich setze euch beide auf dem Rückweg am Campingplatz ab.«

»Mache ich.«

»Kannst du dich noch an den Weg erinnern?«

»Ich glaube schon.«

Joseph erklärte ihm die Strecke trotzdem noch einmal, und Linc gab sich die größte Mühe, sich alles zu merken. Er hoffte sehr, dass er sich nicht verfahren würde. »Sie heißt Molly Stillman.«

»Ich finde sie sicher.«

Auf der Fahrt in die Stadt nahm Linc die Umgebung in sich auf. Familien waren auf großzügigen Veranden zusammengekommen, Kinder spielten in Parks, und Teenager saßen in Gruppen zusammen. Er fuhr an einem Antiquitätenladen, einem Diner, einer Poststelle, einer Kunstgalerie und zahlreichen anderen Geschäften und Restaurants vorbei. Er hatte selbst noch nie in einer Kleinstadt gelebt und war fasziniert von dem langsameren Lebenstempo, der Gemeinschaft und der offensichtlichen Nähe zwischen den Menschen.

Je weiter er wieder aus der Stadt herausfuhr, desto mehr Häuser waren teilweise verfallen, von Unkraut bewachsen und ungepflegt. Bei manchen waren die Sturmschäden deutlich zu erkennen. Es war ein gutes Gefühl, zu wissen, dass er dazu beitrug, den Familien, die von ihrem Projekt profitieren würden, zu helfen. Doch der Bedarf war offensichtlich viel größer als nur hundertfünfzig Häuser.

Lincoln war so in Gedanken versunken, dass er fast die Einfahrt zum Busbahnhof verpasste. Zum Glück fuhr gerade im richtigen Moment ein Bus auf die Straße, so dass er wieder wusste, wo er abbiegen musste. Er parkte den Truck und stieg aus. Jetzt, wo er hier war, fragte er sich, wie er jemanden erkennen sollte, den er noch nie gesehen hatte.

Und dann entdeckte er eine junge Frau, die alleine neben einem großen Rucksack stand, und ging zu ihr. »Bist du Molly?«

Sie schaute zu ihm auf, und *wow*. Hübsch. Das war das erste Wort, das er im Kopf hatte. Als sie lächelte, spielte alles in ihm verrückt, während er weiter ihr wunderschönes Gesicht betrachtete. Sie hatte langes honigfarbenes

Haar, goldbraune Augen und ein paar Sommersprossen auf der Nase, die er sofort unwiderstehlich fand.

»Bist du Joseph?«, fragte sie.

Es dauerte ganze zehn Sekunden, bis ihm klarwurde, dass sie eine Antwort erwartete. Er blinzelte, räusperte sich und schüttelte den Kopf. »Ich bin Lincoln Abbott, einer der Freiwilligen. Joseph hat mich geschickt, um dich abzuholen.«

»Ich bin Molly Stillman.«

Er schüttelte ihr die Hand und fragte sich, wie ein durchschnittlicher Handschlag sich so überdurchschnittlich anfühlen konnte. »Schön, dich kennenzulernen. Ich bin direkt nach der Arbeit hergekommen, war den ganzen Tag auf der Baustelle, tut mir leid, dass ich so schmutzig bin.«

»Kein Problem.«

Linc bückte sich, um ihren Rucksack aufzuheben, und bemerkte, dass sie noch eine weitere Tasche auf der Schulter trug. »Ist das alles?«

»Ja. Man hat mir empfohlen, nicht viel mitzunehmen, und – verdammt! – ist das heiß hier.«

»Das ist noch gar nichts.« Linc ging mit ihr zu Josephs Truck. »Warte erst mal ab, wie es mitten am Tag ist.«

»Kann es kaum erwarten.« Er sah ihr spöttisches Lächeln aus dem Augenwinkel. »Bist du schon lange hier?«

»Erst seit gestern.«

»Wo kommst du her?«

»Ursprünglich aus Philadelphia, aber ich habe die letzten Jahre in New Haven, Connecticut, verbracht.«

»Was ist denn in New Haven?«

»Yale.«

»Ah. Verstehe.«

Er hielt ihr die Beifahrertür auf. »Und du? Wo kommst du her?«

»Aus einer winzig kleinen Stadt in Vermont, die Butler heißt. Ich bin gerade in Middlebury fertig geworden und habe mich auf die Chance gestürzt, mal aus Vermont rauszukommen und etwas anderes zu erleben, bevor ich im Herbst anfange zu arbeiten.«

»Was arbeitest du denn?«

»Familienunternehmen.« Sie klang wenig begeistert und hatte wahrscheinlich keine Ahnung, wie gut er das verstand.

»Was ist es denn für ein Unternehmen?«

»Ein Country Store, den meine Großeltern gegründet haben.«

»Das klingt gut.«

»Wirklich? Für mich hört sich das ... klein an.« Sie verzog das Gesicht. Dann fügte sie rasch hinzu: »Aber es macht sicher Spaß.«

Lincoln dachte darüber nach, was sie gesagt hatte, und versuchte, damit zurechtzukommen, wie er auf sie reagierte, während er um den Truck herum zur Fahrertür lief. So etwas war ihm noch nie passiert. Er hatte einige Freundinnen gehabt, aber so jemand Tolles wie Molly

Stillman aus Butler, Vermont, war ihm noch nie untergekommen.

»Wie sieht der Laden denn aus?«

»Ein altmodischer Country Store, voller Nostalgie und Waren, die man früher schon dort bekommen hat und die man jetzt kaum noch irgendwo findet. Und Haushaltswaren, Spielzeug, Gesundheitskram und, wie könnte es anders sein: Ahornsirup und Käse, die beiden Dinge, für die Vermont bekannt ist.«

»Das klingt wirklich toll.«

»Ist es auch. Versteh mich nicht falsch. Es ist wirklich ein besonderer Ort, und ich liebe ihn schon mein ganzes Leben lang. Eine meiner frühesten Erinnerungen ist, wie ich samstags mit meinem Dad zur Arbeit gehe und mir Süßigkeiten für mich und meine kleine Schwester aussuchen durfte.«

»Eine *süße* Erinnerung.«

»Haha. Den Witz gibt's gratis dazu, oder was? All meine Erinnerungen an den Store sind süß, und ich finde es wirklich toll dort. Ich bin mir nur nicht sicher, ob ich mein ganzes Leben lang dort arbeiten will, weißt du?«

»Das verstehe ich. Von mir wird auch erwartet, dass ich im Familienunternehmen anfange.«

»Was macht deine Familie denn?«

»Immobiliengeschäfte.«

»Klingt jedenfalls interessanter als ein Country Store.«

»Es überrascht dich vielleicht, aber mein Interesse an Immobilien geht gegen null. Ich gebe mir noch diesen

Sommer und das nächste Jahr in England, um mein Interesse aufzubauen.«

»Was ist in England?«

»Oxford. Ich mache dort meinen Master, damit wird für mich wirklich ein Traum wahr. Ich steh ziemlich auf die Beatles, und es ist schon lange mein Ziel, ein Jahr in England zu verbringen.«

»Du stehst ziemlich auf die Beatles?«, lachte sie. »Da du vorhast, für ein Jahr nach England zu gehen, nur weil du die Band so magst, halte ich das für die Untertreibung des Jahrhunderts.«

»Ich untertreibe vielleicht ein kleines bisschen.«

»Sei ehrlich: Du bist besessen, oder?«

»Was ist die nächste Stufe nach besessen?«

»Soziopathisch?«

»Das könnte wohl stimmen.«

Ihr Lachen sorgte dafür, dass ihm ein seltsamer Schauer den Rücken hinunterlief und er sich plötzlich nur allzu bewusst war, dass da ein anderes menschliches Wesen dicht neben ihm saß, das ihm noch völlig neu war.

»Welchen Beatle magst du am liebsten?«

»Also … du willst, dass ich mich für einen entscheide?« Er warf einen Blick zu ihr hinüber und sah, dass sie lächelte.

»Ja. Nur einen.«

»O Gott, wie soll das denn gehen?«

»Komm schon. Das hat dich doch garantiert schon mal jemand gefragt.«

»Das stimmt, sogar mehrmals, aber ich habe mich immer geweigert, mich für einen zu entscheiden. Allerdings sagt mir mein Gefühl ganz deutlich, dass ich bei dir nicht so leicht davonkomme.«

»Da hast du recht. Hör auf zu jammern und entscheide dich.«

Linc stöhnte dramatisch. »Versprichst du, den anderen niemals zu verraten, dass ich die Frage beantwortet habe?«

»Ich schwöre feierlich.«

»John«, sagte er mit zusammengebissenen Zähnen.

Sie legte sich eine Hand ans Ohr. »Wie war das? Ich habe dich nicht richtig verstanden.«

»John! Bist du jetzt zufrieden?«

»Nicht, bis du mir sagst, warum er.«

»Du machst mich wirklich fertig. Ich habe mich für ihn entschieden, weil er nicht nur ein unglaublicher Musiker ist, sondern auch ein Dichter. Seine Texte sind einfach … Sie sind das Leben.«

»Was ist dein Lieblingssong von den Beatles?«

»Davon darf ich auch nur einen haben?«

»In diesem Moment, ja.«

»Bist du sicher, dass du nicht auch gerade ein Jurastudium abgeschlossen hast? Ich habe das Gefühl, du könntest deine Berufung verpasst haben. Deine Verhörtechnik lässt wirklich nichts zu wünschen übrig.«

Wieder freute und berührte ihn ihr Lachen.

»Wenn du mich zu einer Entscheidung zwingst, dann würde ich ›Let It Be‹ wählen, auch wenn Paul das geschrieben hat und John den Song angeblich überhaupt nicht mochte.«

»Du denkst jetzt sicher, ich lüge dich an, aber das ist auch mein Lieblingssong. Auch wenn ich nicht so begeistert von den Beatles bin.«

»Was hast du gerade gesagt? Du bist nicht so begeistert von den Beatles?«

»Da hast du richtig gehört. Ich bin eher ein Rolling-Stones-Fan.«

»Immerhin auch britisch.«

»Du stehst wirklich auf Großbritannien, oder?«

»Ich war schon immer fasziniert von der Monarchie und der britischen Geschichte. Darüber wurde ich auch im College geprüft, neben Wirtschaftslehre, und dann macht es doch auch Sinn, dass ich britische Musik mag.«

»Was denn noch außer den Beatles?«

»Queen, die Stones und The Who. Ich höre in letzter Zeit auch viel The Clash, aber die Beatles werden immer die Nummer eins sein.«

»Was hältst du von den Wings?«

»Ich mag sie, aber nicht so sehr wie die Beatles.«

»Ich erkenne hier ein Muster.«

»Du hast ja ohnehin schon beschlossen, dass ich ein Soziopath bin.« Er konnte sich nicht daran erinnern, wann ihm eine Unterhaltung zuletzt so viel Spaß gemacht hatte.

»Das stimmt.«

»Erzähl mir mehr von Vermont. Ich war noch nie da.«

»Der schönste Ort, den du je sehen wirst. Berge und Wälder und wunderschöne Seen. Und wenn es schneit, ist es einfach magisch. Manchmal liegt der Schnee hüfthoch, und selbst dann ist es wunderschön dort. Viele stört der ganze Schnee, aber mich nicht. Ich glaube nicht, dass ich irgendwo leben könnte, wo es nicht schneit, aber ich wollte ohnehin noch nie woanders leben als in Vermont.«

Er hörte jedem Wort an, wie sehr sie ihre Heimat liebte.

Sie schaute aus dem Fenster und nahm all die verfallenen und zerstörten Häuser in sich auf, die er auf der Hinfahrt bereits gesehen hatte. »Es ist ein wenig überwältigend, das so mit eigenen Augen zu sehen.«

»Ja, das ist es. Und es macht einem deutlich, wie wichtig das Bauprojekt für so viele Menschen ist.«

»Wenn wir wieder abreisen, werden wir uns sicher wünschen, wir hätten mehr tun können.«

Er mochte sie schon lieber als jede andere Frau, der er jemals begegnet war, aber nach dieser Aussage hatte er den Verdacht, dass er sie lieben könnte.

»Wir haben in diesem Sommer unglaubliche Dinge erlebt.« Molly lächelte ihn an, das gleiche Lächeln wie immer, seit sie sich kennengelernt hatten. Er würde sich nie daran gewöhnen, wie es ihr ganzes Gesicht zum Leuchten brachte. Sie zum Lächeln zu bringen war von Anfang an eine seiner Lieblingsbeschäftigungen gewesen.

»Sagt jetzt nichts, was wir nicht wieder vergessen können«, sagte Lucas misstrauisch.

»Haha, die Details ersparen wir euch«, antwortete Molly. »Euer Dad und ich waren sofort befreundet. Wir haben zusammen gegessen, zusammen gearbeitet, nach der Arbeit zusammengesessen. Manchmal sind wir ins Kino gegangen.«

»Sie hat mich zu ›The Shining‹ und ›Freitag der 13.‹ mitgenommen.« Linc schauderte. »Ich wollte nur ›Die unglaubliche Reise in einem verrückten Flugzeug‹ sehen. Da habe ich herausgefunden, dass eure Mutter es faustdick hinter den Ohren hat.«

»Das wussten wir«, sagte Will. »Wisst ihr noch, als sie ›The Shining‹ für den Familienfilmabend ausgesucht hat? Wir haben drei Tage lang nicht geschlafen.«

Molly lachte. »Das war vielleicht ein Erziehungsfehler.«

»Was du nicht sagst«, meldete sich Charley zu Wort.

»Was soll ich sagen? Ich mag dieses gruselige Zeug, schon immer. Ich kann ja nichts dafür, dass ihr alle seid wie euer Vater … So empfindlich.«

»Scher mich nicht über einen Kamm mit ihnen«, sagte Wade.

»Außer dir, Wade. Du bist der Einzige, der mit mir Horrorfilme anschaut.«

»Schleimer«, hustete Landon.

Wade hob den Mittelfinger in seine Richtung.

»Jedenfalls«, Lincoln schmunzelte wie immer über das Gehabe seiner Kinder, »als der Sommer verging, haben eure Mom und ich festgestellt, dass wir ernsthafte Gefühle füreinander hatten, und die Tatsache, dass wir nach dem Sommer getrennt sein würden, rückte immer näher. Wir hatten unseren ersten richtigen Streit, als wir versucht haben, darüber zu sprechen, was wir dann machen.«

»Und was für einen«, fügte Molly hinzu.

4

Alles, was du brauchst, ist Liebe.
Paul McCartney

Die Tage in Mississippi nahmen einen vorhersagbaren Rhythmus an: Frühstück mit der Gruppe, die für ihn und Molly wie eine Familie geworden war, gefolgt von einem langen, harten Arbeitstag unter der unbarmherzigen Sonne. Mollys Haut, von der sie behauptet hatte, dass sie nie braun wurde, nahm im Laufe des Sommers einen ihr bisher völlig unbekannten Goldton an.

Sonntags, an ihrem einzigen freien Tag, machten sie sich gleich morgens auf den Weg zum Strand und verbrachten dort zusammen den Tag, bevor sie zum Abendessen zu Josephs Mutter nach Hause gingen. Dieses Abendessen war schnell zum Highlight ihrer Woche geworden. Miss Anthea, so wollte sie von ihnen genannt werden, konnte kochen wie niemand anderes, dem Linc bisher begegnet war. Ihm lief die ganze Woche über jedes Mal das Wasser im Mund zusammen, wenn er an das Sonntagsessen dachte.

Miss Anthea hatte ihnen auch beigebracht, Blues zu mögen. Jede Woche lud sie andere Musikerinnen und Musiker ein. Sie hoffte, dass die Freiwilligen mit einer neuen Liebe für die Musik, die Mississippi bekannt gemacht hatte, zurück nach Hause fuhren.

»Ich frage mich, was Miss Anthea heute kocht.«

»Ist es okay, wenn ich hoffe, dass es Hähnchen ist? Ich habe in meinem Leben noch kein Hähnchen gegessen, das so gut ist wie ihres.«

»Oder Pulled Pork oder Bohnen mit Reis und Jambalaya oder … irgendwas von ihren Gerichten. Die sind alle gut.«

»Und das Maisbrot …« Molly rekelte sich neben ihm auf der Stranddecke. »Das Maisbrot ist einfach unglaublich.«

»Ja, stimmt. Und jetzt habe ich richtig Hunger.«

»Sollen wir uns einen Hot Dog holen?«, fragte sie.

»Ja, gleich, aber ich wollte zuerst noch mit dir reden.«

»Worüber?«

»Über das hier. Über … uns.«

»Oh.«

Eine Sekunde lang hatte Linc Angst, dass er alles falsch interpretiert hatte, aber das hatte er nicht. Er war sich ganz sicher, dass sie genau die gleichen Gefühle für ihn hatte wie er für sie. Und während der Juli mittlerweile schon zum August geworden war, machte er sich mehr und mehr Sorgen, wie er ohne sie leben sollte, wenn sie beide in drei kurzen Wochen in ihre alten Leben zurückkehrten.

»Worüber möchtest du sprechen?«

»Was nach dem Sommer passiert.«

»Du gehst nach Oxford, und ich gehe zurück nach Vermont. Das passiert.«

»Was, wenn …«

Sie legte ihre Hand auf seine, und die Berührung durchzuckte ihn wie ein Blitz, wie immer. »Nicht, Linc«, sagte sie leise. »Sag es nicht.«

»Warum nicht?«

»Darum. Wir wissen beide, was das hier ist. Und was es nicht ist.«

»Das Einzige, was ich weiß, ist, dass du in sieben Wochen zum wichtigsten Menschen in meinem Leben geworden bist, Mol. Ich möchte dort sein, wo du bist.«

»Du gehst nach England.«

»Ich weiß nicht.« Zum ersten Mal sprach er über die nagenden Zweifel, die er seit einiger Zeit hegte. »Vielleicht möchte ich ja jetzt etwas anderes.«

Er war überrascht, als sie aufstand und sich von der Decke entfernte.

Seine Augen konnten sich einfach nicht von dem spektakulären Anblick losreißen, den Molly im Bikini bot. Ob von hinten oder von vorne, dieser Anblick hatte es in sich. Er folgte ihr zum Wasser, wo sie stand und ihren Blick über den Golf von Mexiko schweifen ließ. In der Ferne erkannte er die Türme der Bohrinseln, mit denen die Wasserfläche gespickt war.

»Rede mit mir, Molly. Lauf nicht weg.«

Linc konnte es nicht fassen, als er Tränen in den Augen der mutigsten, freigeistigsten Frau, die er je kennengelernt hatte, entdeckte. Er konnte den Gedanken, dass er der Grund dafür war, nicht ertragen, legte den Arm um sie und zog sie an sich. »Sag schon.«

»Du gehst nach England. Über etwas anderes brauchen wir gar nicht erst zu reden.«

»Warum nicht?«

»Darum! Weil es dein Traum ist. Es ist das, was du schon dein ganzes Leben lang tun willst, und jetzt bist du so nah dran. Ich werde auf gar keinen Fall der Grund dafür sein, dass du nicht nach England gehst.«

»Was, wenn mein Traum sich verändert hat?«

Sie löste sich aus seiner Umarmung und schüttelte den Kopf. »Ein Traum, den du dein ganzes Leben lang hattest, verändert sich nicht in sieben Wochen.«

»Sagt wer?«

»Sage ich.«

»England läuft doch nicht weg«, gab er zurück.

»Ich möchte nicht weiter darüber reden. Du hast einen Plan für dein Leben, der dich glücklich macht.«

»Bis ich dich getroffen habe und sich völlig neue Möglichkeiten aufgetan haben.«

Sie verschränkte die Arme vor der Brust, ihre Haltung und ihr Gesichtsausdruck waren trotzig. »Ach ja? Und was denn für Möglichkeiten?«

»Du und ich, vielleicht ein paar Kinder und so viele Hunde, wie wir im Griff behalten können, ein Haus auf dem Land und Jahrzehnte zusammen.«

»Du ... das ... Lass das sofort sein, Lincoln Abbott.«

Sie lief wieder los, und wieder folgte er ihr und griff nach ihrem Arm, um sie aufzuhalten. Plötzlich war es überlebenswichtig, dass sie nicht weglief. »Was, wenn ich Oxford sage, dass ich dieses Jahr nicht komme?«

»Das wird nicht passieren. Ich lasse nicht zu, dass ich der Grund bin, aus dem du deinen Traum aufgibst.«

Er hob ihr Kinn an und gab ihr einen Kuss. »Ich liebe dich.«

»*Was? Du liebst mich doch nicht.* Wir hatten Spaß zusammen, mehr nicht. *Spaß.*«

»Ja, so hat es angefangen, aber jetzt ist es für mich so viel mehr. Ich liebe dich, und ich werde dir das so lange sagen, bis du mir glaubst. Ich möchte da sein, wo du bist, auch wenn das bedeutet, in einer Vermonter Kleinstadt zu leben.«

»Ich höre mir das nicht mehr länger an.« Molly stürmte in Richtung Decke davon, wo sie sich ihr Handtuch, ihre Kleider und ihre Tasche schnappte und dann zu den Fahrrädern lief, die sie sich von Keisha und Joseph geliehen hatten. Als Linc bei den Rädern ankam, war sie schon auf dem Weg zurück zum Campingplatz und trat wie wild in die Pedale.

Am Campingplatz, der am freien Tag der Freiwilligen menschenleer war, lief Molly sofort zu ihrem Zelt und zog den Reißverschluss zu, obwohl das bei dieser Hitze eigentlich völlig unerträglich sein musste.

Er entschied, ihr Zeit zu geben, zu duschen und über seinen nächsten Schritt nachzudenken.

Molly war sich sicher, dass sie gebraten werden würde, wenn sie zu lange in ihrem Zelt blieb. Sie versuchte, sich zu sammeln. Wie konnte er sie lieben? Er kannte sie ja kaum.

Nur, dass das nicht wirklich stimmte. Sie hatte ihm Sachen über sich erzählt, die sonst niemand wusste, zum Beispiel, wie sehr sie sich wünschte, Mutter zu sein, und wie wenig sie sich für das Familienunternehmen interessierte. Zu dieser Zeit und mit ihrem Alter hatte man als Frau einen eigenen Beruf zu wollen – aber sie wollte einfach nur eine Familie. Und ihrer Schwester Hannah ging es genauso, so dass sie beide als jüngste Kinder von Elmer und Sarah Stillman, denen der Green Mountain Country Store gehörte, nicht besonders gut dastanden. Ihre älteren Geschwister hatten sich schon anderswo ein Leben und ein Zuhause aufgebaut, weshalb es an ihr und Hannah war, das Familienunternehmen weiterzuführen.

Molly und ihre Schwester hatten oft darüber gesprochen, was sie nach dem College tun würden, wenn sie sich dem Tag der Wahrheit stellen müssten, was das Unternehmen, das ihre Großeltern vor Jahrzehnten gegründet hatten, betraf.

Sie wollten es nicht.

Ihr Vater konnte es kaum erwarten, seine Mädchen in die Firma zu holen.

Mollys Plan war, dem Unternehmen ein paar Jahre lang eine Chance zu geben, bevor sie hoffentlich heiraten und eine Familie gründen würde. Dann konnte sie wenigstens sagen, dass sie es versucht hatte. Denn eines wusste sie ganz sicher: Sie würde ihren geliebten Vater nicht enttäuschen, indem sie nicht zur Arbeit antrat, wenn sie wieder zu Hause war. Egal, was sie wollte und nicht wollte – sie liebte ihn zu sehr, um ihn zu enttäuschen.

Ein Mann, der davon träumte, das nächste Jahr in England zu verbringen, und der zudem noch Verpflichtungen seiner eigenen Familie gegenüber mitbrachte, passte nicht zu ihren Plänen. Selbst wenn sie ihn mehr mochte, als sie je irgendwen gemocht hatte, seit sie ihren geliebten Andrew verloren hatte, während sie noch zur Highschool ging.

Okay, also vielleicht liebte sie Lincoln auch ein kleines bisschen.

Vielleicht liebte sie ihn auch sehr und konnte sich ein Leben ohne ihn nicht mehr vorstellen, nachdem sie wochenlang Seite an Seite mit ihm gearbeitet und gelebt hatte. Bei diesem Gedanken bekam sie ein schlechtes Gewissen, weil sie sich geschworen hatte, dass sie nie jemanden so lieben würde, wie sie Andrew geliebt hatte.

Wie war das nur passiert?

Sie legte den Kopf auf ihre angezogenen Knie. Sie war verwirrt und begeistert und völlig verängstigt, alles auf einmal. Lincoln Abbott, der liebste, attraktivste, anziehendste und klügste Mann, dem sie je begegnet war, seit sie Andrew verloren hatte, *liebte* sie. Also, warum noch mal versteckte sie sich gerade in einem glühend heißen Zelt, weil Lincoln Abbott sie liebte? Weil sie nicht wollte, dass er für sie seine Pläne änderte. Er würde sie irgendwann dafür hassen, und das würde sie nicht überleben.

Aber vielleicht, wenn er wieder da war …

Sie öffnete den Reißverschluss ihres Zeltes und sah Lincoln, der gerade nur mit Shorts bekleidet von den Duschen zurückkam. Die harte, körperliche Arbeit hatte ihm einen definierten, muskulösen Körper verschafft, der dafür sorgte, dass sie sich Dinge vorstellte, an die sie besser nicht denken sollte, wenn sie ihm ausreden wollte, dass er sie liebte.

Er spürte ihren Blick und lächelte, während er zu ihrem Zelt herüberkam. »Ich hatte mich schon gefragt, wie lange du dadrinnen braten willst.«

»Ich … es tut mir leid.«

»Du musst dich doch nicht entschuldigen.«

»Doch, muss ich. Du hast mir etwas so Schönes gesagt, und ich habe mich verhalten wie eine … Ich weiß auch nicht, was, aber es war jedenfalls keine angemessene Antwort.«

»Schon in Ordnung. Ich liebe dich übrigens immer noch.«

»Lincoln.«

»Molly.«

Seine Lippen zitterten, weil er ein Lachen unterdrückte, und seine blauen Augen leuchteten wie immer, wenn er sie ansah.

»Kommst du kurz rein?«

»Wenn es sein muss.«

Und witzig war er auch, brachte sie ständig wegen irgendwelcher Kleinigkeiten zum Lachen. Molly rutschte zur Seite, um ihm in ihrem winzigen Zelt Platz zu machen. Als er neben ihr saß, nahm sie all ihren Mut zusammen und schaute ihm in die Augen. »Wahrscheinlich liebe ich dich auch.«

Er zog die Augenbrauen hoch. »Nur wahrscheinlich?«

Sie schluckte den riesigen Kloß in ihrer Kehle hinunter und versuchte, nicht darauf zu achten, wie der Schweiß ihr den Rücken hinunterlief. »Auf jeden Fall.«

»Das sind die besten Neuigkeiten, die ich je gehört habe.«

»Besser, als in Oxford angenommen worden zu sein?«

»Eine Million Mal besser.«

»Also, ich denke, wir sollten Folgendes tun ... Wir sollten uns dieses Jahr Zeit nehmen, während du in England bist, um uns darüber klarzuwerden, ob wir das hier wirklich wollen. Wir können einander schreiben und vielleicht ab und zu telefonieren und ... Warum schüttelst du den Kopf?«

»Ich möchte kein ganzes Jahr ohne dich verbringen.«

»Du hast mich doch vor sieben Wochen noch gar nicht gekannt!«

»Und jetzt kenne ich dich, und ich möchte nicht ohne dich sein, Molly. Komm doch mit!«

»Was?«

»Komm mit mir nach England.«

»Ich ... ich glaube, das kann ich nicht. Ich habe meinem Dad versprochen, dass ich im Country Store anfange, wenn ich wieder da bin.«

»Könntet ihr das nicht ein Jahr verschieben?«

»Er freut sich so darauf, dass ich anfange, ich … ich könnte es einfach nicht ertragen, ihn zu enttäuschen.«

Linc dachte kurz darüber nach. »Weißt du, was ich denke?«

Fast hatte sie Angst zu fragen. »Was denn?«

»Ich denke, du solltest mich mit nach Vermont nehmen und mich deiner Familie vorstellen und dem Country Store. Vielleicht gibt es dort ja einen Platz für mich.«

Sie starrte ihn an, als hätte er soeben vorgeschlagen, dass sie einen kleinen Abstecher zur Venus machten. »Hast du *komplett den Verstand verloren*? Du hast einen MBA aus Yale. Was zum Teufel willst du damit denn in einem Country Store in Vermont?«

»Ich bin neugierig. So, wie du das Ganze beschrieben hast, klingt es richtig interessant.«

»Nein.«

»Einfach nein? Wir können nicht darüber reden?«

»Wir haben darüber geredet, und du wirst das nicht tun. Es ist völlig bescheuert. Du könntest alles machen, was du willst.«

»Genau. Und ich will mir das Unternehmen deiner Familie in Vermont anschauen.«

»Du gehst nach England.«

»Vielleicht auch nicht.« Er streckte die Arme aus und drückte sie an sich. Dann küsste er sie. »Ich liebe dich. Ich möchte nie mehr ohne dich sein. Auch wenn das bedeutet, in Vermont zu leben und einen Country Store zu verwalten. Ich würde in einem Zelt leben, wenn das bedeutete, dass ich bei dir sein darf.«

»Die Hitze hat dir das Gehirn verbrannt. Du kannst keinen klaren Gedanken mehr fassen.«

»Ich hatte noch nie klarere Gedanken als jetzt. Wenn ich dich anschaue, sehe ich alles, was ich mir je gewünscht habe.«

»Wie kann das sein?«

»Keine Ahnung. Es ist einfach so.« Er küsste sie wieder, mit Nachdruck, als wolle er ihr beweisen, dass alles, was er bisher gesagt hatte, wahr war.

Sie fing an, ihm zu glauben. »Du gehst nach England.«

»Vielleicht auch nicht.«

»Du gehst.«

»Mal sehen.« Er legte den Kopf schief, damit er sie besser küssen konnte.

Bald schon lagen sie zusammen auf der Luftmatratze. Sie spürten nur einander, die glühende Hitze war wie weggeblasen. Zuvor hatten sie sich hier und da heimlich geküsst, aber weil es auf dem Campingplatz so gut wie keine Privatsphäre gab, waren sie nie weitergegangen. Aber das hier …

Molly war ganz verloren in ihm und darin, wie sie sich mit ihm fühlte. Und zu wissen, dass er sie liebte, so verrückt das auch klang, machte es noch notwendiger, bei ihm zu sein. Ihr Bikinioberteil verschwand, und als sie ihre nackten Brüste an seine Brust drückte, wurde ihr ganz schwindelig vor Verlangen.

Und dann hatte sie ein schlechtes Gewissen. Wie konnte sie das hier mit jemand anderem tun, wenn Andrew für immer fort war? Sie unterbrach den Kuss und holte ein paarmal tief Luft. Sie machte sich Vorwürfe, weil sie mit Lincoln so weit gegangen war.

»Was ist denn?« Er fuhr mit dem Daumen über ihre Brustwarze, was sie erschauern ließ.

»Ich … ich kann das nicht.«

»Warum nicht?«

»Es geht einfach nicht.« Sie stützte sich auf seiner Schulter ab und setzte sich auf, dann griff sie nach einem T-Shirt und zog es über.

»Mol …«

»Ich geh vor dem Abendessen noch kurz duschen.« Molly schnappte sich ihren Waschbeutel und verließ das Zelt, bevor er sie überreden konnte, zu bleiben. Ihr war klargeworden, dass er sie zu so ziemlich allem überreden konnte.

5

Liebt einander.
George Harrison

Molly ging ihm für zwei sehr lange Tage aus dem Weg. Am Ende des zweiten Tages packten sie gerade auf der Baustelle zusammen, als Keisha angefahren kam. Ihr Wagen hielt mit quietschenden Reifen, dann sprang sie aus dem Auto und rief nach Joseph. Die Verzweiflung in ihrer Stimme versetzte Lincoln sofort in höchste Alarmbereitschaft.

Irgendetwas stimmte nicht.

Joseph spurtete aus dem Haus, in dem er zu tun gehabt hatte.

Keisha rannte zu ihm hinüber.

Linc sah, dass sie weinte.

»Was ist los?«, fragte Charlie, einer der Freiwilligen.

»Ich weiß es nicht«, erwiderte Linc. Joseph und Keisha waren enge Freunde geworden, und er wollte wissen, was er tun konnte. Er ging zu ihnen. »Alles okay?«

In Josephs Blick lag der pure Schrecken, und Linc lief es kalt den Rücken hinunter, als er sagte: »Jalen ist verhaftet worden.«

Jalen war ihr vierzehn Jahre alter Sohn, und auch er war während des Sommers zu einem Freund geworden.

Er arbeitete mit ihnen auf der Baustelle, wenn er nicht in einem Nachhilfecamp war, um seine Defizite in Mathe auszugleichen.

»Warum denn?«

Keishas Augen waren voller Wut und Angst. »Weil er Schwarz ist.«

Linc zuckte zurück, wegen der Wut in ihrer Stimme und wegen der Angst, die so stark von den beiden ausging.

»Was weißt du denn, Schatz?« Josephs Stimme klang angespannt.

Keisha wischte sich die Tränen vom Gesicht. »Er war nach der Schule mit zwei Freunden in der Stadt unterwegs, und so, wie die beiden anderen es erzählt haben, hat die Polizei angehalten, um sie zu fragen, wo sie hingingen. Als sie geantwortet haben, dass sie auf dem Weg nach Hause seien, hat die Polizei gefragt, ob sie etwas mit einer Prügelei zu tun hätten, die es gestern Abend gab. Jalen hat gesagt, dass sie davon gar nichts wüssten. Die Polizei erklärte daraufhin, er solle nicht so frech sein, und sie haben ihm Handschellen angelegt. Als die anderen Jungs dagegen protestiert haben, hat die Polizei gesagt, sie sollten still sein, sonst nähmen sie sie auch mit.«

»Komm, wir holen ihn raus«, sagte Joseph.

»Wenn es irgendetwas gibt, was wir tun können …« Linc fühlte sich machtlos. Er war wütend und hatte Angst um seine Freunde.

»Wir sind gleich wieder da«, antwortete Joseph. »Räumt noch fertig auf, dann ist es gut für heute.« Er setzte sich auf den Fahrersitz von Keishas Auto, wartete, bis sie eingestiegen und angeschnallt war, und fuhr dann so schnell los, dass eine Staubwolke zurückblieb.

»O Mann«, sagte Cory. »Was zum Henker?«

»Ich weiß auch nicht.« Linc lag die Sache schwer im Magen.

»Das ist gar nicht gut«, meinte Josephs Partner Desmond. »Passiert viel zu oft, und manchmal geht es gar nicht gut aus.«

»Wie kann es sein, dass sie damit durchkommen?«

»Damit durchkommen? Das ist die Polizei. Die kommt mit allem durch, was sie will. Wer soll denn auch etwas dagegen machen?«

»Es muss doch irgendetwas geben, was wir tun können«, sagte Linc.

»Tu uns allen einen Gefallen und bleib, wo du hingehörst. Das hier ist so viel größer als du und dein einer Sommer in Mississippi.« Desmond ging zu seinem Truck und fuhr weg.

»Was ist los?«, fragte Molly, die von einem anderen Haus herübergekommen war.

Linc erzählte ihr, was passiert war.

»Komm schon! Das kann doch nicht sein! Jalen ist so ein guter Junge. Das können sie doch nicht machen.«

»Das haben wir auch gerade gesagt«, sagte Linc, »und anscheinend können sie es doch. Nach allem, was Desmond gesagt hat, passiert so etwas viel zu oft.«

»Unfassbar.« Molly verschränkte die Arme vor der

Brust. Sie sah aus, als könne sie eine Umarmung vertragen.

Er verstand, wie sie sich fühlte.

Einige Stunden später saßen sie mit einer niedergeschlagenen Gruppe Freiwilliger im Camp. Sie wünschten, sie könnten Joseph und Keisha helfen, aber sie hatten getan, worum sie gebeten worden waren, und nichts unternommen, außer für Jalen und seine Familie zu beten.

Linc drückte Molly die Hand und stand auf. Er brauchte eine Minute für sich. Er ging zum Waldrand und schaute hinaus in die Dunkelheit, während sich die Verzweiflung in seiner Seele breitmachte. Jalen war liebevoll, witzig, gut im Sport und in Musik, er hatte immer gute Noten, obwohl Mathe ihm Probleme bereitete, und er begegnete seinen Eltern und den Freiwilligen, mit denen er zusammenarbeitete, immer mit Respekt. Der Gedanke, dass ihm etwas passieren könnte, einem völlig unschuldigen Jungen, der zwischen die Fronten von etwas so viel Größerem geraten war …

Dann war Molly da, ihre Arme lagen um seine Taille und ihr Kopf auf seiner Schulter. Mehr brauchte es nicht, damit er sich ein wenig besser fühlte. Sie verstand ihn, und sie fühlte sich genauso hilflos wie er.

»Es ist einfach schrecklich«, sagte sie leise.

»Ich wünschte nur, wir könnten etwas tun.«

»Wir können Joseph und seine Familie weiter unterstützen und nächsten Sommer wiederkommen, wenn sie uns lassen. Wir kommen her, sooft wir können, und vielleicht sehen wir irgendwann, dass es besser wird.«

»Die Vorstellung gefällt mir richtig gut.«

Linc schlang die Arme um sie und drückte sie fest an sich. Er brauchte sie sehr viel länger als nur diesen Sommer. »Ich gehe nicht nach England, Mol.«

»Doch, gehst du.«

»Nein, tue ich nicht.«

»Doch.«

»Nein.«

»Doch.«

Er ließ zu, dass sie das letzte Wort hatte, aber er hatte sich entschieden. Nachdem er diesen Sommer mit ihr verbracht hatte, war alles, was er wollte und brauchte, wie es sich anfühlte, wenn er sie im Arm hielt.

»Was ist mit Jalen passiert?«, fragte Will.

»Sie haben ihn zwei Tage später rausgelassen, ohne ihn wegen irgendetwas anzuzeigen.«

»Dann haben sie ihm nichts getan?«, wollte Ella wissen.

»Glücklicherweise nicht, aber es hat lange gedauert, bis die Familie über den Zwischenfall hinweg war. Keisha würde euch sagen, dass Joseph danach nie wieder der Alte war. Aber Jalen hat es überstanden, und es geht ihm richtig gut. Er ist jetzt Anwalt und arbeitet für Schwarze Menschen, die unberechtigterweise inhaftiert worden sind. Er ist ziemlich bekannt.«

»Sie waren mal hier«, warf Hunter ein. »Ich erinnere mich noch.«

»Ja, stimmt«, sagte Lincoln. »Du warst damals drei oder vier. Als Jalen sich hier oben nach Universitäten umgeschaut und die UVM besichtigt hat, waren sie bei uns.«

»Ich weiß es auch noch«, meinte Hannah. »Er hat uns auf der Schaukel angeschubst. Sie hatten auch eine Tochter, oder?«

Linc nickte. »Jasmine. Sie war drei Jahre jünger als Jalen. Sie ist Buchhalterin und hat drei Kinder. Sie schreiben uns an Weihnachten, und ich spreche mindestens einmal im Monat mit Joseph.«

»Wir waren noch einen weiteren Sommer beim Bauprojekt.« Molly kuschelte sich an Callie, die tief und fest auf ihrem Schoß schlief. »Wir haben dort viele wichtige Freundschaften geschlossen. Es war die lohnendste Arbeit, die wir beide je hatten. Joseph hat fast dreihundert Häuser gebaut, und wir unterstützen immer noch die Stiftung, die er gegründet hat, um Menschen zu helfen, die noch nie ein Eigenheim hatten.«

»Und Dad ist wirklich nicht nach England gegangen«, sagte Max.

»Nicht in jenem Herbst, aber irgendwann habe ich es doch noch geschafft.« Lincoln lächelte Molly an. »Eure Mom hat für unseren zehnten Jahrestag eine Reise geplant. Die älteren von euch erinnern sich vielleicht daran, wie sie mir die Beatles-Tour geschenkt hat. Wir waren in Liverpool, in der Abbey Road, an Eleanor Rigbys Grabstein, in der Penny Lane und am Strawberry Field, unter anderem. Sie war sehr gründlich.«

»Ich wollte, dass er es nie bereut, dieses Jahr in England für mich aufgegeben zu haben.«

»Das habe ich auch nicht. Nicht eine Sekunde lang, wie du weißt.«

»Mom, was hättest du gemacht, wenn er nach England gemusst hätte?«, fragte Hunter.

»Ich schätze, ich wäre wohl mitgegangen, aber ich hatte Gramps versprochen, dass ich im Store anfange, wenn ich aus Mississippi zurück bin. Ihn wollte ich auch nicht enttäuschen.«

»Was mich wirklich interessiert, ist, wie es dazu kam, dass du in Vermont Moms Familienbetrieb leitest«, sagte Will. »Immer, wenn wir dich gefragt haben, hast du gesagt, das ist eine lange Geschichte, die man besser nicht erzählt.«

»Das finde ich auch immer noch, aber jetzt muss ich sie euch erzählen, weil ich heute zum ersten Mal von meiner Familie gehört habe, seit mein Vater mich gezwungen hat, mich zwischen ihnen und eurer Mutter zu entscheiden.«

Charley schnappte nach Luft. »Was? *Im Ernst?* Er hat dich zu *einer Entscheidung* gezwungen?«

»Im Ernst.« Linc schaute Molly in die Augen. »Es stand natürlich außer Frage, wie ich mich entscheiden würde, aber es war eine sehr schwere Zeit für uns.«

Am Abend, bevor der Campingplatz abgebaut werden sollte und die Freiwilligen nach Hause fahren würden, machte Lincoln sich auf die Suche nach Molly. Das Camp war nicht groß, es hätte also nicht allzu schwierig sein sollen, aber nachdem er wirklich überall gesucht hatte, fing er an, die anderen zu fragen, wo sie steckte.

»Sie hat irgendwas davon gesagt, dass sie noch in die Stadt will«, meinte einer der anderen Freiwilligen.

»Alleine?« Seit Jalens Festnahme wusste Linc allzu gut, dass es dort jederzeit Ärger geben konnte. Noch bevor Mollys Freundin Gloria bestätigen konnte, dass sie wirklich alleine losgezogen war, lief er schon zu seinem Fahrrad.

Er bog gerade um die Ecke, um sich auf den Weg Richtung Stadt zu machen, als ihm Molly begegnete, die auf dem Rückweg war. Erleichtert drehte er um und fuhr mit ihr zum Camp zurück.

»Was machst du denn hier draußen?«, fragte sie.

»Dich suchen.«

Doch erst als sie wenig später in Mollys Zelt saßen, fragte Linc: »Was hast du denn ganz alleine in der Stadt gemacht, Liebling?«

»Ich wollte dir ein Geschenk kaufen, aber ich habe nichts gefunden, was mir gefallen hat.«

»Du musst mir doch nichts schenken.«

»Ich wollte, dass du weißt, wie sehr ich dich vermissen werde.«

Es brach ihm das Herz, zu sehen, wie sie versuchte, sich unauffällig eine Träne wegzuwischen.

Linc schlang die Arme um sie und legte sein Kinn auf ihren Kopf. »Du wirst mich nicht vermissen müssen. Ich fahre mit dir zurück nach Vermont. Ich habe mir gestern ein Busticket gekauft.«

»Hast du nicht!«

»Hab ich doch. Ich habe es dir doch gesagt: Meine Pläne haben sich geändert. Ich will jetzt etwas anderes.«

»Das kannst du nicht machen. Du wirst es bereuen, wenn du nicht nach England gehst.«

Er drückte sie noch fester. »Das Einzige, was ich bereuen würde, wäre, dich zu verlieren. Ich komme mit nach Vermont.«

»Es wird dir nicht gefallen. Du wirst dich zu Tode langweilen.«

»Wirst du denn da sein?«

»Ja, aber ...«

»Kein Aber. Wenn du da bist, werde ich mich nie langweilen.« Er hob ihr Kinn an und küsste ihr die Tränen von den Wangen. »Ich schwöre bei Gott, dass ich nie bereuen werde, dass ich nicht nach England gegangen bin, aber ich weiß ganz sicher, dass ich es immer bereuen würde, wenn ich nicht mit dir gehen würde.«

Dann küsste er sie auf den Mund und genoss den süßen, salzigen Geschmack. »Du musst mir wirklich glauben, wenn ich dir sage, dass ich mich diesen Sommer Hals über Kopf in dich verliebt habe und dass jede Chance, die ich in meinem Leben auf das Glück habe, jetzt mit dir zusammenhängt.«

Sie wischte sich noch mehr Tränen ab. »Ich versuche immer noch, zu verstehen, wie das möglich ist.«

»Bist du dir schon mal begegnet? Du bist der beste Mensch, den ich kenne. Jeder würde mit dir zusammen sein wollen.«

»Versprichst du, dass du mir nie die Schuld daran geben wirst, dass du Oxford aufgegeben hast?«

»Ich verspreche es.«

»Du bist dir sicher, Linc? Wirklich *ganz* sicher?«

»Weißt du was?«

»Was denn?«

»Ich liebe dich mehr als die Beatles.«

6

Liebe ist die Antwort, das weißt du doch.
Liebe ist eine Blume, und du musst sie wachsen lassen.
John Lennon

Molly lachte, während sie sich unauffällig der Tränen annahm, die ihr jedes Mal in die Augen stiegen, wenn sie sich an den wichtigsten Augenblick ihres Lebens erinnerte. In diesem Moment hatte sie sicher gewusst, dass Lincoln Abbott sie wirklich liebte. »Das hat mich überzeugt, dass er es ernst meint.«

»Das hat Dad wirklich gut gemacht«, sagte Hunter. »Ich bin beeindruckt.«

»War ich auch«, antwortete Molly. »Als er gesagt hat, dass er es nie bereuen würde, nicht nach England gegangen zu sein, und dass er es immer bereuen würde, wenn er nicht mit mir nach Vermont fuhr …« Sie wedelte mit der Hand vor ihrem Gesicht herum, während sie versuchte, die Tränen zurückzuhalten. »Da habe ich definitiv angefangen, ihm zu glauben. Aber als er gesagt hat, er liebt mich mehr als die Beatles – da gab es kein Zurück mehr. Und das hätte ich natürlich auch gar nicht gewollt.«

»Ihr seid also zusammen von Mississippi nach Vermont gefahren?«, fragte Wade.

»Ja«, antwortete Lincoln. »Eine dreißigstündige Busfahrt, auf der wir fleißig Pläne geschmiedet haben. Ich würde mir einen Job suchen, wir würden so schnell wie möglich heiraten und uns gleich an die Arbeit machen, um diese Babys in die Welt zu setzen, die eure Mom sich so wünschte.«

»Ihr habt nie darüber nachgedacht, woanders zu leben?«, wollte Landon wissen.

»So, wie Molly über Vermont und ihre Familie sprach, wusste ich, dass sie woanders nie glücklich sein würde, und weil es mir mit keinem Ort, an dem ich je gewesen war, so ging, habe ich mich sehr gerne angepasst. Ich wollte einfach alles tun, damit sie glücklich war.«

»Versteht ihr jetzt, warum ich mich Hals über Kopf verliebt habe?«, fragte Molly.

»Erzählt uns jetzt bitte nicht mehr, als wir wissen wollen«, erklärte Charley klar und deutlich wie immer. »Was mich wirklich interessiert, ist, wann Dad seinem Vater gesagt hat, dass er das Familienunternehmen nicht übernehmen würde.«

»Das erzählen wir euch gleich«, sagte Linc. »Aber wir dürfen nicht überspringen, wie ich zum ersten Mal nach Vermont kam und eure Großeltern kennenlernte.«

Die Busfahrt war lang, aber mit Linc zusammen ließ sie sich sehr gut aushalten. Er war so aufgeregt und so begeistert am Pläneschmieden für ihre Zukunft, dass Molly Schwierigkeiten hatte, mit ihm mitzuhalten. Sie musste sich immer noch kneifen, um glauben zu können, dass dieser liebe, kluge und unglaublich attraktive Mann, den sie in Mississippi kennengelernt hatte, sie mehr liebte als die Beatles und sie so bald wie möglich heiraten wollte.

Um sie herum drehte sich alles, und zwar auf eine sehr angenehme Art und Weise. Seine Vorfreude war ansteckend, auch wenn sie sich immer noch Sorgen machte, dass er es irgendwann bereuen würde, dass er die Chance, in Oxford zu studieren, aufgegeben hatte. Er hatte ihr versprochen, dass er das nicht tun würde, und ihr blieb nichts anderes übrig, als ihm das zu glauben, vor allem, weil er Pläne schmiedete, die ihre ganze Aufmerksamkeit verlangten.

»Ich habe eine Maklerin in Vermont angerufen, bevor wir in Mississippi abgefahren sind«, sagte er kurz vor New York.

»Du hast *was* gemacht?«

»Ich habe eine Maklerin angerufen, ihr gesagt, was ich mir leisten kann, und sie hat etwas zum Ausbauen gefunden. Wir können alles, was wir diesen Sommer gelernt haben, benutzen, um es zu unserem Zuhause zu machen.«

»Du hast doch kein Haus gekauft, ohne es dir wenigstens vorher anzuschauen?«

»Und wenn doch?«

»Lincoln! Du bist verrückt! Das macht man doch nicht. Und wann wolltest du mir etwas davon sagen? Wir sitzen schon seit mehr als zwanzig Stunden in diesem Bus.«

»So was macht man, wenn man versucht, die Person, die man liebt, davon zu überzeugen, dass man wirklich vorhat, mit ihr an dem Ort, den sie liebt, zusammenzuleben.«

»Du hast gesagt, du liebst mich mehr als die Beatles. Ich bin bereits überzeugt.«

»Wir werden ein Zuhause brauchen.«

»Dann wartet man, bis man ankommt, um sich darum zu kümmern. Man ruft nicht irgendeine x-beliebige Maklerin an, die dir wahrscheinlich den reinsten Schrott verkauft. Wie hieß sie überhaupt?«

»Eine Frau namens Gertrude, die sich Dude nennen lässt.«

Molly fing an zu lachen. Sie lachte so sehr, dass sie kaum noch Luft bekam.

»Was ist denn so lustig?«

»Du hast der Frau ein Haus abgekauft, die von allen in Butler Schneewittchen genannt wird, weil ihr alles egal ist, was nicht mit Tieren zu tun hat.«

»Oh.«

»Ja. Was zum Teufel hat sie dir verkauft?«

»Also, jetzt raste nicht gleich aus oder so …«

»O mein Gott. Was hast du getan?«

»Sie hat mir von einer Scheune in der Hells Peak Road erzählt. Kennst du die Straße?«

Molly lachte, bis ihr die Tränen über die Wangen liefen und sie einen Hustenanfall bekam. »Sag mal«, brachte sie hervor, während sie immer noch nach Luft schnappte. Mittlerweile verfolgte der halbe Bus das Schauspiel. »Du hast doch nicht die alte Scheune der Andersens gekauft?«

»Ich weiß doch nicht, wem die Scheune vorher gehört hat.« Linc klang jetzt ein bisschen beleidigt.

»Du hast keine Ahnung, was du gekauft hast, oder?«

»Ich habe uns ein Zuhause gekauft.«

»Du hast uns ein einsturzgefährdetes Wrack von einer Scheune gekauft, in der noch vor ein paar Monaten Kühe gelebt haben!«

»Sie hat gesagt, es sei die einzige Immobilie, die momentan in Butler zum Verkauf steht. Die Kühe hat sie nicht erwähnt.«

»Warum überrascht mich das jetzt nicht?«

»Ist diese Dude überhaupt wirklich Maklerin?«

»Unter anderem. Ist schon okay. Du kannst das Geld zurückbekommen, oder?«

»Ähm, na ja, also …«

»Lincoln Abbott! *Du hast doch keine Kaution, die du nicht mehr zurückbekommen kannst, für ein einsturzgefährdetes Wrack von einer Scheune, in der noch vor kurzem Kühe gelebt haben, bezahlt!*« Sie hielt inne und schaute ihn mit weit aufgerissenen Augen an. »Oder doch?«

»Vielleicht?« Er grinste.

»Wie viel?«

»So zehntausend?«

»Dollar?«

»Ja, Dollar, und jetzt schau mich doch nicht so an.

Wenn ich möchte, dass deine Eltern mich als zukünftigen Mann ihrer Tochter ernst nehmen, brauchen wir ein Zuhause.«

»Musste es eine einsturzgefährdete Scheune sein, in der vor ein paar Monaten noch Kühe gelebt haben?«

»Es muss schließlich Platz für die ganzen Kinder geben, die du willst.«

»Wenigstens hat jedes seine eigene Box. Bekommen sie auch jeden Tag frisches Heu?«

Linc riss die Augen auf. »Ich hatte ja keine Ahnung, dass meine geliebte Molly Stillman so sarkastisch werden kann.«

»Willst du immer noch Oxford aufgeben und dann in Vermont in einer verfallenen Scheune leben, wo es wahrscheinlich nach Kuhmist riecht?«

»Auf jeden Fall! Ich finde die sarkastische Molly ziemlich sexy.«

»Du bist doch nicht mehr ganz richtig im Kopf.«

»Ich glaube, mich daran zu erinnern, dass ich dir das gesagt habe, als wir uns kennengelernt haben. Du sagtest, ich sei ein Soziopath.«

»Ich hätte damals besser aufpassen sollen. Was hat dir Dude noch verkauft außer der verfallenen Scheune mit dem durchhängenden Dach?«

»Sie hat mir den Traum von einem Leben in Butler, Vermont, verkauft, mit dir und unserem Stall voller Kinder und vielleicht dem Country Store, falls dein Dad mich einstellt. Und von verschneiten Wintern und atemberaubenden Herbsten, von Apfelernte und Ahornsirupherstellung und einem einfachen, erfüllten Leben, das besser klingt als alles, was ich bisher kannte. Aber nur, wenn du dabei bist, um alles perfekt zu machen.«

»Ich denke darüber nach, dir für die Scheune zu vergeben. Irgendwann.«

»Wenn aus der Scheune das coolste Haus in Butler geworden ist, wirst du mir noch danken, dass ich die Weitsicht und Weisheit hatte, uns ein Zuhause zu kaufen, in dem Platz für die fünf Kinder ist, die du haben willst.«

»Fünf? Ich hatte gesagt, vielleicht drei.«

»Ich habe fünf gehört.«

»Jetzt hörst du auch noch Stimmen. Ich fange allmählich an, meine Wahl in Frage zu stellen.«

»Nicht wirklich, oder?«

»Nein, aber ich werde keine fünf Kinder bekommen.«

»Dann eben vier.«

»Drei.«

»Vielleicht haben wir ja Glück und bekommen Zwillinge.«

»Ich bringe dich um, wenn das passiert.«

»Tust du nicht. Du liebst mich viel zu sehr, um mich umzubringen.«

»Wenn du mich mit Zwillingen schwängerst, bringe ich dich um. Ich habe dich gewarnt.«

»Gut zu wissen. Ich sag meinen Jungs, dass sie sich immer nur auf eine Eizelle konzentrieren sollen.«

»Mach das.«

»Wie lange dauert es denn noch, bis wir das machen können? Dieses Gespräch über Eizellen macht mich ganz heiß.«

Molly kicherte, als er ihren Hals küsste und ihr ein Schauer den Rücken hinunterlief. »Bald. Versprochen.«

Da sie im Camp so gut wie keine Privatsphäre gehabt hatten, hatten sie ihre Leidenschaft im Zaum halten müssen, bis sie irgendwo alleine sein konnten. Und es gab etwas, das sie noch mit ihm teilen musste, etwas, das sie ihm noch nicht erzählt hatte. Nicht, weil sie glaubte, er würde es nicht verstehen, sondern weil es immer noch weh tat, darüber zu sprechen, sogar mit ihm.

»Also ... Mein Dad wird uns wahrscheinlich am Busbahnhof abholen, und er ist ein bisschen komisch, wenn es um meine Schwester Hannah und mich und Dating und Jungs und all so was geht.«

»Komisch inwiefern?«

»Ihm wäre es lieber, wenn wir einfach grundsätzlich nie mit Jungs sprechen würden.«

»Er weiß aber schon, dass das lächerlich ist, oder?«

»Natürlich weiß er das, aber du musst ein bisschen Geduld mit ihm haben. Er sollte sich an ›Molly hat einen Freund‹ gewöhnen und dich ein bisschen kennenlernen, bevor er herausfindet, dass wir ... Du weißt schon ...«

»Es kaum erwarten können, übereinander herzufallen?«

»Lincoln, hör auf!«

Er fand es einfach wundervoll, wie ihr Gesicht zu leuchten begann, wenn ihr etwas peinlich war. Das machte es zu seiner neuen Lieblingsbeschäftigung, dafür zu sorgen, dass ihr etwas peinlich war. »Wir können es also erwarten, übereinander herzufallen?«

»Wenn du das noch einmal sagst, wird es nie passieren.«

»Was? Was wird nicht passieren? Sag es.«

»Ich werde gar nichts sagen und du auch nicht, wenn du weißt, was gut für dich ist.«

»Ich weiß, was gut für mich ist.« Er vergrub sein Gesicht an ihrem Hals. »Ihr Name ist Molly. Süße, süße Molly. Ich kann es kaum erwarten, dass wir jede Nacht nackt nebeneinander schlafen können.«

»Hör auf.«

»Ich werde nie aufhören, das zu wollen. Wenn wir alt und grau sind, werde ich immer noch nackt neben dir schlafen wollen.«

»Mein ernsthafter Rat ist, dass du darüber nicht sprichst, wenn wir uns in einem Umkreis von weniger als fünfhundert Meilen von meinem Vater befinden, sonst wird es wahrscheinlich nie passieren.«

»Gut zu wissen.«

»Er ist wirklich, wirklich nett, und du wirst ihn lieben, wenn wir erst mal die Peinlichkeit überwunden haben, wenn ihm klarwird, dass ich jemanden kennengelernt habe, der mich heiraten und mit mir Babys haben möchte. Die Babys erwähnst du wahrscheinlich besser auch nicht, bevor wir ordnungsgemäß verheiratet sind.«

»Verstanden. Sonst noch was?«

»Behalte deine Hände bei dir, wenn er in der Nähe ist, sonst hast du schnell eine weniger.«

»Ebenfalls gut zu wissen. Bitte sag, dass deine Mutter halbwegs normal ist.«

»Sie ist der liebste Mensch der Welt. Er übrigens auch – wenn du ihn, wie gesagt, erst mal kennst.«

»Ich glaube dir das jetzt einfach mal.«

»Du wirst schon sehen. Er gewöhnt sich daran. Es dauert vielleicht ein kleines bisschen, bis er dir vertraut.«

Irgendwann legten sie die Köpfe aneinander, hielten sich an den Händen und dösten. Der Weg nach Vermont schien unendlich zu sein. Als der Bus in den Busbahnhof von Rutland einfuhr, konnte Linc es kaum erwarten, auszusteigen und sich seinen neuen Heimatstaat Vermont anzusehen. Während er bereits mit Molly Pläne schmiedete, gab es zu Hause in Philadelphia noch einiges, worum er sich kümmern musste. Doch dafür würde ihm auch noch Zeit bleiben, wenn er ein bisschen Ordnung in sein neues Leben in Vermont gebracht hatte.

Der erste Schritt war, Mollys Eltern kennenzulernen und sie davon zu überzeugen, dass er ihre Tochter für den Rest seines Lebens lieben und sich gut um sie kümmern würde. Der zweite Schritt würde es sein, Arbeit zu finden, und der dritte, ihr einen Antrag zu machen und ein Datum für die Hochzeit festzulegen. Wenn das alles erledigt war, würde er seine Verlobte mit nach Philadelphia nehmen, um sie seiner Familie vorzustellen und ihnen von ihren Plänen zu erzählen.

Elmer Stillman wartete schon auf sie.

Molly stieß einen Freudenschrei aus und rannte in die ausgestreckten Arme ihres Vaters.

»Du kannst nie mehr so lange von mir fortgehen.« Elmer drückte Molly fest an sich.

»Sei nicht so dramatisch, Daddy.«

»Ich bin nicht dramatisch. Das war der längste Sommer meines Lebens, ohne Frage. Ich habe die Tage gezählt, bis mein kleines Mädchen wieder nach Hause kommt.«

»Ich bin fast dreiundzwanzig. Wann wirst du damit aufhören, mich dein kleines Mädchen zu nennen?«

»Wenn ich tot und begraben bin?« Er nahm eine ihrer Taschen, griff nach ihrer Hand und zog sie Richtung Parkplatz.

»Warte, Dad. Ich habe einen Freund mitgebracht, den ich dir gerne vorstellen möchte. Bitte sei nett zu ihm.«

Elmer blieb stehen, ließ Mollys Hand los, drehte sich um und bemerkte zum ersten Mal Lincoln. Er musterte ihn misstrauisch.

»Guten Tag, Sir, ich bin Lincoln Abbott, ein Freund von Molly.«

Elmer schüttelte ihm die Hand, hörte aber nicht auf, ihn zu mustern. Seine klaren blauen Augen sorgten dafür, dass Lincoln sich wie ein kleiner Junge fühlte. »Welche Art Freund bist du denn, mein Sohn?«

»Die Beziehungsart, Sir.«

»So ist das also?«

Lincoln weigerte sich, als Erster zu blinzeln. »Ja, Sir. Ich liebe Ihre Tochter sehr, und ich hoffe, sie so bald wie möglich zu heiraten.«

»Linc! Ich hatte doch gesagt, du sollst ihm *Zeit lassen*, sich an den Gedanken zu gewöhnen. So hatte ich mir das nicht vorgestellt.«

Elmer schaute düster drein. »Meine Molly hat keine Beziehungen.«

»Also wirklich, Dad, ich hatte schon mal eine Beziehung, und das weißt du ganz genau, also hör auf, dich so seltsam aufzuführen, und sei nett zu meinem neuen Freund.«

»Ist er jetzt ein Freund oder dein fester Freund?«

»Ähm, na ja ...«

Linc stieß sie ungeduldig an.

»Mein fester Freund. Definitiv mein fester Freund.«

»Und er möchte dich heiraten.« Elmer warf Lincoln einen weiteren misstrauischen Blick zu.

»Das hat er ja gesagt.«

»Ihr wisst schon, dass ich euch zuhöre, oder?«, fragte Linc.

Elmer warf Linc einen Blick zu, der dafür sorgte, dass er dankbar war, dass Blicke tatsächlich nicht töten konnten. »Mit dir redet hier aber niemand.«

Molly nahm ihren Vater beim Arm und zog ihn mit sich Richtung Parkplatz.

Lincoln folgte den beiden und hoffte, dass Elmer ihn ins Auto ließ.

»In diesem Moment habe ich beschlossen, dass ich mich nicht so aufführen würde, wenn ich je Töchter hätte. Ich würde nicht so unfreundlich zu den Männern sein, die sie mit nach Hause brachten«, sagte Linc. »Ich würde viel fortschrittlicher sein als Elmer, da war ich mir sicher.«

Hannah, Ella und Charley brachen in wildes Gelächter aus.

»Ist klar«, sagte Charley. »Du warst der größte Klotz am Bein aller Zeiten, als wir unsere ersten Dates hatten.«

»Weißt du noch, wie du nicht zugelassen hast, dass Caleb und ich uns alleine im selben Zimmer aufhielten, auch wenn wir nur fernsehen wollten?«, fragte Hannah.

»Das weiß ich noch«, lachte Hunter. »Er hat sich immer zwischen euch aufs Sofa gesetzt.«

»Es war wirklich unmöglich!« Hannah war immer noch entrüstet. »Selbst als wir schon verlobt waren, hat er sich noch völlig lächerlich aufgeführt.«

»Mein Schwiegervater hat mir alles beigebracht, was ich wissen musste, um meinen Töchtern die Männer vom Leib zu halten«, sagte Linc schmunzelnd angesichts ihrer Erinnerungen. Er hatte festgestellt, dass man manche Vorsätze leichter einhalten konnte als andere. Als die Jungs angefangen hatten, seine drei geliebten Töchter zu beschnüffeln, zum Beispiel. Wie Elmer hatte er es ein bisschen übertrieben, nicht, dass er das seinen Töchtern gegenüber je zugeben würde.

»Ich wusste, woran ich bin, seit du aus diesem Bus gestiegen bist«, erklärte Elmer. »Stell dir vor, wie du völlig aus dem Nichts heraus aufgetaucht bist und verkündet hast, dass du meine Molly heiraten möchtest. Du hattest komplett den Verstand verloren.«

»Ich war total verliebt.« Linc lächelte Molly an.

»Es war abstoßend«, sagte Elmer. Seine Enkelkinder brüllten vor Lachen.

Molly griff nach Lincs Hand. »Es war rein gar nichts abstoßend daran, und du musst zugeben, Dad, dass er all deine lächerlichen Anforderungen erfüllt hat.«

»Hat er«, gab Elmer zu. »Selbst die, von denen ich dachte, dass sie ihn zu Fall bringen würden.«

»Zum Beispiel, als er die ganze Nacht vor dem Schlafzimmer eurer Mutter sitzen geblieben ist, als ich zum ersten Mal bei ihr übernachtet habe, damit ich mich nur ja nicht nachts zu ihr schleichen konnte«, sagte Linc.

»Woher weißt du, dass ich da saß, wenn du es nicht versucht hast?« Elmer zog die Augenbrauen hoch.

»Diese Frage möchte ich auf der Grundlage von fehlender Zurechnungsfähigkeit nicht beantworten. Ich stand unter dem Einfluss der ewigen Liebe.«

»Würg«, sagte Landon.

»Da gibt's nichts zu würgen, Junge«, gab Linc zurück. »Deine Mutter war und ist eine wunderschöne Frau. Ich wollte die ganze Zeit mit ihr zusammen sein. Daran hat sich nichts geändert.«

»Und das wusste ich, sobald ich gesehen habe, wie du mein kleines Mädchen anschaust«, meldete sich Elmer zu Wort.

»Dein *kleines Mädchen* war fast dreiundzwanzig.«

»Sie ist immer noch mein kleines Mädchen, auch wenn du zehn Kinder mit ihr hast. Du tätest gut daran, das nicht zu vergessen, junger Mann.«

»Niemals, Sir.«

Elmers Lächeln brachte sein liebenswertes Gesicht zum Strahlen. Trotz ihres holprigen Starts waren Linc und sein Schwiegervater die besten Freunde. Sie sahen sich täglich, selbst wenn sie es nur auf eine Tasse Kaffee in den Diner schafften, und neckten sich unablässig. Linc hatte alles, was er darüber wusste, ein guter Ehemann und Vater zu sein, von Elmer gelernt und wandte sich stets an ihn, wenn ihm etwas zu schaffen machte, so wie jetzt.

»Wie fandest du Butler, als du ankamst, Dad?«, fragte Will.

»Ich fand Butler sofort toll, vor allem den Store. So etwas hatte ich noch nie gesehen.«

»Ich habe ihn eingestellt, damit ich weiterhin ein Auge auf ihn haben konnte«, sagte Elmer.

»Ach *bitte*«, meinte Linc. »Dir ging es nur um meinen MBA von der Yale. Gib es zu.«

»Ich werde rein gar nichts zugeben, aber ich werde anerkennend feststellen, dass du in unserem Unternehmen zu einem Wachstum beigetragen hast, das ich nicht für möglich gehalten hätte.«

»Dank meines MBA von Yale.«

»Ach, halt die Klappe.«

»Seht ihr Kinder jetzt, womit ich mich bei eurem Großvater von Anfang an herumschlagen musste?«, fragte Linc.

»Für mich sieht es aus, als hätte er dafür gesorgt, dass du nicht größenwahnsinnig wirst«, antwortete Hannah.

»Genau, Liebling«, sagte Elmer. »Das hatte er auch nötig, als er hier mit seinem Elite-MBA ankam und verkündete, dass er *meine Molly* heiraten würde. So eine Frechheit!«

Molly lachte über den Gesichtsausdruck ihres Vaters. »Das ist jetzt vierzig Jahre her, Dad. Vielleicht solltest du es langsam hinter dir lassen.«

»Niemals.«

»Warum hast du ihn angestellt, wenn du ihm nicht vertraut hast, Gramps?«, fragte Ella.

»Kennst du das Sprichwort ›Hab deine Freunde immer in der Nähe, deine Feinde aber noch näher‹?« Elmer warf Linc einen berechnenden Blick zu.

»Was von beidem war Dad?«, hakte Ella nach.

»Das wusste ich noch nicht, also dachte ich, wenn ich ihn einstelle, könnte ich ein Auge auf ihn haben, bis ich es herausfinde.«

»Bla, bla, bla«, sagte Linc. »Du wolltest meinen MBA.«

»Ich wollte dir eine Beschäftigung geben, damit du nicht die ganze Zeit meiner Tochter deinen nackten Hintern zeigst.«

»Ich habe deiner Tochter nie meinen nackten Hintern gezeigt.«

»Na ja«, meldete sich Molly zu Wort. »Dieses eine Mal …«

»Sag noch ein einziges Wort, und er ist gefeuert«, sagte Elmer zum wilden Gelächter der anderen.

Als Vorstandsvorsitzender war Elmer tatsächlich dazu befugt – nicht, dass er das je ausnutzen würde. Linc hatte tolle Arbeit geleistet und dafür gesorgt, dass sich Elmers Familienbetrieb von einem kleinen Laden in einer Kleinstadt zu einer Marke, die langsam, aber sicher im ganzen Land bekannt wurde, entwickelte.

»Was mich wirklich interessiert«, meinte Will, »ist, was dein Dad gesagt hat, als du ihm eröffnet hast, dass du einen Job bei einem Country Store in Vermont angenommen hast.«

»Ja, das ist nicht besonders toll gelaufen.« Linc sackte sichtlich in sich zusammen, als er sich an Dinge erinnern musste, die er viel lieber vergessen hätte.

»Ich mach schon.« Molly wusste wie immer ganz genau, wie er sich fühlte.

»Klar, Liebling, erzähl du es nur.«

»Etwa einen Monat, nachdem euer Dad mit mir nach Vermont gekommen war, gingen wir in den Bergen wandern. Es war ein klarer, wunderschöner Septembertag, und als wir am Gipfel ankamen, ging er vor mir auf die Knie und machte mir einen Antrag. Obwohl ich gewusst hatte, dass er das vorhatte, hat er mich an jenem Tag wirklich damit überrascht. Es war einer der besten Tage meines Lebens.«

»Hast du dir immer noch Sorgen wegen Oxford gemacht?«, fragte Charley.

»Ein bisschen, aber es schien ihm wirklich zu gefallen, im Store zu arbeiten und in Butler zu leben. Wir hatten mit den Arbeiten an der Scheune begonnen, und es war unser Ziel, vor dem Winter eine Küche, ein Badezimmer und ein Schlafzimmer zu haben. Die Waschküche war unser erstes Schlafzimmer.«

»Ihr behauptet doch immer, dass Hannah und ich in einem Zelt gezeugt worden sind.« Hunter runzelte die Stirn. »Als ob wir das wissen müssten.«

»Wurdet ihr auch«, sagte Molly, »aber das ist kein Teil dieser Geschichte.«

»Gott sei Dank«, erklärte Colton. »Das will auch wirklich niemand hören.«

»Ist eine ziemlich gute Geschichte.« Molly grinste Lincoln schelmisch an.

»Nein!«, riefen ihre zehn Kinder und Elmer im Chor.

»Ich kann diesen Freund von dir immer noch achtkantig aus unserer Stadt werfen«, sagte Elmer.

»Na ja, Dad, es ist ungefähr zehn Kinder zu spät. Aber wie auch immer, wo war ich? Ach ja, wir waren verlobt und dabei, die Scheune auszubauen. Dad arbeitete gerne für Gramps, auch wenn Gramps jeden zweiten Tag drohte, ihm die Kehle umzudrehen.«

»Die risikoreichste Zeit meines Lebens«, sagte Linc belustigt. »Aber es war die Gefahr absolut wert, jeden Tag mit Mols verbringen zu dürfen.«

»Das Einzige, was zwischen uns und unseren Plänen stand, war, dass euer Vater seiner Familie noch nicht gesagt hatte, dass er in Vermont leben und arbeiten wollte, statt nach England zu gehen. Und dass er nicht ins Familienunternehmen einsteigen würde.«

»Was dachten sie denn, wo du die ganze Zeit steckst?«

»In Oxford?«

»Du hättest uns umgebracht, wenn wir so was durchgezogen hätten«, sagte Charley.

»Oh, auf jeden Fall«, erwiderte Lincoln. »Ich sage ja nicht, dass ich das richtig gemacht habe, aber ich wollte, dass mein Leben in Vermont in geregelten Bahnen läuft, bevor ich nach Hause fuhr, um meiner Familie zu sagen, dass sich meine Pläne geändert hatten. Und ich wollte, dass eure Mom und ich verlobt sind.«

»Hat er um ihre Hand angehalten, Gramps?«, fragte Will.

»Hat er, und er hat genau die richtigen Dinge gesagt, dass er sich für den Rest seines Lebens um sie kümmern und sie beschützen würde und dass er sie immer lieben würde. Zehn Kinder hat er nicht erwähnt, sonst hätte ich es mir vielleicht noch mal anders überlegt.«

»Aber dann hättest du uns nicht!« Max zeigte auf sich, Lucas und Landon, die drei jüngsten Geschwister.

»Und das wäre wirklich eine Tragödie. Ich habe mich mit ihm abgefunden, weil ich dafür euch alle bekommen habe.«

»Deswegen steckt ihr beide auch schon seit Jahren unter einer Decke, um uns alle zu verkuppeln.« Ella lächelte ihren Großvater liebevoll an. »Weil du es kaum mit ihm aushalten kannst.«

»Genau. Sobald ihr Kinder in festen Händen seid, kann ich ihn ein für alle Mal loswerden. Dieser unverschämte Bengel, kreuzt einfach auf und hält Händchen mit meiner Molly, als hätte er ein Recht dazu.«

»Er hatte ein Recht dazu, Dad, also kannst du diesen vierzig Jahre alten Unsinn jetzt endlich vergessen.«

Ihr Vater lächelte unschuldig. »Wäre das nicht schön, mein Liebling?«

Molly verdrehte die Augen. »Ich habe darauf bestanden, dass wir zu seiner Familie fahren, wenn wir ein Datum für die Hochzeit festgelegt hatten.«

»Ich wollte nicht«, sagte Linc. »Ich hatte Angst, dass sie es irgendwie schaffen würden, mir das perfekte Leben, dass ich mit eurer Mutter aufgebaut hatte, zu zerstören.«

»Waren sie nicht nett?« Hannah runzelte die Stirn, als könne sie sich nicht vorstellen, dass Eltern nicht nett zu ihrem eigenen Kind waren.

»Das war es weniger, es lag eher daran, dass mein Vater eine genaue Vorstellung davon hatte, wie wir unser Leben zu leben hatten, und wenn wir dieser Vorstellung nicht genauestens folgten, war er sofort da und brachte uns wieder auf Kurs. So war das schon immer, und es war schlimmer geworden, seit wir Hunter verloren hatten, also glaubte ich, dass es jetzt noch schlimmer werden würde. Und damit hatte ich leider recht.«

7

Zeitverschwendung, die man genießt,
ist keine Zeitverschwendung.
John Lennon

Linc hatte zwei Monate lang in einem wundervollen Zustand der Verdrängung verbracht, als Molly darauf bestand, dass sie endlich nach Philadelphia fuhren, damit sie seine Familie kennenlernte und sie ihnen von ihren Plänen berichten konnten. Er hatte sich an das Leben in Vermont gewöhnt wie der sprichwörtliche Fisch ans Wasser. Er liebte alles an diesem Kleinstadt-Lebensstil – man konnte so gut wie überall zu Fuß hingehen, alle waren freundlich, er liebte den Green Mountain Country Store, den Mollys Familie führte, und natürlich Molly selbst.

In Mississippi war sie schon toll gewesen, aber hier, umringt von ihrer geliebten Familie, war sie einfach wundervoll. Nachdem er sie dort gesehen hatte, war ihm klar, dass sie an einem anderen Ort nie so glücklich sein würde wie in Vermont. Genau wie er, wollte sie reisen und die Welt sehen, aber ihr Zuhause und ihr Herz würden immer hier in Butler sein.

Bevor er sie kennengelernt hatte, hätte er sich gefragt, ob er sich jemals mit dem Leben in einer Kleinstadt wie

Butler zufriedengeben könnte, aber wenn sie in der Nähe war, hatte er alles, was er brauchte. Es war wirklich so einfach. Und er liebte es, mit ihrem Dad zusammenzuarbeiten, auch wenn er ihn immer noch mit einem Misstrauen behandelte, das eines Serienmörders würdig gewesen wäre, der verkündet hatte, dass er mit seiner Tochter ausgehen wollte.

Linc durchschaute diese Fassade. Er verstand, dass Elmer dem Mann im Leben seiner Tochter genauestens auf den Zahn fühlen wollte, und er war fest entschlossen, ihm zu beweisen, dass er rein gar nichts zu verbergen hatte. Linc wollte dieselben Dinge wie Elmer: dass Molly für den Rest ihres Lebens sicher, glücklich und geliebt war. Er würde seinen Teil dazu beitragen und wünschte nur, dass das Treffen mit seiner eigenen Familie ihm nicht wie ein dunkler Schatten auf der Seele läge.

»Wenn sie sehen, dass wir uns wirklich lieben, ist es bestimmt okay für sie«, sagte Molly, als sie eines Abends im Oktober noch spät an der Scheune arbeiteten.

Sie hatten vor, im Januar zu heiraten, nachdem das Weihnachts- und Neujahrsgeschäft im Store vorüber war, und er zählte die Tage, bis sie seine Frau sein würde. Er konnte es kaum erwarten, jede Nacht für den Rest seines Lebens mit ihr im Arm einzuschlafen. Die Zeit, die sie in ihrem zukünftigen Zuhause verbrachten, sorgte dafür, dass er den Moment, in dem sie endlich dort einziehen würden, kaum erwarten konnte. Im Haus ihrer Eltern wohnten sie in getrennten Schlafzimmern, er im Keller und sie im ersten Stock. In der ersten Nacht hatte er versucht, sich zu ihr nach oben zu schleichen, aber als er Elmer vor ihrer Tür entdeckt hatte und dieser ihm ein paar Tage später sein Jagdgewehr gezeigt hatte, hatte er beschlossen zu warten. Das war natürlich Elmers Ziel gewesen.

Aber hier in der Scheune, zu zweit, und obwohl es mehr zu tun gab, als sie in zwei ganzen Jahren würden schaffen können, wollte er die ganze Zeit nur mit ihr zusammen sein.

»Ich wünschte, ich wäre mir da auch so sicher«, seufzte Lincoln. »Dich werden sie natürlich lieben, wer könnte das nicht, aber dass ich hier leben möchte und nicht bei ihnen, wird ihnen gar nicht gefallen. Es passt nicht zu ihrer Vorstellung von meinem Leben.«

»Wir planen eine Hochzeit in ein paar Monaten, und deine Eltern wissen immer noch nichts von mir. Das fühlt sich nicht richtig an.«

Für ihn fühlte es sich auch nicht richtig an. Wenn er nur nicht solche Angst hätte, dass sie es irgendwie schaffen würden, das Beste, was ihm je passiert war, kaputtzumachen.

»Wir fahren dieses Wochenende nach Philly und kümmern uns darum. Sie haben das Recht zu wissen, dass du heiraten wirst, Linc.«

»Wahrscheinlich hast du recht.«

Molly saß auf dem Boden ihres vorläufigen Schlafzimmers, in dem sie wohnen wollten, bis sie fertig waren, und malte die Fußleiste an. Aus der Scheune sollte am Ende ein zweistöckiges Wohnhaus werden, mit ausreichend Platz und vielen Schlafzimmern. Ihr Sommer in Mississippi hatte sie gut auf die Herausforderungen vorbereitet, die der Ausbau der Scheune, die Lincoln ungesehen gekauft hatte, mit sich brachte. Es roch tatsächlich immer noch ein kleines bisschen nach Kuhmist.

Während der Anfangsmonate in Vermont hatte Linc immer im Hinterkopf, dass er erst etwas unternehmen musste, das ihn fest an sein neues Leben in Vermont band, bevor er seinen Eltern von der Veränderung seiner Lebensplanung berichtete. Ihre Verlobung, sein neuer Job und der Kauf der Scheune waren ihm deshalb besonders wichtig gewesen.

»Ich kann nicht fassen, dass sie die ganze Zeit denken, du wärst in England. Es ist nicht richtig, dass du ihnen nicht gesagt hast, wo du wirklich bist. Meine Eltern würden ausrasten, wenn ich so etwas machen würde.«

Er ging hinter ihr in die Hocke, schob ihren Pferdeschwanz zur Seite und pustete ihr in den Nacken. Sie kicherte.

»Linc! Hör auf, ich bin am Streichen!«

»Mach eine Pause. Ich möchte dir etwas zeigen.«

»Lass mich noch diese Wand fertig machen.«

Er wartete ungeduldig, bis sie fertig war und half ihr dann vom Boden hoch. »Ich hoffe, du bereust nicht, dass du dich für mich entschieden hast, weil du jetzt jeden Abend hier arbeiten musst, nachdem du schon den ganzen Tag gearbeitet hast.«

»Machst du Witze? Ich finde es toll, dass wir das hier alles selber machen. Stell dir vor, wie stolz wir sein werden, wenn es fertig ist.«

»Wenn es jemals fertig wird.« Die Größe der Aufgabe überwältigte ihn manchmal, sie hingegen war komplett gelassen.

»Wird es, und die Leute werden von überallher kommen, um sich unser tolles Zuhause anzuschauen.«

Er nahm sie bei der Hand und führte sie nach draußen. Die Luft war mittlerweile kühl und klar, und der September war in den Oktober übergegangen. Die Herbstfarben hatten ihn geblendet, als Molly ihm dieses für ihn neue Phänomen vorgestellt hatte und mit ihm zu den Stellen gefahren war, wo die spektakulärsten Laubfärbungen zu sehen waren. Laut Elmer war die Laubsaison die anstrengendste Zeit im Store, noch mehr als das Weihnachtsgeschäft, und er erlebte das gerade zum ersten Mal selbst, als die Blätterpracht ihren Höhepunkt erreichte.

»Wo gehen wir denn hin?«, fragte Molly, als sie durch ihren riesigen Garten stapften.

»Komm mit, dann wirst du schon sehen.«

»Du machst es ja wirklich spannend.«

Lächelnd führte er sie durch die tintenschwarze Dunkelheit zu dem Ort, den er für sie vorbereitet hatte. »Ich wollte mit dir eigentlich irgendwo hin, wo es romantisch ist und wir alleine sein können, aber ich bin immer wieder bei unserem eigenen Zuhause gelandet.« Er nahm die

Taschenlampe aus der Tasche und richtete den Lichtstrahl auf das Zelt, das er aufgebaut hatte.

»Was hast du denn vor?«, fragte sie mit einem kleinen, überaus anziehenden Lächeln.

»Du weißt ganz genau, was ich vorhabe.«

»Ich dachte, wir würden warten.«

»Ich kann nicht warten. Ich kann an nichts anderes mehr denken. Ich denke den ganzen Tag an dich. Ich kann nicht arbeiten oder denken oder sonst wie funktionieren, weil ich einfach nur mit dir zusammen sein möchte. Du hast mich völlig verzaubert.«

»Ich sehe ja, wie du mich im Büro anschaust.« Sie machte einen Schritt auf ihn zu.

»Wie schaue ich dich denn an?«

»Als wolltest du mich schnappen und raustragen und mich irgendwo hinbringen, wo du mit mir machen kannst, was du willst.«

»Das kommt ziemlich genau hin.«

»Du lenkst mich wirklich schlimm ab.«

»Wirklich?«

»Das weißt du doch.«

Er hielt ihr das Zelt auf, und sie schlüpfte vor ihm hinein und sah das Bett, das er aus einer Luftmatratze, Bettlaken und der Bettdecke gebaut hatte, die er im Store gekauft hatte, nachdem Elmer nach Hause gefahren war. Linc ging davon aus, dass sein zukünftiger Schwiegervater wahrscheinlich trotzdem von seinem Kauf wusste.

»Das ist wirklich schön.« Molly setzte sich aufs Bett.

»Nein, ist es nicht, aber es gehört ganz allein uns, meilenweit keine Jagdgewehre. Das hoffe ich zumindest.« Elmer hatte nicht viel dazu gesagt, dass sie bis spät in die Nacht an der Scheune arbeiteten. Linc vermutete, dass das daran lag, dass seine Frau Sarah Elmer geraten hatte, sie in Ruhe zu lassen. Mollys Mutter hatte Lincoln von Anfang an aufs herzlichste willkommen geheißen, und er würde ihr immer dankbar dafür sein.

»Es ist schön, weil du es für uns gemacht hast.«

»Ich bin ein selbstsüchtiger Mistkerl, weil alles, was ich mir auf dieser Welt wünsche, ist, mit dir Liebe zu machen.«

»Das wünsche ich mir auch.«

»Wirklich?«

»Lincoln«, lachte sie. »Dafür, dass du so klug bist, bist du manchmal wirklich ganz schön dumm.«

»Hey!« Er ließ sich neben sie fallen, fest genug, dass sie ein bisschen hochgeschleudert wurde, und nutzte es aus, dass sie das Gleichgewicht verloren hatte. Dann war er über ihr. »Hi.«

»Hi.«

»Ich kann nicht glauben, dass du gemein zu mir bist, wenn ich mir solche Mühe gegeben habe, dich alleine im Dunkeln zu treffen.«

»Ich bin doch nicht gemein, ich lache nur über dich. Das ist etwas völlig anderes.«

»Ich fände es viel besser, wenn du deinen frechen Mund dazu verwenden würdest, mich zu küssen.«

»Bevor ich das mache, möchte ich dir noch etwas sagen … Etwas, das ich dir schon vorher hätte sagen sollen.«

Die Traurigkeit und das Zögern in ihrer Stimme machten ihm Sorgen. Er wollte in diesem Moment nichts hören, was sie oder ihn traurig machte. Nicht jetzt. »Was ist denn los?«

»Es … es ist etwas, worüber ich eigentlich nicht reden möchte, weil es sehr weh tut.«

Linc legte sich wieder neben sie, auf die Seite, und schaute sie an. Im Schein der Taschenlampe sah er die Falte, die sich zwischen ihren Augenbrauen gebildet hatte, und einen Gesichtsausdruck, den er noch nie gesehen hatte. Es sah ganz nach Trauer aus. Er legte die Hand an ihre Wange und strich mit dem Daumen über ihre weiche Haut. »Du musst es mir nicht sagen, wenn es zu sehr weh tut.«

»Muss ich doch, und es ist auch nicht so, dass ich es bisher nicht wollte. Es ist nur so, dass man manche Dinge nur schwer aushalten kann.«

»Ich hasse den Gedanken, dass dir irgendetwas so weh tut.«

»Meine Mom sagt, es ist der Preis, den man dafür bezahlt, dass man jemanden liebt, und ich habe Andrew geliebt, seit ich in der siebten Klasse war, bis er in unserem ersten Highschool-Jahr gestorben ist.«

»O Gott, Mol. Was ist mit ihm passiert?«

»Er hatte Knochenkrebs im neunten Stadium. Er hat so sehr dagegen angekämpft, und als uns klarwurde, dass er sterben würde, war ich … wir … Na ja …«

»Du musst es nicht sagen. Ich verstehe das.«

»Ich habe ein schlechtes Gewissen, weil ich dich habe glauben lassen, dass ich noch nie Sex hatte.«

»Ich bin sehr froh, dass du diese Erfahrung mit ihm machen konntest, und es tut mir sehr leid, dass du ihn verloren hast.«

»Es ist das Schlimmste, was ich je durchgemacht habe. Ich wäre danach eine ganze Weile lang am liebsten selbst gestorben, aber mit der Zeit bin ich darüber hinweggekommen und habe wieder angefangen zu leben. Manchmal habe ich immer noch ein schlechtes Gewissen, weil ich am Leben bin und er nicht, und als ich dich kennengelernt habe, habe ich mich richtig schlecht gefühlt, weil ich mich so zu dir hingezogen fühlte. An dem Abend in Mississippi, als wir uns geküsst haben und ich sagte, ich kann nicht ...«

»Ich verstehe das, und zwischen uns muss überhaupt nichts passieren, wenn du es nicht willst. Ich möchte, dass du dich gut fühlst.«

»Ich fühle mich so gut mit dir. So, wie ich mich mit ihm gefühlt habe, und ich dachte, das würde nie wieder passieren. Du hast ja keine Ahnung, wie erleichtert ich bin, dass ich so für jemand anderen empfinden kann, auch wenn ich ihn immer vermissen werde.«

»Ich bin froh, dass du dich mit mir so fühlst. Ich möchte, dass du glücklich und zufrieden bist.«

»Ich liebe dich so sehr, Linc.« Ihre Augen glänzten voller ungeweinter Tränen. »Du kannst dir gar nicht vorstellen, was du für mich getan hast, seit wir uns kennengelernt haben. Du hast dafür gesorgt, dass ich hoffen und mich freuen kann, nachdem ich nach Andrews Tod so lange befürchtet habe, dass ich mich nie mehr so fühlen könnte. Ich war mit niemandem mehr zusammen, seit ich ihn verloren habe.«

»Es ehrt mich, dass ich der Erste bin, mit dem du zusammen bist, seit du ihn verloren hast.« Er wischte ihr die Tränen ab und strich ihr eine Haarsträhne aus dem Gesicht. »Ist das der Grund, aus dem dein Dad mir gegenüber so misstrauisch ist?«

Sie lachte. »Teilweise, aber er hat sich Andrew gegenüber genauso verhalten. Ich glaube, in Wirklichkeit ist er sehr erleichtert, dass ich darüber hinweggekommen bin und wieder in die Zukunft schauen kann. Außerdem: Hunde, die bellen, beißen nicht.«

»Er hat mir sein Jagdgewehr gezeigt, Molly.«

Molly bekam einen Lachanfall, und er entschied, dass ihm das viel besser gefiel als die Traurigkeit, die er in ihren Augen gesehen hatte, als sie ihm von der Liebe erzählt hatte, die sie verloren hatte. Und dann streckte sie die Arme nach ihm aus, und er dachte nicht mehr über Traurigkeit nach oder über irgendetwas anderes als ihre Lippen, die sich unter seinen bewegten, und darüber, wie sich ihr Körper anfühlte, der sich an seinen presste, und wie sehr er sie wollte.

»Stopp.« Will hob die Hand. »Ich spreche für all meine Geschwister, wenn ich sage, dass wir nicht wissen wollen, was in diesem Zelt passiert ist.«

»Ich habe da schon eine Frage«, sagte Hunter.

»Welche denn?«, fragte Lincoln. Die anderen hielten sich die Ohren zu.

»Ihr wart schon ein Jahr verheiratet, als wir auf die Welt kamen, aber ihr habt immer gesagt, dass Hannah und ich in einem Zelt gezeugt wurden. Habt ihr damals noch nicht in der Scheune gewohnt?«

»Haben wir, aber jeder Cent, den wir hatten, wurde sofort für die Scheune verwendet. Und außer dem zweiten Sommer, den wir in Mississippi verbrachten, als eure Mom mit euch schwanger war, haben wir ›Urlaub‹ in unserem eigenen Garten gemacht.«

»Das ist echt schräg«, meinte Colton.

»Es hat echt Spaß gemacht.« Linc wackelte mit den Augenbrauen.

»Richtig Spaß«, lächelte Molly.

»Und das Beste war, dass sie mich nicht mal umgebracht hat, als wir herausfanden, dass wir Zwillinge erwarten.«

»Das muss ein ganz schöner Schock gewesen sein«, grinste Ella.

»Wir haben so oft darüber gelacht, was ich mir alles mit diesem Gespräch im Bus eingebrockt habe«, sagte Molly. »Und dann haben wir noch mehr gelacht, als wir mit den Jungs das nächste Zwillingspaar erwarteten.«

Linc spannte die Armmuskeln an. »Sie liebte mich zu sehr, um mich umzubringen. Genau genommen …«

»Genug«, unterbrach ihn Will nachdrücklich. »Erzähl uns, wie ihr nach Philly gefahren seid und was dort passiert ist.«

Lincs Herz wurde schwer, als er an diese Reise zurückdachte und dann an den Grund, aus dem er sich erinnerte. Er war sich immer noch nicht sicher, ob er zu seinem Vater fahren sollte.

»Wir sind am nächsten Wochenende nach Philadelphia gefahren«, erzählte Molly.

»Sie müssen sehr überrascht gewesen sein, dich zu sehen, wenn sie gedacht haben, dass du in England bist«, meinte Charley. »Und noch mal: Ihr würdet garantiert völlig ausrasten, wenn wir so was machen würden.«

»Waren sie, und ja, würden wir«, sagte Linc. »Mein Vater war sofort misstrauisch und unfreundlich zu eurer Mutter. Es war, als wüsste er sofort, dass ihm die Nachricht, die ich ihm bringen würde, nicht gefallen würde – und das hat er an ihr ausgelassen und so getan, als sei sie gar nicht da.«

»O Mann«, sagte Ella. »Das muss schrecklich gewesen sein.«

»Ja, das war es«, antwortete Linc. »Aber es hat mich nur in meinem Beschluss bestärkt. Wir haben uns im Arbeitszimmer meines Vaters mit meinen Eltern getroffen. Er hat gefragt, warum ich nicht in England sei. Ich habe eure Mutter angeschaut und gesagt: ›Weil ich die Frau getroffen habe, die ich heiraten werde.‹«

Lange, nachdem Linc das gesagt hatte, herrschte Stille im Raum. Dann sagte sein Vater: »Du hast felsenfest darauf bestanden, ein Jahr nach England zu gehen, und wir haben unser gesamtes Management-Team angepasst, um auf diesen Wunsch Rücksicht zu nehmen und dich zu vertreten. Und jetzt sagst du mir, dass du das alles aufgegeben hast, für eine *Frau*?«

»Diese Frau ist meine Verlobte, Vater, und ich erwarte, dass du ihr mit dem Respekt begegnest, den sie verdient.«

»Ich möchte ihr gegenüber auch gar nicht respektlos sein«, erwiderte Carlton Abbott. »Aber das ist einfach absurd, Lincoln. Du änderst deine Pläne so dramatisch und sagst uns nicht einmal Bescheid?«

»Ich sage euch Bescheid. Ich sage euch jetzt gerade Bescheid.«

»Dürften wir bitte kurz alleine mit unserem Sohn sprechen?«, fragte Carlton Molly.

Linc hielt Mollys Hand noch fester. »Alles, was ihr mir sagen wollt, könnt ihr auch vor Molly sagen.«

»Das ist doch lächerlich. Du kommst von einem Sommer im Freiwilligendienst bei irgendeinem Gutmenschenprojekt in Mississippi nach Hause und verkündest, dass du verlobt bist und dein Studium in Oxford aufgegeben hast, was vor ein paar Monaten noch dein größter Wunsch war.«

»Die Dinge ändern sich. Ich habe Molly kennengelernt, und jetzt will ich etwas anderes.«

»Was willst du denn?«

»Ich will sie, und ... ihr solltet wissen, dass ich eine Arbeit bei der Firma ihrer Familie in Vermont angenommen habe.«

Das Gesicht seines Vaters nahm einen besorgniserregenden Magentaton an. »Und was bitte ist das für eine Firma?«

»Einzelhandel.«

»Einzelhandel. In Vermont. Na ja, mein Sohn, eins muss ich dir lassen: Dein Urteilsvermögen ist wie immer bescheiden.«

»Wie kannst du das sagen? Ich habe alles getan, was du von mir verlangt hast. Ich habe einen MBA gemacht, weil du das wolltest. Und wenn ich zum ersten Mal etwas tue, weil *ich* es will, sagst du, mein Urteilsvermögen sei bescheiden? Meinem Urteilsvermögen geht es sehr gut, vielen Dank. Ich werde Molly heiraten und in Vermont leben und für das Familienunternehmen arbeiten. Dort habe ich auch die Freiheit, für mich selbst zu denken.«

»Und du denkst, das wird wirklich passieren?« Carltons Grinsen konnte man kaum anders beschreiben als bösartig.

»Es ist schon passiert. Ich arbeite bereits seit zwei Monaten dort, und wir haben ein Haus gekauft.«

»Ihr habt ein Haus gekauft. Von welchem Geld?«

»Von meinem Geld.«

»Ah, das Geld, das dein Großvater dir vererbt hat, nehme ich an. Wenn ich mich recht erinnere, hast du einen Großteil davon verwendet, um für das Jahr in England zu bezahlen, das jetzt nicht zustande kommt. Wenn du jetzt auch noch ein Haus gekauft hast, hast du sicher nicht viel übrig, vor allem, weil du den ganzen Sommer über nicht gearbeitet hast.«

Das stimmte tatsächlich, auch wenn Lincoln das nie zugegeben hätte.

»Wenn du das tust, wenn du den Verpflichtungen deiner Familie gegenüber den Rücken kehrst, dann ist das das letzte Geld, das du von dieser Familie je sehen wirst.«

»Carlton!«, meldete sich endlich Lincolns Mutter zu Wort.

»Sei still, Janet. Hier geht es um mich und meinen Sohn.«

»Nicht, wenn du davon sprichst, ihn leer ausgehen zu lassen, dann nicht.«

»Genau davon spreche ich.« Er wandte sich wieder an Linc. »Wenn du dieser Familie den Rücken kehrst, kehrt diese Familie dir auch den Rücken zu.«

Seine Mutter schnappte nach Luft. »Hör sofort damit auf, Carlton!«

»Halt den Mund!« Unter dem lauten Schrei zuckten alle zusammen.

Lincoln stand auf und zog Molly mit sich. »Komm, Mol. Wir gehen.«

»Wenn du jetzt gehst, wirst du nie wieder von uns hören.«

»Wenn du das so willst, Vater, dann soll es wohl so sein.«

»Linc, warte«, sagte Molly. »Das meinst du doch sicher nicht so. Ihr meint das doch beide nicht so.«

»Ich schon«, gab Carlton zurück. »Er hat mir und dieser Familie etwas versprochen, und ich erwarte von ihm, dass er sein Versprechen hält.«

»Warum willst du unbedingt, dass jemand für dich arbeitet, der das gar nicht will?«

»Seit wann willst du es nicht? Es war doch immer so geplant, schon seit Jahren.«

»Das war dein Plan. Ich hatte darin nie etwas mitzureden. Hunter ist gestorben, und plötzlich hat mein Leben dir gehört? Da habe ich nie zugestimmt.«

Beide Eltern zuckten zusammen, als Lincoln seinen verstorbenen Bruder erwähnte, und er bereute es sofort.

»Du hattest kein Problem damit, das Leben zu genießen, das meine Firma dir ermöglicht hat.«

»Was soll das überhaupt heißen?«

»Der Country Club, die Reisen, die Autos, College, das Studium. Einfach alles. Damit hattest du kein Problem.«

»Ich habe mich immer für alles bedankt, was du für mich getan hast. Ich bin mir nicht sicher, was du sonst noch erwartet hast.«

»Ich habe von meinem Sohn erwartet, dass ihm sein

Erbe etwas *bedeutet*, dass er seine Verpflichtungen in Ehren hält.«

»Und wenn ich etwas anderes will, dann zwingst du mich dazu, mich entweder selbst zu verleugnen oder mich von meiner Familie abzuwenden?«

»Carlton, bitte!« Janet hatte Tränen in den Augen. »Bitte tu das nicht!«

»Ich habe nichts getan, außer ihm ein sicheres Leben in einer Firma anzubieten, bei der er sofort anfangen kann.«

»Das will ich aber nicht. Das habe ich noch nie gewollt. Es tut mir leid, dass ich nicht sein kann, was mein Bruder war, aber dein Traum war nie mein Traum.«

Carlton sah aus, als würde er Lincoln am liebsten erwürgen. »Du undankbarer, verwöhnter Bengel!«

»Ich bin nicht undankbar, Vater. Ich möchte einfach nur nicht für dich arbeiten. Es tut mir leid, dass dich das verletzt, aber ich werde meine Meinung nicht ändern.« Er ließ die Hochzeitseinladung, die er mitgebracht hatte, vor seiner Mutter auf den Tisch fallen. »Wir heiraten im Januar. Ich hoffe, ihr könnt kommen.« Er warf einen Blick auf Molly. Die großen Augen in ihrem blassen Gesicht machten ihn fertig. Er schritt zur Tür, damit er sie beide so schnell wie möglich von hier fortbrachte.

»Wenn du jetzt gehst, brauchst du nicht mehr wiederzukommen. Du wirst nie mehr von uns hören.«

»Carlton! Hör sofort damit auf!«

»Ich meine es ernst, Lincoln. Wenn du gehst, dann

bleib auch weg. Wir werden die Schließanlage auswechseln, und du bist für diese Familie gestorben.«

Lincoln glaubte ihm nicht. Seine Mutter und seine Geschwister würden eine solche Entscheidung niemals unterstützen. »Es tut mir leid, dass du dich nicht für mich freuen kannst, Vater. Mama, ich habe dich lieb. Ich werde dich und die anderen immer lieb haben. Ich sorge dafür, dass ihr immer wisst, wie ihr mich erreichen könnt.«

Er verließ das Arbeitszimmer und blieb wie angewurzelt stehen, als er seine Schwester Charlotte und seinen Bruder Max sah, die das Gespräch offensichtlich mitgehört hatten. In ihren weit aufgerissenen Augen glänzten Tränen.

»Ihr habt wohl alles gehört. Das hier ist Molly, meine Verlobte. Mol, meine Schwester Charlotte und mein Bruder Max.«

»Linc ...« Charlotte breitete ihre Arme aus, und Linc trat zu ihr. »Geh nicht.«

»Ich muss, aber ich werde schreiben, und ihr könnt mich in Vermont besuchen.«

Charlotte klammerte sich an ihm fest, als ob sie wüsste, dass sie sich nie wiedersehen würden. Er glaubte das nicht. Nicht damals.

»Wir müssen los. Ich melde mich.«

»Er meint es nicht so, Linc«, sagte Max, als er ihn umarmte.

»Doch, tut er, aber es kommt trotzdem alles in Ordnung. Macht euch um mich keine Sorgen. Wir sehen uns bald, okay?«

Max nickte zögernd, Charlotte weinte.

»Er ist so unfair zu dir«, flüsterte Charlotte.

Er gab ihr einen Kuss auf die Stirn. »Verteidigt mich nicht ihm gegenüber. Kümmert euch einfach gut um euch selbst und um Will. Sag ihm, dass ich mich bald bei ihm melde.« Dann ging er zur Tür, ohne sich noch einmal umzusehen. Sein Leben fand nicht in diesem Haus statt. Es fand mit der Frau seiner Träume statt, in einer verfallenen Scheune in Vermont, in der es nach Kuhmist roch.

»Linc, warte«, sagte Molly, als sie draußen in der kühlen Herbstluft standen. »Du kannst so nicht wegfahren. Du musst noch mal mit ihm reden.«

»Es wird keinen Unterschied machen. Er hat sich entschieden, und er wird seine Meinung nicht ändern. Er hat mich zu einer Wahl gezwungen, und ich wähle dich. Heute, morgen und an jedem Tag danach, für den Rest meines Lebens.«

»Ich ... ich habe einfach kein gutes Gefühl hierbei. Ich möchte nicht der Grund dafür sein, dass du mit deiner Familie brichst.«

»Das bist du doch nicht, Liebling.« Sie standen neben Mollys altem Toyota. »Was glaubst du denn, warum ich so lange gewartet habe, bis ich hergekommen bin? Ich wusste, was passieren würde. Ich hatte nicht erwartet, dass er mir sagt, dass ich ihn nie wiedersehen werde, wenn ich mich für Vermont entscheide statt für ihn, aber ich wusste, dass er ausrasten würde. Ich wollte nichts damit zu tun haben, also habe ich es immer weiter verschoben. Das Einzige, was ich bereue, ist, dass ich dich mitgenommen habe. Ich hätte alleine fahren sollen, damit er dich nicht so behandeln kann. Das tut mir leid.«

»Dir muss überhaupt nichts leidtun, aber ehrlich, Linc ... Du solltest noch einmal alleine reingehen und versuchen, eine Lösung zu finden.«

»Es wird nichts ändern. Er hat sich entschieden und ich mich auch. Komm, fahren wir nach Hause.«

»Warte.«

Er blieb stehen und schaute auf ihr liebes Gesicht hinab, während sie darüber nachdachte, was sie sagen sollte.

»Ich liebe dich, Linc. Das weißt du ja. Und ich liebe es, dass du deinen ganzen Plan geändert hast, damit dein Leben zu meinem passt. Aber das hier ...« Sie warf einen Blick auf das majestätische Ziegelhaus mit den schwarzen Fensterläden und weißen Säulen, in dem Linc seine Kindheit verbracht hatte. »Das hier ist zu viel. Du solltest nicht alle, die du liebst, aufgeben müssen, um mit mir zusammen zu sein.«

Linc legte die Hände an ihr Gesicht und bedeutete ihr, ihn anzusehen. Ihre Augen waren voller Tränen, was ihm gar nicht gefiel. Sein Vater hatte sie zum Weinen gebracht. Das würde er ihm nie verzeihen. »Es ist mir wichtig, dass du es wirklich hörst, wenn ich dir sage, dass es nichts und niemanden gibt, den ich mehr liebe und brauche als dich. Wenn ich dich habe, habe ich alles. Er hat mich zu einer Entscheidung gezwungen, aber ich musste mich nie wirklich entscheiden. Ich entscheide mich für dich. Jeden Tag, für den Rest meines Lebens. Ich entscheide mich für dich, Molly.«

Die Tränen liefen ihr jetzt die Wangen hinab. »Ich möchte nicht, dass du eine Abneigung gegen mich entwickelst, weil du so viel für mich aufgegeben hast.«

»Das werde ich nicht. Nie. Ich schwöre dir, ich werde es keine Sekunde lang bereuen.«

Er schlang die Arme um sie und drückte sie fest an sich, obwohl er nur zu gut wusste, dass man sie wahrscheinlich vom Haus aus beobachtete. *Gut,* dachte er. *Sie sollen ruhig sehen, wie sehr ich sie liebe.* »Komm, wir fahren nach Hause, Liebling.«

8

Je mehr ich sehe, desto weniger weiß ich.
John Lennon

»Und du hast seitdem mit keinem von ihnen gesprochen?«, fragte Hunter ungläubig.

»Nein«, sagte Linc. »Ihr müsst verstehen, dass das damals noch andere Zeiten waren. Es gab keine Handys und keine sozialen Medien. Ich habe meiner Mutter und meinen Geschwistern jeden Monat geschrieben, aber sie haben mir nie geantwortet. In einem Brief vom Anwalt meines Vaters habe ich erfahren, dass meine Mutter vor ein paar Jahren gestorben ist.«

»Daddy.« Ella hatte Tränen in den Augen, als sie ihren Vater umarmte. »Es tut mir so leid.«

Er drückte sie an sich. »Danke, Liebes, aber es hat mir nie leidgetan, dass ich mich für eure Mutter und unser Leben hier entschieden habe. Wie ich Mom damals schon gesagt habe, habe ich es nie bereut, keine Sekunde lang. Auch wenn ich sie natürlich vermisst habe.«

»Hast du je versucht, deine Geschwister unabhängig von deinen Eltern zu kontaktieren?«, fragte Will.

»Habe ich.« Lincoln ließ Ella wieder los. »Und sie haben nie darauf reagiert. Bis heute.«

»Was ist heute passiert?«

Linc sah in den Augen seiner Kinder, wie sehr die Geschichte sie berührt hatte. Sie konnten sich nicht vorstellen, einander zu verlieren, so wie er seine Familie verloren hatte. »Meine Schwester Charlotte hat mich angerufen und mir gesagt, dass unser Vater im Sterben liegt und mich sehen möchte.«

»Kommt nicht in Frage!«, sagte Colton nachdrücklich. »Das machst du auf gar keinen Fall.«

Es überraschte Linc kein bisschen, wie sein Sohn reagierte. Bis zu einem gewissen Grad empfand er genauso. »Ich verstehe, warum du das sagst, Junge, aber ich wollte mit euch darüber sprechen, bevor ich mich entscheide.«

»Wie fühlst du dich denn, Dad?« Hannah warf Colton einen warnenden Blick zu. »Was möchtest du tun?«

»Zum Teil sehe ich es genauso wie Colton, aber ein anderer Teil von mir, der, der über die Jahre hinweg meine Familie so sehr vermisst hat, denkt darüber nach, doch hinzufahren.«

»Du weißt ja, dass du das nicht musst, oder?«, fragte Lucas. »Wenn du dich entscheidest, nicht zu fahren, hast du keinen Grund, dich schuldig zu fühlen oder so was. Das weißt du, oder?«

»Weiß ich, mein Sohn. Ich habe nicht das Gefühl, dass ich ihnen irgendetwas schuldig bin. Schließlich wussten sie die ganze Zeit, wo ich bin. Sie hätten herkommen können oder sich melden, aber sie haben es nicht getan, aus welchen Gründen auch immer. Das war ihre Entscheidung, ich hatte damit nichts zu tun.«

»*Willst* du fahren, Dad?«, fragte Wade.

»Ein Teil von mir ist neugierig, warum mein Vater mich sehen will. Und die Chance, Charlotte und meine Brüder zu sehen, ist auch sehr verlockend, das kann ich nicht bestreiten.«

»Wenn du hinfährst«, sagte Hunter fest entschlossen, »dann fahren wir alle mit. Sollen sie mal sehen, was aus dieser Entscheidung, zu der sie dich gezwungen haben, geworden ist.«

»Das müsst ihr doch nicht. Es ist vier Tage vor Weihnachten. Ihr habt alle im Store zu tun und mit euren eigenen Familien.«

»Du wirst uns nicht davon abzuhalten können«, erklärte Will nicht weniger entschlossen als sein großer Bruder.

»Wir würden dich nie ohne uns fahren lassen«, sagte Hannah. »Wenn du fährst, fahren wir alle.«

Die anderen nickten zustimmend, und Linc traten die Tränen in die Augen. »Falls ihr euch fragt, weshalb ich meine Entscheidung nie bereut habe, das liegt ganz allein an euch. An euch allen. Ich bin so stolz auf diese Familie, die ich mit eurer Mom aufgebaut habe, und auf euch, auf die Menschen, zu denen ihr herangewachsen seid.«

»Ich komme auch mit«, meldete sich Elmer zu Wort. »Ich möchte, dass sie sehen, dass du einen Vater hattest, nachdem dein eigener dir den Rücken gekehrt hat.«

Linc lächelte seinen Schwiegervater an. Seine Unterstützung berührte ihn sehr. »Danke.«

»Wusstest du, was mit Dads Familie passiert ist, Gramps?«, fragte Landon.

»Ja, wusste ich, und ich fand es einfach furchtbar. Ich kann mir im Leben nicht vorstellen, eines meiner Kinder dazu zu zwingen, sich zwischen mir und seinen Lieben zu entscheiden.«

»Auch wenn du dem Mann, der mich liebt, ganz schöne Schwierigkeiten bereitet und ihn mit deinem Jagdgewehr bedroht hast.«

»Ich konnte es ihm ja schließlich nicht zu leicht machen«, lachte Elmer.

»Das ist dir gelungen«, sagte Lincoln.

»Deshalb hast du auch dafür gesorgt, dass wir alle zwischen Highschool und College erst mal woanders gearbeitet haben, bevor wir ins Familienunternehmen eingestiegen sind!«, meldete sich Hunter zu Wort. »Stimmt doch, oder?«

»Stimmt«, bestätigte Lincoln. »Ich wollte sichergehen, dass die Entscheidung, für unser Familienunternehmen zu arbeiten, wirklich eure eigene Entscheidung ist und nicht etwas, wozu ihr euch verpflichtet fühlt.«

»Darauf hat er wirklich vehement bestanden«, sagte Elmer.

»Und bis jetzt hatten wir keinen Schimmer, warum«, meinte Will.

»Ich wollte, dass alle Entscheidungen in euren Leben

eure eigenen sind, nicht meine«, sagte Linc. »Dass ihr alle so gerne bei uns arbeiten wolltet, freut mich ungemein und eure Mutter und euren Großvater.«

»Das stimmt«, bestätigte Elmer. »Meine Eltern würden sich gar nicht mehr einkriegen vor Freude, wenn sie sehen könnten, was ihr aus ihrem bescheidenen kleinen Laden gemacht habt.«

»Ich glaube, wir sollten nach Philly fahren«, erklärte Ella. »Ich stimme Hunter zu, wir sollten ihnen zeigen, was aus deinem Leben mit Mom geworden ist.«

»Es sind nur noch vier Tage bis Weihnachten«, sagte Charley.

Dank des Kataloges florierte das Weihnachtsgeschäft wie nie zuvor. Und wirklich, es waren Leute von überallher gekommen, um die »Models« zu sehen, denen der Katalog seinen großen Erfolg verdankte. Lincs Söhne, Schwiegersöhne und sein Neffe mussten sich in letzter Zeit richtiggehend bedeckt halten.

»Meine Schwester hat gesagt, mein Vater habe nicht mehr viel Zeit«, sagte Linc. »Und ich erwarte wirklich nicht von euch, dass ihr mitkommt. Ich weiß, wie beschäftigt ihr zurzeit seid, auf der Arbeit und zu Hause.«

»Ich möchte mitkommen«, sagte Charley. »Das will ich um nichts in der Welt verpassen, aber wir werden irgendwie Vertretung organisieren müssen, wenn wir alle fahren.«

»Darum kümmern wir uns morgen früh«, meinte Hunter. »Ich organisiere die Reise. Ich bin schon mal nach Philly gefahren, daher weiß ich, dass es genauso lange dauert, von Burlington zu fliegen, wie zu fahren. Wir brechen morgen nach dem Mittagessen auf, machen eine Übernachtung und fahren am nächsten Tag zurück?«

Die anderen nickten zustimmend.

»Super. Stellt euch darauf ein, um zwei nachmittags abfahrtbereit am Store zu sein.«

»Ich muss Caden mitnehmen«, sagte Max.

»Du könntest ihn bei Tante Hannah lassen«, schlug Molly vor. »Wenn du denkst, dass die Reise zu viel für ihn ist.«

»Ich möchte nicht so lange von ihm getrennt sein. Wenn niemand etwas dagegen hat, nehme ich ihn einfach mit.«

»Natürlich hat niemand was dagegen«, erklärte Linc.

»Ich nehme Callie auch mit«, sagte Hannah. »Nolan kann sich so kurzfristig bestimmt nicht mehr freinehmen.«

»Gavin will garantiert mitkommen, mein Geburtstermin ist ja schon in ein paar Wochen«, meinte Ella. »Er würde ausflippen, wenn ich ihm erzähle, dass ich so kurz davor ohne ihn verreisen möchte.«

»Bring ihn mit«, sagte Linc. »Wer auch immer mitkommen möchte, ist herzlich willkommen. Sagt einfach Hunter Bescheid. Und – es bedeutet mir so viel, dass ihr mitkommen wollt!«

»Wir würden nie zulassen, dass du das ohne uns machst«, sagte Will.

Alle umarmten Linc und Molly, bevor sie sich auf den Nachhauseweg machten, so dass Linc völlig überwältigt war, als er wieder mit seiner Frau alleine im Wohnzimmer war.

»Na ja«, sagte Molly. »Sind sie nicht toll?«

»Sind sie wirklich.«

»Wie fühlst du dich denn, jetzt, wo du ihnen deine Geschichte erzählt hast?«

»Richtig ausgelaugt, weil ich es sozusagen wieder durchlebt habe, aber dass die Kinder mitkommen möchten, hat mir wirklich geholfen. Das hatte ich nicht erwartet.«

»Warum nicht? Du hast ihnen beigebracht, füreinander da zu sein. Natürlich wollen sie jetzt auch für dich da sein, wenn du eine so schwere Reise vor dir hast.«

»Ich war noch nie stolzer auf sie als genau in diesem Moment. Sie haben gehört, was passiert ist, und das Einzige, worüber sie nachdenken, ist, wie sie helfen können.«

»Wir haben sie so erzogen – dass sie unabhängig sind und sich umeinander kümmern und um die, die es weniger gut haben als sie selbst. Loyalität ist in dieser Familie allgegenwärtig, und genau, wie sie wissen, dass es nichts gibt, was du nicht für sie tun würdest, empfinden sie ganz genauso für dich.«

»Da habe ich als Vater wirklich Glück.«

»Das ist doch nicht nur Glück, Linc. Du hast dafür gesorgt, dass deine Kinder sich nie so fühlen würden, wie du dich gefühlt hast, als dein Vater dich gezwungen hat, dich zwischen ihm und dem Leben, das du führen wolltest, zu entscheiden. Dafür respektieren sie dich, genau wie für alles andere, was du für sie getan hast.«

»Vielleicht hast du recht.«

Sie legte den Kopf an seine Schulter und hielt weiterhin seine Hand. »Weißt du, was wir machen sollten?«

»Was denn?«

»Wir sollten früh zu Abend essen und dann ins Bett gehen, um uns weiter an die Abschnitte unserer Geschichte zu erinnern, die ganz allein uns gehören.«

»Wie ein Rollenspiel?«

Molly lachte, und wie immer heilte der Klang ihres Lachens einen Schmerz tief in seinem Inneren. »Das lässt sich einrichten.«

»Klingt nach einem perfekten Abend.« Und, dachte er, es war auch genau das, was er nach diesem emotional aufgeladenen Tag brauchte.

Hunter fuhr durch die tintenschwarze Dunkelheit, die um diese Jahreszeit so früh herabsank, dass es einem vorkam, als hätte man nur zehn Minuten Tageslicht. In Wirklichkeit war es natürlich mehr, aber weil er während eines Arbeitstages so selten draußen war, bekam er meistens wenig davon mit. Zusätzlich zur Dunkelheit machte ihm die Geschichte, die sein Vater erzählt hatte, das Herz schwer.

Er erwartete Ende Januar sein erstes Kind, und er konnte sich nicht vorstellen, diesem unschätzbar wertvollen Wesen ein Ultimatum zu stellen, wie es sein Großvater seinem Vater gestellt hatte. Der Gedanke an diese furchtbare Situation sorgte dafür, dass ihm ganz schlecht wurde. Jetzt, wo er wusste, was sein Vater aufgegeben hatte, um mit Molly dieses Leben aufzubauen, bewunderte er seine Eltern und ihre Ehe noch mehr, als er das ohnehin schon getan hatte.

Man konnte einfach nie wissen, was ein Mensch durchgemacht hat, um dorthin zu kommen, wofür er bestimmt war. Natürlich hatte Hunter vorher schon über die Familie seines Vaters nachgedacht und ihm war klargewesen, dass es einen Bruch gegeben hatte. Er hatte viele Fragen dazu gehabt, hatte aber auch verstanden, dass das Thema für seinen Vater sehr schmerzhaft war, und sie deshalb für sich behalten. Endlich die ganze Geschichte zu hören war ein echter Schock gewesen.

Er fuhr in die Einfahrt des Zuhauses, das er mit Megan teilte. Das Erste, was ihm auffiel, war, dass sie die Lichterketten angemacht hatte, mit denen er das Geländer ihrer Veranda und die Büsche weihnachtlich dekoriert hatte. Auch das Licht im Haus war an, und zu wissen, dass sie dadrin war und darauf wartete, dass er nach Hause kam, machte ihn glücklicher als alles andere. Wenn er sie hatte, hatte er alles, was er brauchte. Hunter verstand sehr gut, warum sein Vater so fest entschlossen gewesen war, sein Leben mit der Frau zu teilen, für die er so empfand.

Die Luft war klar und kalt, wie immer um diese Jahreszeit, die mittlerweile seine liebste war. Das hatte sich geändert, seit er mit Megan verheiratet war. Wenn es schneite, kam alles für eine Weile zum Stillstand, und er konnte es sich mit ihr und ihrem Hund Horace gemütlich machen. Er trat durch die Haustür und fand Megan schlafend auf dem Sofa vor dem Weihnachtsbaum. Die Lichter warfen einen warmen, weichen Glanz auf ihr hübsches Gesicht.

Im dritten Trimester war sie quasi die ganze Zeit müde, weigerte sich aber vehement, im Diner weniger zu arbeiten. Er würde bald mit seinem Großvater, dem der Diner gehörte, über eine Schwangerschaftsvertretung sprechen, damit sie sich vor und nach der Geburt des Babys ausruhen konnte.

Er hätte sich leicht unbemerkt ins Haus schleichen können, wenn Horace nicht von seinem Platz neben Megan auf dem Sofa aufgesprungen wäre, um Hunter anzubellen.

»Ruhig«, flüsterte ihm Hunter zu. »Mommy schläft.«

»Nicht mehr«, murmelte Megan.

»Sorry. Ich habe mir wirklich Mühe gegeben, aber Horace war nicht damit einverstanden.«

Horace stieß ein spielerisches Kläffen aus.

Hunter gab ihm einen Kuss auf den Kopf, wie immer, wenn er nach Hause kam. Er liebte die Rituale seiner kleinen Familie, und er konnte es kaum erwarten, dass ihr Kleines da war, um das, was ohnehin schon perfekt war, noch besser zu machen. »Wie fühlst du dich?«, fragte er, setzte sich auf den Wohnzimmertisch und gab ihr einen Kuss.

»Ganz gut. Nur dick und müde.«

»Du bist doch nicht dick, du bist schwanger.«

»Ich bin schwanger von Kopf bis Fuß.«

»Du bist wirklich süß.« Er strich ihr das blonde Haar aus dem Gesicht, das in der Schwangerschaft runder geworden war. »Hast du meine Nachricht bekommen?«

»Habe ich. Was ist denn mit deinen Eltern?«

»Du wirst es nicht glauben.«

»Aber es geht ihnen doch gut, oder?«

»Ja, aber du weißt ja, dass wir nie über Dads Familie sprechen?« Als sie nickte, fuhr er fort: »Ich habe erfahren, dass das daran liegt, dass mein Großvater meinen Vater dazu gezwungen hat, sich zwischen meiner Mom und seiner Herkunftsfamilie zu entscheiden.«

»*Was?* Wirklich?«

Hunter fasste die Geschichte, die seine Eltern erzählt hatten, für Megan zusammen.

»O mein Gott, das muss richtig schlimm gewesen sein.«

»Ja, war es, aber er hat immer wieder betont, dass er seine Entscheidung nie bereut hat, weil er dadurch sein Leben mit meiner Mom verbringen konnte.«

»Das ist wirklich süß und romantisch.«

»Abgesehen von dem Teil, wo er seine Mom und seine Geschwister nie wiedergesehen hat.«

»Das kann ich mir nicht einmal vorstellen.«

»Ich auch nicht. Wenn mich irgendwer aufgefordert hätte, mich zwischen dir und meinen Geschwistern zu entscheiden …«

»Es ist einfach unmenschlich. Warum hat er es euch jetzt so plötzlich erzählt?«

»Sein Vater liegt im Sterben und möchte ihn sehen.«

»Nein ... Das kann doch nicht wahr sein. Er fährt aber nicht hin, oder?«

»Wir fahren alle hin. Gleich morgen. Wir sind nur eine Nacht weg.«

»Warum, Hunter? Warum sollte er dorthin fahren, nach allem, was dieser Mann ihm angetan hat?«

»Weil er es als Abschluss braucht, glaube ich, und vielleicht hofft er, die Verbindung zu seinen Geschwistern wieder aufzubauen.«

»Was ist mit seiner Mutter?«

»Die ist vor ein paar Jahren gestorben.«

»Ohne ihren Sohn je wiedergesehen zu haben? Was für eine Tragödie, und zwar für beide.«

»Ich weiß.«

»Versprich mir, dass wir nie zulassen werden, dass etwas zwischen uns und unsere Kinder kommt. Was sie auch tun, egal, wie wenig es uns passt.«

»Das kann ich leicht versprechen. Außer sie werden zu Serienmördern.«

Sie schnappte nach Luft und fing dann an zu lachen. »Hunter! Sie werden doch keine Serienmörder.«

»Ich sage ja nur. Da wäre für mich die Grenze. Mit allem anderen kann ich leben.«

»Gut zu wissen.«

»Keine Sorge, Schatz. Ich werde nicht zulassen, dass so

etwas passiert, nicht in meiner Familie und nicht in unserer. Ich könnte das gar nicht ertragen.«

»Ich auch nicht. Dann fährst du also morgen weg?«

»Willst du mitkommen? Ich werde wahrscheinlich denselben Bus mieten, mit dem wir im Sommer nach Boston gefahren sind. Wir sind zu viele zum Fliegen.«

»Ich würde wirklich gerne mitkommen, aber ich glaube, das ist im Moment zu viel für mich. Fahr du, unterstütz deinen Dad, und komm so schnell wie möglich wieder nach Hause.«

»Ich möchte dich nicht alleine hierlassen.«

»Ich bin doch nicht alleine, Hunter. Ich nehme nicht an, dass alle Familienmitglieder fahren. Irgendwer ist sicher da, falls ich etwas brauche.«

»Du darfst nichts brauchen, wenn ich nicht hier bin, um es dir zu beschaffen.«

»Ich tue mein Bestes.«

Er nahm ihre Hand und küsste sie. »Du weißt, dass ich dich nie aus irgendeinem Grund verlassen würde, nicht mal für eine Nacht, wenn ich nicht wirklich denken würde, dass es nötig ist, oder?«

»Natürlich weiß ich das, und es ist unbedingt notwendig, dass du für deinen Dad da bist. Ich finde es toll, dass du derjenige warst, der gesagt hat, zeigen wir ihm, was aus seiner Wahl geworden ist.«

»Ich wette, seine Geschwister haben keine Ahnung, dass er zehn Kinder hat.«

»Das ist wirklich surreal, vor allem heutzutage, wo es

so leicht ist, in Verbindung zu bleiben. Na ja, jedenfalls wenn man nicht grade in der Handywüste von Vermont lebt.«

»Dass es in Butler keinen Empfang gibt, hat meinen Dad wahrscheinlich davor bewahrt, sehen zu müssen, was seine Familie alles ohne ihn macht.«

»Das stimmt.« Sie streckte die Arme aus, damit er sich zu ihr aufs Sofa setzte.

»Aus dem Weg, Horace.«

Der Hund winselte, gab aber seinen Platz neben Megan frei.

»Der arme Kerl. Ich weiß, wie er sich fühlt. Ich würde es auch nicht wollen, dass sich ein anderer in meinem Revier breitmacht.«

»Ich habe mehr als genug Liebe für euch beide.«

Hunter gab Megan einen Kuss und seufzte zufrieden. Diese Zufriedenheit erfüllte ihn jedes Mal, wenn er in ihrer Nähe war. »Ich weiß nicht, wie ich die Nacht ohne dich aushalten soll.«

»Das wird schon alles.«

Während er die Arme um sie schlang und die Liebe seines Lebens fest an sich drückte, konnte er nur hoffen, dass das stimmte.

9

»Wenn du über dich hinausgesehen hast,
wirst du vielleicht finden, dass Seelenfrieden
auf dich wartet.
George Harrison

Als Hannah nach Hause kam, wurde sie von einem riesigen Elchbullen begrüßt, der in ihrem Garten stand und laut genug muhte, um die Toten zum Leben zu erwecken. Ein kleinerer Elch muhte im Haus begeistert zurück. Sie nannte das Ritual mittlerweile das tägliche Play-Date.

In ihrem Sitz stimmte Callie, die bald ein Jahr alt sein würde, in das Muhen ein.

Nolan verzweifelte geradezu, weil sein kleines Mädchen muhte, bevor sie sprach.

Hannah war insgeheim begeistert, weil ihre Tochter mit der gleichen Tierliebe aufwuchs, die sie selbst empfand. »Immer langsam«, sagte sie zu Fred, als sie aus dem Auto stieg.

Er kam sofort zu ihr herüber und stupste ihr seine kalten, feuchten Nüstern an den Hals. Nolan würde den Verstand verlieren, wenn er Fred so nahe bei seiner schwangeren Frau und seiner kleinen Tochter sehen würde. Er verstand einfach nicht, dass Hannah tief in ihrer Seele *wusste*, dass Fred ihr niemals etwas tun würde. Woher sie das so genau wusste, konnte sie nicht erklären. Sie wusste es einfach. Sie hatte so großes Vertrauen in ihn, dass sie sogar zuließ, dass er Callie ebenso nahe kam wie ihr, aber nur, wenn Nolan nicht in der Nähe war und den Verstand verlieren konnte.

Fred gehörte zur Familie. Um ihn mussten sie sich überhaupt keine Sorgen machen.

Drinnen machte Dexter einen wahnsinnigen Krach, und wahrscheinlich machte er auch die neue Stahltür kaputt, die Nolan eingebaut hatte, nachdem Dexter eines Tages etwas zu begeistert gewesen war und mitten durch die alte Tür gerannt war.

Natürlich hatte Nolan diesen Vorfall genutzt, um Hannah daran zu erinnern, warum ein Elch nicht ins Haus gehörte. Und sie hatte ihn daran erinnert, dass Dexter zur Familie gehörte und dass er deshalb jedes Recht hatte, die Tür einzurennen, wenn die Tür nicht stabil genug war, um das zu verhindern.

Nolan hatte das nicht besonders lustig gefunden, die Tür tauschte er aber trotzdem aus. Hannah war klar, dass es für ihn nicht immer leicht war, aber sie erinnerte ihn gerne daran, dass er ja genau gewusst hatte, worauf er sich einließ, als er sie geheiratet hatte.

»Ich hatte keine Ahnung, wie verrückt es wird, als ich mich darauf eingelassen habe«, war seine Standardantwort.

Hannah machte die Tür auf und ließ Dexter und den

Hund, Homer Junior, für das Play-Date mit Fred hinaus in den Garten.

Callie quietschte begeistert, als die drei Freunde sich begrüßten. Sie freuten sich so offensichtlich, dass es Hannah ebenfalls mit Freude erfüllte. Und das, wo sie gedacht hatte, dass sie so etwas nie wieder empfinden würde. Es hatte viele Jahre gedauert, und sie hatte Nolan, Callie, Homer Junior, Dexter, Fred und ihren regelmäßigen Tagesablauf gebraucht, um sich weitgehend davon zu erholen, dass ihr erster Mann, Caleb, im Irak gefallen war.

Wie sie so mit ihrer kleinen Tochter auf dem Schoß auf den Treppenstufen zu ihrem Zuhause saß und den Tieren zusah, wie sie im Garten herumtollten, spürte sie eine tiefe Zufriedenheit in sich. Heute schlich sich aber auch eine gewisse Besorgnis ein, wenn sie daran dachte, was ihr Vater ihr erzählt hatte. Sie war schon ihr ganzes Leben lang neugierig auf seine Seite der Familie gewesen, hatte sich gefragt, ob sie wohl Großeltern, Tanten, Onkel, Cousinen und Cousins hatte. Jetzt, da sie die Wahrheit kannte, war sie sich nicht sicher, wie es ihr mit dem Gedanken ging, dass es so viele Menschen gab, die ihr als Familienmitglieder eigentlich hätten nahestehen sollen, jetzt aber Fremde waren.

Was sie ihrem Dad angetan hatten, konnte sie kaum fassen.

Sie hielt Callie noch fester, als sie anfing zu zappeln und einen begeisterten Schrei ausstieß, weil Nolans Truck in die Einfahrt gerollt kam.

Sie war definitiv ganz die Tochter ihres Vaters.

Als Nolan ausgestiegen war und genügend finstere Blicke auf die Elche geworfen hatte, ließ Hannah Callie los, damit sie auf ihn zuschwanken konnte. Sie sah aus wie eine betrunkene Seefahrerin. Hannah hatte noch nie etwas Perfekteres gesehen als die Art, wie Nolans Augen aufleuchteten, wenn er seine Tochter sah. Er nahm sie in die Arme, hob sie hoch und brachte sie so sehr zum Lachen, dass ihr lautes Kreischen dafür sorgte, dass beide Elche und Homer Junior wie angewurzelt stehen blieben, um zu sehen, ob es ihrem kleinen Mädchen auch gut ging.

Als sie Nolan sahen, kehrten sie wieder zu ihrem Spiel zurück.

Ihre kleine Familie war vielleicht unkonventionell, aber Hannah hätte es sich nicht anders wünschen können.

»Ich sehe schon, der reinste Zirkus, wie immer.« Nolan gab Hannah einen zärtlichen Begrüßungskuss. »Ist Savannah heute nicht da?«

Hannah kümmerte sich normalerweise während der Woche um Danis Tochter. »Danis Eltern sind über Weihnachten da. Sie wohnen in einem Bed and Breakfast zwei Orte weiter. Savannah ist heute bei ihnen. Wir sind auch gerade erst angekommen.«

»Wo wart ihr denn?«

»Bei einem Familientreffen in der Scheune.«

»Worum ging es denn?«

»Ich erzähle es dir drinnen. Ich möchte nicht, dass

Callie zu lange hier draußen in der Kälte ist, und Dex will sicher auch sein Abendessen.«

»Und was ist mit meinem Abendessen?«, fragte Nolan scherzhaft. Er kochte genauso oft wie sie, er zog sie aber gerne mit dieser Frage auf.

»Darum kümmern wir uns auch gleich.«

»Ist alles in Ordnung, Han? Du machst dieses Ding mit deinen Augenbrauen, wie immer, wenn dich etwas beschäftigt.«

Hannah fand es toll, dass er sie so gut kannte. Er brauchte nur einen Blick auf sie zu werfen und wusste, wie es ihr ging. »Gehen wir rein.« Sie stand auf, und Nolan, mit Callie im Arm, folgte ihr.

Dex und Homer wussten genau, dass es Zeit fürs Abendessen war, und stürmten ebenfalls herein. Nur Fred blieb laut muhend im Garten stehen.

»Denk gar nicht dran, ihn auch ins Haus zu bitten«, sagte Nolan finster.

»Du kannst mir nicht vorschreiben, woran ich denken soll.«

»In diesem Fall schon.«

»Nur, weil du immer noch sauer bist, dass Dexter dich überlistet hat, darfst du das noch lange nicht an mir auslassen.« Sie zog Callie Mütze und Jacke aus und hängte sie an einen Haken neben der Tür. Dann zog sie ihr die winzigen Schneestiefel aus. Sobald sie wieder frei war, rannte Callie so schnell sie konnte los. Hannah und Nolan lachten. Vor ein paar Tagen hatte Callie noch nicht stehen können, und jetzt rannte sie schon durch die Wohnung.

»Wirst du es mich je vergessen lassen, dass Dexter mich überlistet hat?«

»Nicht in diesem Laben.« Hannah grinste frech und machte sich auf den Weg in die Küche, um das Abendessen fertig zu machen. Vor ein paar Monaten, nachdem es sich Dex im Haus ein bisschen zu bequem gemacht hatte, hatte Nolan ihr gesagt, dass es Zeit sei, ihn gehen zu lassen, bevor es zu spät für ihn wäre, alles zu lernen, was er zum Überleben in der freien Wildbahn brauchen würde.

Hannah hatte der Gedanke daran, dass Dexter nicht mehr bei ihr leben könnte, das Herz gebrochen, aber sie hatte zugestimmt und gesagt, sie würde ihn gehen lassen, wenn er wollte. Sie hatte Dexter die Tür zum Garten geöffnet und ihn zum ersten Mal ohne Aufsicht gelassen, während er auf Fred wartete. Hannah hatte ihn vom Fenster aus beobachtet und versucht, nicht zu weinen, während sie darüber nachdachte, dass Dex wahrscheinlich mit Fred losziehen würde. Schließlich waren sie schon einmal zusammen abgehauen.

Und als er Fred hinterherrannte, war ihr Herz in tausend Stücke zersprungen. Sie hatte so laut geschluchzt, dass Callie aus ihrem Mittagsschlaf aufwachte.

Allerdings war Dex einige Stunden später, als sie alle schon im Bett lagen, zurückgekommen und hatte mit den Hufen an die Tür geklopft.

Hannah war aus dem Bett gesprungen und hatte ihn hereingelassen.

Sehr zu Nolans Ärger versuchte er nie wieder, zu gehen.

Sie wusste, dass sie sich etwas überlegen mussten – oder ein größeres Haus kaufen –, bevor Dex ausgewachsen war, aber vorerst schlief er in dem riesigen Hundekörbchen am Feuer, aß aus einer Schüssel neben Homers Napf und gehörte zu ihrer Familie, auch wenn die Leute (ihr Mann inklusive) dachten, dass sie komplett verrückt geworden war. Vielleicht war das ja auch so, aber sie liebte Dex als Mitglied ihrer Familie und war so dankbar, dass er bei ihr geblieben war, selbst wenn Nolan sie täglich damit aufzog.

»Also, was war in der Scheune los?«, fragte Nolan, der mit Callie auf dem Arm eine Flasche Bier aufmachte.

Hannah rührte die Minestrone um, die sie früher am Tag vorbereitet hatte. »Du wirst es nicht glauben.«

Als sie mit der Geschichte fertig war, hatte er Callie geholfen, ihre Nudeln mit Gemüse aufzuessen.

»Das ist ja echt unglaublich«, verkündete Nolan. »Was hat dein Dad jetzt vor?«

»Er fährt morgen hin, und wir fahren alle mit.«

»Warum fahren alle mit?«

»Weil wir wollen, dass sie sehen, was aus der Entscheidung geworden ist, zu der sie ihn gezwungen haben.« Ihr Herz zog sich vor Trauer zusammen, während sie das sagte. Es war unfassbar, was ihr Dad hatte aufgeben müssen, um mit der Frau, die er liebte, zusammen zu sein. Die Geschichte hatte sie tief berührt, und sie versuchte, sich ein Leben ohne die beiden Männer, die sie liebte, oder eben ohne ihre Eltern und Geschwister vorzustellen.

Allein der Gedanke ließ sie schaudern.

Und dann war Nolan da, seine Hände lagen auf ihren Schultern, und er küsste ihr Haar. »Du bist traurig.«

»Zu hören, was er wegen ihnen durchgemacht hat ... Es war furchtbar. Ich habe mich immer schon gefragt, warum wir seine Hälfte der Familie nie zu Gesicht bekommen, und jetzt, wo ich weiß, woran es lag ...«

»Wünschst du dir, du wüsstest es nicht.«

»Ja. Wie kann es sein, dass ich mit jemandem verwandt bin, der dem eigenen Sohn so etwas antut?«

»Ach, Han, du bist ganz und gar nicht so. Du hast einen Baby-Elch, der *bei dir im Haus* wohnt. Ich denke, wir können mit Sicherheit sagen, dass du nichts davon geerbt hast.«

Sie lachte unter Tränen und drehte sich zu ihm um. »Woher weißt du immer so genau, was du mir sagen musst?«

»Ich spreche Hannah.«

Sie schlang die Arme um ihn und kuschelte sich an ihn, wie immer dankbar für seine beruhigende Anwesenheit. »Gott sei Dank, gibt es jemanden, der das tut.«

»Ich bin ganz schmutzig, Liebling. Lass mich schnell duschen gehen, dann können wir weiterreden.«

Hannah hielt ihn noch fester. Mittlerweile hatte sie sich wirklich an den Geruch nach Motoröl, Benzin und

Schmierfett gewöhnt, den er aus der Werkstatt mit nach Hause brachte. Er sagte, sie sei komisch, weil sie diese Gerüche mochte.

»Geh noch nicht.«

»Ich bin hier.«

Sie standen so lange da, bis Callie anfing, zu quietschen, weil sie aus ihrem Hochstuhl befreit werden wollte.

»Nimmst du mein kleines Mädchen auch mit?«

»Das muss ich. Du arbeitest, und alle anderen kommen mit. Ich könnte natürlich Tante Hannah fragen, aber ich möchte nicht so lange von Callie getrennt sein.«

»Ich kann mir freinehmen, wenn du sie lieber hierlassen möchtest.«

»Musst du nicht. Ich nehme sie gerne mit.«

»Was soll ich nur morgen Abend ohne meine Mädchen anfangen?«

»Mit Dex kuscheln?«

»Kommt nicht in die Tüte.«

»Aber du fütterst ihn doch, oder?«

»Ja Hannah«, seufzte Nolan. »Ich füttere ihn.«

Seit sein Sohn Chase im Juni zur Welt gekommen war, wollte Will die ganze Zeit bei ihm sein. Das kräftige blonde Baby war das Zentrum des Lebens seiner Eltern, und es hatte das, was ohnehin schon die beste Zeit in Wills Leben gewesen war, noch besser gemacht. Während Camerons endlos scheinender Schwangerschaft hatte er mit der unerträglichen Angst leben müssen, dass bei der Geburt etwas schiefgehen würde, so wie es bei ihrer Mutter und ihrer Großmutter geschehen war, die beide bei Geburten gestorben waren.

Er hatte sich sogar verboten, Gefühle für seinen ungeborenen Sohn zu entwickeln, bis er wusste, dass seine geliebte Frau die Geburt überlebt hatte. Cam und er hatten alles getan, was sie konnten, um das im Voraus sicherzustellen, aber bis es wirklich passiert war, hatte Will stur an seiner Gefühlskälte festgehalten, was das Baby betraf. Jetzt, wo er bereits sechs Monate mit seinem Sohn verbracht hatte, schien das eine Ewigkeit her zu sein. Er liebte den Kleinen so sehr, dass es nicht einmal mehr witzig war, und Cameron liebte er ebenfalls mehr als je zuvor. Das hätte er nicht für möglich gehalten, bevor Chase geboren wurde – aber sie als Mutter zu sehen, vor allem mit dem Wissen, dass sie selbst ohne Mutter aufgewachsen war, hatte seine Gefühle für sie deutlich tiefer gemacht.

Sie war eine wunderschöne, hingebungsvolle Mutter, und ihr Sohn hatte großes Glück.

Cam arbeitete im Moment meistens von zu Hause aus, und er vermisste sie tagsüber, vor allem, weil er daran gewöhnt war, mit ihr das Büro zu teilen. Aber sie hatten sich geeinigt, dass es das Beste war, wenn sie im ersten Jahr mit Chase zusammen war.

Und deshalb war es jetzt auch jeden Tag sein Ziel, so

früh wie möglich nach Hause zu kommen. Ganz durcheinander vom Familientreffen versuchte Will, seine Gedanken zu ordnen. Er konnte kaum fassen, was er über seinen Vater erfahren hatte. Er fuhr an der Stelle vorbei, an der er Cam an einem kalten, dunklen Frühlingsabend kennengelernt hatte, nachdem sie mit Fred zusammengestoßen war und ihr brandneues Auto geschrottet hatte. Es brachte ihn immer zum Lächeln, an diesen Abend zu denken. Sogar mit ihren zwei blauen Augen vom Airbag war sie die schönste Frau gewesen, die er je gesehen hatte, und er hatte sie sofort wahnsinnig interessant gefunden.

Sich an die Euphorie zu erinnern, die während der ersten Tage mit Cam sein ständiger Begleiter gewesen war, machte ihn noch trauriger wegen dem, was seinem Dad widerfahren war, nachdem er seine Mom kennengelernt hatte. Niemand sollte eine Wahl treffen müssen wie die, zu der sein Vater gezwungen worden war. Es war unmenschlich. Er umklammerte das Lenkrad fester, während er darüber nachdachte, wie schrecklich das für seinen Vater gewesen sein musste. Linc würde sagen, dass es nie wirklich eine Entscheidung gewesen sei. Natürlich hatte er sich für Molly entschieden, aber es musste ihm das Herz gebrochen haben, all die anderen Menschen, die er liebte, zu verlieren.

Will bog in die langgezogene Einfahrt, die zu ihrer Hütte führte. Sie hatten vor kurzem angebaut und waren damit endlich, nach monatelanger Arbeit, fertig geworden.

Mit einem Neugeborenen auf einer Baustelle zu leben war eine Erfahrung, die er nicht zu bald wiederholen wollte. Aber das Resultat war das Chaos mehr als wert gewesen. Sie hatten zwei große Schlafzimmer angebaut, ein eigenes Badezimmer für ihr Schlafzimmer und ein deutlich größeres Wohnzimmer am hinteren Teil des Hauses. Ihre Wohnfläche war jetzt dreimal so groß wie vorher.

Jetzt, wo es nicht mehr lange bis Weihnachten war, liebte er es einfach, nach Hause zu kommen. Das Haus war von den Lichterketten, die er aufgehängt hatte, hell erleuchtet, und der Rauch, der aus dem Kamin aufstieg, erinnerte ihn daran, wie warm und gemütlich es im Inneren war. Außerdem warteten dort die beiden Menschen, die er am meisten liebte, auf ihn. Als er ausstieg, liefen die beiden Hunde, Trevor und Tanner, auf ihn zu, um ihn zu begrüßen.

»Was gibt's denn, Jungs?«, fragte er. Sie liefen mit ihm zur Hintertür. Die Luft war kalt und roch nach Schnee.

Die Hunde bellten und rannten wie wild im Kreis – wenn Will nicht so an ihr Gehabe gewöhnt gewesen wäre, hätten sie ihn sicher zu Fall gebracht. Die beiden Hunde liebten Chase, was wirklich ein Glück war. Will trat durch die Tür in die Wärme seines Zuhauses. Der Tannenduft der Kerzen, die Cam um diese Jahreszeit immer anzündete, umfing ihn.

»Daddy ist wieder da!«, rief er und zog seine Stiefel und seinen Mantel aus.

Wie jeden Abend stieß Chase ein begeistertes Quietschen aus, als er Wills Stimme hörte. Will wurde ganz warm ums Herz. Es war wirklich etwas Besonderes, so geliebt zu werden.

Cam und Chase waren im Wohnzimmer unter dem großen Weihnachtsbaum, den Will geholt hatte, und spielten. Im Ofen knisterte ein warmes Feuer.

Will hob das Baby auf und wirbelte es herum. Er liebte es, wie die Augen seines kleinen Sohnes leuchteten, wenn er sich freute. »Wie geht es dir, mein Großer?«

»Ihm geht es gut, aber schüttel ihn lieber nicht so viel, sonst kriegst du noch sein Abendessen ab.«

Will nahm Chase in die Arme und atmete seinen sauberen Geruch ein. Seit er auf der Welt war, war Will einfach süchtig nach diesem Babygeruch. Er setzte sich mit Chase auf dem Schoß auf den Boden und küsste seine wunderschöne Frau. Ihr langes blondes Haar war oben auf ihrem Kopf zu einem Knoten zusammengebunden, und ihre Augen sahen müde aus, nachdem sie den ganzen Tag lang gearbeitet hatte, während sie sich um das Baby kümmerte. Sie lächelte fröhlich.

»Wir haben dich vermisst«, sagte sie.

»Ich habe euch auch vermisst, wie verrückt. Ich muss öfter von zu Hause aus arbeiten, damit du Pause machen kannst und ich mehr Zeit mit ihm verbringe. Es gibt keinen Grund, dass du das alles machst.«

»Diesen ›Streit‹ hatten wir schon, weißt du noch? Du kannst ihn nicht stillen.«

»Nein, aber ich kann auch von hier aus arbeiten und

dir mit ihm helfen, während wir alle arbeiten. Du bist müde, Baby. Du hast Ringe unter den Augen.«

Sie berührte die Haut unter ihren Augen mit den Fingern, und er bereute sofort, dass er es erwähnt hatte. »Ich weiß. Ich hasse das.«

»Du bist die schönste Frau der Welt, mit oder ohne Augenringe, aber ich möchte nicht, dass du dich verausgabst, weil du versuchst, alles alleine zu stemmen.«

»Es ist einfach richtig viel los, mit dem Katalog und dem Weihnachtsgeschäft. Im Januar wird es besser.«

Er legte den Arm um Cam und zog sie zu Chase in seine Arme. »Ich muss für eine Nacht verreisen.«

Sie schaute zu ihm auf. »Wann?«

»Morgen.«

»Warum?«

»Das ist eine lange Geschichte. Ich erzähle sie dir, wenn wir ihn hingelegt haben.«

»Ist alles in Ordnung?«

»Ja, schon, aber es geht um etwas, das ich für meinen Dad machen muss.«

Während der nächsten Stunde machten sie Chase gemeinsam bettfertig und legten ihn hin, und als er schlief, nahmen sie das Hähnchen-Curry, das Cam im Dampfgarer vorbereitet hatte, mit ans Feuer. Will schenkte ihr das halbe Glas Chardonnay, das sie sich in der Stillzeit erlaubte, ein, und ein ganzes Glas für sich.

»Was ist mit deinem Dad?«

Will fasste die Geschichte seiner Eltern für sie zusammen und beobachtete, wie sich ihr Gesichtsausdruck zuerst vor Schreck und dann vor Wut veränderte, als sie hörte, was vor so langer Zeit passiert war. »Und jetzt liegt sein Dad im Sterben und will ihn anscheinend sehen. Wir haben beschlossen, dass wir mitfahren.«

»Ich kann nicht glauben, dass er wirklich da hinwill, nach allem, was ihm dieser Mann angetan hat.«

»Ich weiß. Ein Teil von mir wünscht sich, dass er sich das nicht antun würde. Er könnte wieder verletzt werden. Aber ich verstehe auch, dass er diesen Abschluss braucht. Wenn er nicht hinfährt, könnte er es später bereuen. So ist er auf jeden Fall wirklich der bessere Mensch.«

»Wahrscheinlich hast du recht. Es ist nur so schwer zu glauben, dass sein Vater ihm ein solches Ultimatum gestellt hat.«

»Es ist schrecklich. Er tut mir so leid. Es muss ihm das Herz gebrochen haben, seine Familie auf diese Weise zu verlieren.«

»Ich habe deine Eltern schon immer bewundert, aber jetzt tue ich das noch mehr.«

»Meine Mom hat sich lange Sorgen gemacht, dass Dad irgendwann eine Abneigung gegen sie entwickeln könnte, weil er so viel für sie aufgegeben hat. Ich wusste, dass er nicht nach Oxford gegangen ist, weil er sie kennengelernt hat, aber ich hatte keine Ahnung, was da sonst noch alles passiert ist.«

»Ich hätte mir genau die gleichen Sorgen gemacht. Mein Gott, wie schrecklich, jemandem, den man eigentlich lieben und beschützen sollte, so etwas anzutun. Mir wird richtig schlecht bei dem Gedanken.«

»Mir auch.«

»Ich bin froh, dass du mitfährst, damit seine Familie sehen kann, was aus ihrer Liebe geworden ist.«

»Das hat Hunter auch gesagt, als er vorgeschlagen hat, dass wir mitfahren.«

»Ihr zwölf werdet das wirklich sehr deutlich zeigen.«

»So ist der Plan, aber es gefällt mir gar nicht, von dir und Chase getrennt zu sein, nicht mal für eine Nacht.«

»Du bist schon zurück, bevor du uns überhaupt vermissen kannst.«

Er schüttelte den Kopf und hob ihr Kinn an, um sie zu küssen. »Ich vermisse dich sofort, wenn ich nicht mit dir zusammen bin. Und ich vermisse dich jede Sekunde lang, in der deine Füße nicht unter dem Schreibtisch um meine geschlungen sind.«

Sie küssten sich wieder, und Will schob den Couchtisch zur Seite, so dass sie sich vor dem Feuer ausstrecken konnten. Er wollte sie ständig, aber er erinnerte sich daran, wie müde sie war, und verlangsamte den Kuss. Dann zog er sich zurück.

»Was?« Sie fuhr ihm mit den Fingern durchs Haar.

»Du bist müde.«

»Nicht zu müde, um meinen sexy Mann zu küssen.«

»Küssen führt meistens zu anderen Dingen, für die du zu müde bist.«

»Für diese Dinge bin ich auch nicht zu müde.«

»Bist du sicher?«

»Sehr sicher.« Um ihre Antwort zu unterstreichen, schlang sie die Beine um seine Hüfte und drückte ihre Hitze an sein steifes Glied.

Will lachte über diese eindeutige Aussage. »Na dann, also gut.«

10

Es gibt nichts, was du wissen kannst,
das noch nicht bekannt ist.
John Lennon

Ella war schon zu Hause und genoss eine Tasse koffeinfreien Kaffee, als Gavin von der Arbeit kam. Sein Gesicht war von der Kälte gerötet, sein dichtes schwarzes Haar zerzaust. Er war zweifellos der attraktivste Mann, dem sie je begegnet war, und manchmal musste sie sich immer noch kneifen, um glauben zu können, dass sie wirklich zusammengehörten.

»Was ist mit deinen Eltern?«, fragte er. Seine Stirn war gerunzelt, und sein besorgter Blick erinnerte sie daran, wie er ausgesehen hatte, bevor sie dafür gesorgt hatte, dass er sich in sie verliebte.

»Woher weißt du, dass etwas ist?«

»Ich habe Lucas getroffen.«

»Wo das denn?«

»Das kann ich dir nicht sagen, weil es etwas mit Weihnachtsgeschenken zu tun hat.«

Gavin setzte sich zu ihr aufs Sofa, gab ihr einen Kuss und schaute sie lange und prüfend an, als wolle er sich vergewissern, dass alles in Ordnung war. Sie machte sich oft über ihn lustig, weil er die Schwangerschaft wie eine gefährliche Krankheit behandelte. Nach allem, was er beim Verlust seines Vaters und seines Bruders durchgemacht hatte, ließ sie ihn jedoch gerne gewähren, wenn ihm das den Seelenfrieden verschaffte, der für ihn seit Calebs Tod so schwer zu erreichen gewesen war.

»Luc hat gesagt, es gab einen Familienrat, aber dass ich lieber dich nach den Details fragen soll. Also schieß los.«

Sie griff nach seiner Hand und zog ihn an sich.

»Es geht ihnen gut, oder? Ich kann nicht aufhören, darüber nachzudenken, was los ist. Wir haben sie eben gesehen, und es ging ihnen gut.«

»Ich liebe dich so sehr, weil du meine Familie so liebst.«

»Natürlich liebe ich deine Familie. Sie sind schon sehr lange ein wichtiger Teil meines Lebens.« Gavins Familie war nach Butler gezogen, als er und Caleb auf der Middleschool waren. Sie hatten sich sofort mit den Abbott-Kindern angefreundet, und Ella war fast von Anfang an in Gavin verliebt gewesen. Es fiel ihr schwer, sich an eine Zeit zu erinnern, in der sie ihn nicht geliebt hatte. Dass sie jetzt jeden Tag mit ihm verbringen durfte, war eines der größten Geschenke ihres Lebens.

»Meinen Eltern geht es gut, aber es ist etwas mit Dads Familie passiert.«

»Ich kann mich nicht erinnern, je viel von ihnen gehört zu haben.«

»Weil er nie über sie spricht, und jetzt wissen wir auch, warum.« Sie erzählte ihm die Geschichte, die sie wenig zuvor selbst zum ersten Mal gehört hatte, und fand das Ganze immer noch schwer zu glauben, obwohl sie jetzt schon einige Stunden gehabt hatte, um alles zu verarbeiten. »Wir fahren morgen mit ihm hin, damit er seinen Vater sehen kann, und um ihm zu zeigen, was aus der Ehe geworden ist, die er nicht schließen sollte.«

»Moment. Du fährst wohin?«

»Philadelphia.«

»Das kannst du nicht machen, El. Du bist im neunten Monat schwanger.«

»Wir fliegen ja nicht. Wir fahren mit demselben Bus, mit dem wir nach Boston gefahren sind. Hunter sagt, wir wären genauso lange unterwegs, wenn wir von Burlington aus fliegen.«

»Das sind doch sechs Stunden Fahrt oder so.«

»Sieben. Ich habe nachgeschaut.«

»Ella ... Vierzehn Stunden Busfahrt im neunten Monat? Das kannst du doch nicht machen. Was, wenn du Wehen bekommst oder etwas passiert oder ...«

Sie legte ihm den Finger auf die Lippen. »Das geht schon. Der Termin ist doch erst in ein paar Wochen.«

»Das war bei Cameron genauso, und dann ist das Baby zu früh gekommen.«

»Das ist aber beim ersten Kind wirklich selten. Ich glaube nicht, dass wir uns Sorgen machen müssen. Wir sind doch schon übermorgen wieder hier.«

»Mir gefällt das gar nicht.«

»Warum kommst du nicht mit? Dann wärst du sofort da, falls ich dich brauche.«

»Das wäre für dich in Ordnung?«

»Es wäre doch viel besser, wenn du mitkommst, als wenn du hier zu Hause sitzt und dir Sorgen machst.«

»Dann komme ich mit.«

Sie liebkoste sein schönes Gesicht. »Habe ich mir schon gedacht, dass du das sagst.«

»Ihr wusstet alle, wie ich reagieren würde, oder?«

»Ein bisschen, vielleicht.«

»Was würde ich nur machen, wenn ich dich nicht hätte, um mich zu beruhigen?«

»Wann bist du jemals ruhig?«

»Ha, ha. Ich bin mit dir viel ruhiger, als ich es ohne dich war, und wenn das Baby gesund auf der Welt ist, bin ich auch wieder so normal, wie ich das eben sein kann.«

Ella legte den Kopf auf seine Schulter. Sie wusste ganz genau, dass er sich ebensolche Sorgen um das Baby machen würde, wenn es auf der Welt war, aber das war in Ordnung. Sie würde da sein und dafür sorgen, dass er sich nicht verrückt machte. »Das ist gut zu wissen. Ich sehe es gar nicht gern, wenn du so angespannt bist.«

»Ich kann nichts dafür. Du bist der wichtigste Mensch in meinem Leben. Der Gedanke, dass du auf irgendeine Weise in Gefahr sein könntest, ist schrecklich.«

»Aber ich bin doch gar nicht in Gefahr, Gav.« Sie lachte. »Ich bin schwanger.«

»Jetzt tu nicht so, als könnte das nicht schiefgehen. Das kann es nämlich.«

»Es geht mir gut. Es wird alles gut.«

»Das kannst du nicht sicher wissen.«

»Nein, kann ich nicht, genau wie wir nicht sicher wissen, ob alles gut geht, wenn wir das Haus verlassen oder in ein Auto steigen oder die Straße überqueren.«

»Super, jetzt muss ich mir um diese Dinge auch noch Sorgen machen.«

Sie lachte und stieß ihm den Ellbogen in die Rippen. »Ich kenne ja die Gründe, aus denen du dir so viele Sorgen machst, und ich verstehe das wirklich, aber es tut mir so leid für dich. Ich wünsche mir, dass du einen Weg findest, dich zu entspannen, damit du das Leben, das wir gemeinsam führen, genießen kannst.«

»Ich genieße jede Sekunde unseres Lebens, und genau deswegen mache ich mir auch solche Sorgen, dass es kaputtgehen könnte. Ich habe es irgendwie überlebt, Caleb zu verlieren, aber wenn dir etwas zustoßen würde …«

»Das wird nicht passieren. Wir müssen einfach daran glauben, dass alles gut gehen wird. Hab Vertrauen.«

»Ich arbeite daran. Es ist deine Schuld, dass ich so abhängig von dir bin und nicht mal den Gedanken an ein, zwei Tage ohne dich ertragen kann.«

Sie zog eine Augenbraue hoch. »Wieso soll das meine Schuld sein?«

»Du hast mich unnachgiebig gejagt und dafür gesorgt, dass ich mich in dich verliebe.«

Sie grinste zufrieden. »Ich war wirklich ziemlich unnachgiebig, oder?«

»Gott sei Dank, ich war nämlich zu dumm, zu sehen, wer direkt vor meiner Nase nur darauf wartete, mich zum glücklichsten Menschen auf Erden zu machen.«

»Es freut mich, dass du so glücklich bist. Das ist alles, was ich mir je für dich gewünscht habe.«

»Ohne dich hätte ich das nie geschafft.«

»Ich weiß! Genau das solltest du ja die ganze Zeit verstehen.«

Lachend zog er sie in einen weichen, süßen, bedächtigen Kuss, der dafür sorgte, dass sie unglaublich dankbar war, dass er endlich ihre Sicht der Dinge akzeptiert hatte. Tief in ihrem Innern hatte sie immer gewusst, dass sie zusammen etwas Besonderes haben könnten. Der Einzige, der davon nicht überzeugt gewesen war, war er gewesen, bis sie ihm gezeigt hatte, wie falsch er lag, indem sie ihn so sehr liebte, wie sie nur konnte.

»Ich hatte gedacht, wir sollten vielleicht über Weihnachten heiraten«, sagte sie. »Nur wir und die Familien, kein Getue, keine große Sache.«

Er legte seine Stirn an ihre. »Wenn ich dich heirate, meine süße Ella, dann ist das die größte Sache der Welt.«

Sie lächelte, dann küsste sie ihn wieder. »Für mich auch, aber wir brauchen keine übertriebene Party zu schmeißen.«

»Du träumst also nicht von einer übertriebenen Party?«

»Überhaupt nicht. Ich hatte schon immer nur einen einzigen Wunsch, was meine Hochzeit angeht, und der ist schon in Erfüllung gegangen, weil ich den Bräutigam habe, den ich schon immer wollte. Also … eine kleine Hochzeit über Weihnachten?«

»Alles, was du willst. Wirklich alles.«

»Ich habe schon alles, was ich will. Die Hochzeit macht es nur offiziell.«

»Ich mache es sehr gerne offiziell, damit du nie mehr weggehst von mir.«

»Ich gehe nirgendwohin.«

Charley war angespannter, als sie es seit langem gewesen war. Zu hören, was ihr armer, lieber Dad mit seinem Vater durchgemacht hatte … Es machte sie so wütend. Und traurig. Sie werkelte lautstark in der Küche herum, suchte die Töpfe zusammen, um Nudeln mit Soße zu machen. Das war ihr Standardgericht, wenn sie keine Zeit gehabt hatte, etwas anderes zu planen.

Tyler war den ganzen Tag zu Hause, arbeitete in seinem Büro und machte dann meistens auch Abendessen. Allerdings hatte er manchmal einfach so viel zu tun, dass er es nicht schaffte, und dann kochte sie. Glücklicherweise aß Tyler sehr gerne Nudeln.

Sie ließ ihre Wut an den Töpfen und Pfannen aus und machte dabei einen solchen Lärm, dass Tyler in die Küche kam. Sein braunes Haar stand ihm in alle Richtungen vom Kopf ab, die Brille mit dem dunklen Rahmen ließ ihn klug und sexy aussehen. Er hatte noch seine Bluetooth-Kopfhörer in den Ohren und runzelte die Stirn.

»Ich konnte dich während meines Meetings hören.« Er nahm die Kopfhörer raus. »Und ich hatte es wirklich laut aufgedreht.«

»Sorry.«

»Schon okay. Wir waren fertig. Mit dem Großteil.« Er schaute sie fragend an. »Was ist los?«

»Alles. Alles, alles, alles ist los, und Menschen sind einfach scheiße.«

»Das hast du jetzt gerade erst festgestellt?«

»Ich habe gerade festgestellt, dass Menschen aus meiner eigenen Familie scheiße sind.«

Er trat einen Schritt zurück. »Deine Familie ist super. Mit wem hast du Streit?«

»Es geht um einen Teil der Familie, den du nicht kennst. Ich kenne ihn ja nicht mal, weil sie meinen Dad ausgestoßen haben, als er meine Mom heiraten und bei ihrem Familienunternehmen arbeiten wollte.«

»Wow. Das hast du gerade herausgefunden?«

»Wir alle. Dad hat uns die Geschichte heute zum ersten Mal erzählt.«

Tyler lehnte sich seitlich an die Arbeitsfläche und schenkte ihr seine volle Aufmerksamkeit, wie immer. Niemand hatte sie je so sehr *gesehen* wie er, und das hatte sie anfangs unglaublich genervt. Bis er ihr gezeigt hatte, dass es wunderschön war, von ihm gesehen und geliebt zu werden, wenn sie nicht dagegen ankämpfte. »Warum denn gerade jetzt?«

»Weil sein Vater stirbt und ihm anscheinend plötzlich ein Gewissen gewachsen ist.«

»Inwiefern?«

»Er möchte ihn sehen, und er fährt hin. *Wir* fahren hin. Morgen. Wir alle.«

Tyler verarbeitete diese Neuigkeiten, aufmerksam wie immer. »Das ist gut. Dann gibt es nichts, was er im Nachhinein bereuen könnte.«

»Was sollte er denn schon bereuen, schließlich ist er derjenige, der von seiner eigenen Familie verbannt wurde.«

»Dein Dad ist einer der liebsten, anständigsten Menschen, die ich kenne. Wenn sein Vater ihn bitten würde, zu kommen, und er würde nicht hingehen, dann würde er das irgendwann bereuen.«

»Es ist einfach unfassbar für mich, dass er in diese Situation gebracht wurde, nachdem er jahrzehntelang nichts von ihnen gehört hat.«

»Ja, ich merke, dass du wütend bist. Es hat so geklappert.«

»Es ist richtig ätzend!«

Tyler trat einen Schritt nach vorne und legte die Arme um sie.

Sie wollte weiter schimpfen und mit den Töpfen klappern, das sorgte nämlich komischerweise dafür, dass sie sich besser fühlte.

»Nur langsam, mein Liebling. Dein Blutdruck ist sicher viel zu hoch.«

»Ich hasse gemeine Menschen, und herauszufinden, dass ich mit einem verwandt bin …«

»Ich weiß.« Er strich ihr mit tröstenden, kreisenden Bewegungen über den Rücken, und wenn sie eine Katze wäre, hätte sie sicher angefangen zu schnurren.

Wie machte er das nur? Wie brachte Tyler sie innerhalb von wenigen Minuten aus der Gefahrenzone zum Schnurren? Es war seine Superkraft. Niemand anderes in der Geschichte von Charley Abbott hatte je geschafft, was er schaffen konnte. Sie wusste, dass ihre Brüder ihn hinter ihrem Rücken den Charley-Bändiger nannten, um sie aufzuziehen. Sie wäre auch wirklich sauer darüber, wenn es nicht so wahr wäre.

»Weiß nicht, wie du das machst.«

»Was denn?«

»Du bringst mich dazu, zu vergessen, warum ich vor zehn Sekunden noch stinkwütend war.«

Sein leises Lachen brachte sie zum Lächeln. »Ich habe dich nur in den Arm genommen.«

»Dann ist das anscheinend alles, was nötig ist, um mich zu zähmen, und ja, ich weiß, wie meine Brüder dich nennen.«

»Wie nennen sie mich denn?«

»Ruinier meine gute Bewertung nicht, indem du mir ins Gesicht lügst. Du weißt genau, was ich meine.«

»Ich kann ein Wissen um einen solchen Spitznamen

weder abstreiten noch bestätigen – ich habe Angst, meine magischen Superzähmkräfte zu verlieren.«

»Es bräuchte schon sehr viel, damit du diese Kräfte verlierst.«

»Wenn es je so weit kommt, sagst du es mir doch, oder?«

»Ich glaube, das würdest du schon merken. Nach allem, was mir die Menschen, die mir am nächsten stehen, gesagt haben, bin ich ziemlich unberechenbar, wenn du mich nicht gerade gezähmt hast.«

»Lass nicht zu, dass irgendwer dir sagt, was du bist, außer perfekt.«

Sie prustete vor Lachen. »Meine Geschwister weisen mich auf meine Fehler hin, seit ich geboren wurde.«

»Das ist nur, weil sie nicht verstehen, dass deine Fehler dazu beitragen, wie perfekt du bist.«

»Sagt der Mann, der Sex mit mir hat.«

»Mmmmh, und ich weiß ganz genau, wie perfekt du wirklich bist.« Er vergrub das Gesicht an ihrem Nacken, gerade, als das Nudelwasser zu kochen begann.

Lachend lösten sie sich aus der Umarmung.

Charley machte die Herdplatte aus und schaute zu ihm auf. »Danke.«

»Wofür denn?«

»Was auch immer du tust, um mich bei Verstand zu halten. Es ist wirklich ein Geschenk für mich.«

Er zog sie wieder an sich und strich ihr mit den Händen den Rücken herab, dann griff er nach ihrem Hintern. »Du bist ein wirkliches Geschenk für mich, jeder wunderbare Zentimeter von dir, selbst wenn du wütend bist.«

Charley schloss die Augen und erlaubte sich, die Geborgenheit zu genießen, die nur er ihr schenken konnte.

»Wie lange muss ich denn ohne dich auskommen?«, fragte er.

»Zwei Tage und eine Nacht.«

»Das ist ja richtig lange! Da sollte ich dir wohl besser vorher noch eine gute Dosis von meinem ganz besonderen Charley-Zähm-Elixir verabreichen, damit du deine Krallen bei dir behalten kannst, während du mit deinen Geschwistern unterwegs bist.«

Sie bebte vor unterdrücktem Lachen. »Das ist wahrscheinlich eine gute Idee.«

Unter normalen Umständen war Yoga Wades Antwort auf alles, was ihn unter Druck setzte oder traurig machte, vor allem, wenn seine Frau Mia in Boston war, um ihren Dad zu besuchen. Heute Abend half ihm Yoga nicht. Er wünschte sich, dass Mia zu Hause wäre, damit er ihr von seinem ganz und gar nicht angenehmen Nachmittag erzählen konnte.

Stattdessen machte er die Bewegungen, ohne sich wirklich darauf konzentrieren zu können – seine Gedanken und sein Herz rasten, und ihn überkam immer wieder aufs

Neue Traurigkeit, wenn er an seinen armen Dad dachte. Egal, wie viele Yoga-Stellungen, Dehn- oder Atemübungen er machte, heute Abend half ihm nichts davon, seine Mitte zu finden. Nach einer halben Stunde gab er auf. Als er gerade aus der Dusche kam, klingelte das Telefon.

Er hoffte, dass es Mia sein würde, und lief zu der Telefonstation auf seinem Nachttisch. Er schaffte es gerade noch, den Hörer abzuheben, bevor der Anrufbeantworter ansprang.

»Warum bist du so außer Atem?«, fragte seine Frau.

»Ich hatte gerade geduscht und bin zum Telefon gerannt.«

»Ah, okay. Ich hatte auch sehr gehofft, dass es nicht an einer neuen Frau liegt, die du gefunden hast, seit ich weg bin.«

»Ach nein ... Es hat schon so lange gedauert, die Frau zu finden, die ich habe, ich glaube, ich muss sie noch eine ganze Weile behalten, damit sich das lohnt.«

Ihr Lachen brachte ihn zum Lächeln, obwohl er sie gleichzeitig schmerzlich vermisste. Ihre Beziehung war so innig, dass selbst ein einziger Tag ohne sie unerträglich war, und jetzt war sie schon seit drei Tagen weg. Weil auf der Arbeit so viel los war, hatte Wade nicht mitfahren können, um mit Mias Dad und seiner Familie ein vorgezogenes Weihnachten zu feiern. Sie hatte ein schlechtes Gewissen gehabt, weil sie sich gerade jetzt freigenommen hatte, wo es im Lager, wo sie arbeitete, so viel zu tun gab. Aber alle waren sich einig gewesen, dass sie mit ihrer Familie, die sie doch gerade erst wiedergefunden hatte, auf jeden Fall vorfeiern sollte.

Wenn er aus Philly zurückkam, würde es ganze fünf Tage her sein, dass sie sich zuletzt gesehen hatten. Das war die längste Zeit, die sie getrennt verbracht hatten, seit sie zusammen waren. Aber Wade wusste, dass Mia Zeit mit ihrem Dad brauchte. Schließlich hatte sie erst vor kurzem die Möglichkeit gehabt, eine Verbindung zu ihm aufzubauen, und er fand es einfach toll, wie gut sie sich mit Cabot verstand.

»Jetzt rate mal, wer schon mehrmals hier war?«, fragte sie.

»Wer denn?«

»Deine Cousine Izzy.«

»Tatsächlich?«

»Ja. Mein Dad sagt nicht viel dazu, was da läuft, aber sie gehen auf jeden Fall seit der Hochzeit miteinander aus.«

»Das ist ja cool! Und ich dachte, sie hat die letzten Monate in Europa gearbeitet.«

»Hat sie wohl auch, aber jetzt ist sie wieder da und war gestern Abend auch zum Essen hier.«

»Sehr interessant.«

»Und was ist bei dir los?«, fragte sie.

»Du wirst es nicht glauben.«

»Das klingt nicht so gut.«

»Wir haben heute herausgefunden, warum mein Dad nicht über seine Familie spricht.« Wade erzählte ihr alles, jedenfalls die wichtigsten Höhe- und Tiefpunkte.

»O mein Gott, Wade. Was macht dein Dad denn jetzt?«

»Er fährt hin. Wir fahren alle. Morgen schon.«

»Wow. Wie fühlst du dich denn?«

»Hin und her gerissen. Einerseits verstehe ich, dass es wichtig für Dad ist, hinzufahren. Andererseits würde ich mir wünschen, dass er ihnen sagt, sie sollen bleiben, wo der Pfeffer wächst, nach allem, was sie ihm angetan haben.«

»Ja, ich verstehe das gut. Dein Dad versucht, das Richtige zu tun, und für ihn bedeutet das, hinzufahren, weil sein Dad ihn darum gebeten hat. Aber ein Teil von ihm würde ihm wahrscheinlich auch gerne sagen, er soll bleiben, wo der Pfeffer wächst.«

»Ja, bestimmt. Aber das wird er nicht tun. So ist er einfach nicht.«

»Und Gott sei Dank, oder?«

»Wahrscheinlich schon.«

»Es tut mir leid, dass ich nicht da bin, um dich in den Arm zu nehmen, wenn du traurig bist.«

»Es hilft schon, mit dir zu reden.«

»Wann wirst du aus Philly zurück sein?«

»Übermorgen, wahrscheinlich ziemlich spät.«

»Dann bin ich da, wenn du nach Hause kommst.«

Es gefiel ihm gar nicht, dass er nicht da war, wenn sie nach Hause kam. »Ich zähle die Sekunden. Hast du Spaß?«

»Ja, wirklich. Wie immer. Ich habe heute bei der Weihnachtsfeier auf Dads Arbeit noch mehr Freunde und

Freundinnen von ihm kennengelernt. Er scheint unendlich viele zu haben. Und ich habe mit meiner Cousine Caroline zu Mittag gegessen. Sie hat nach Max gefragt.«

»Tatsächlich.«

»Ja.«

»Wollte sie irgendwas Bestimmtes wissen?«

»Nur, ob er seit Juni jemanden kennengelernt hat. Ich habe gesagt, dass ich das nicht glaube, es aber nicht ganz sicher weiß. Sie schien enttäuscht zu sein, dass er sich nicht öfter meldet.«

»Ist das etwas, das ich ihm sagen sollte?«

»Vielleicht, wenn du einen Weg findest, es beiläufig zu erwähnen.«

»Mit beiläufigen Bemerkungen kenne ich mich bestens aus.«

Sie lachte. »Ja klar. Keiner von euch Abbotts ist für seine Feinfühligkeit bekannt.«

»Ich bin der feinfühligste der unfeinfühligen Abbotts.«

»Das muss ich dir lassen.« Sie seufzte tief. »Ich vermisse dich so.«

»Ich vermisse dich noch mehr.«

»Ich weiß nicht, ob das möglich ist.«

»Glaub mir, das ist es.«

»Rufst du mich aus Philly an und erzählst, wie es läuft?«

»Ja, klar.« Er würde sich dafür Max' Handy ausleihen. »Ich würde nie zulassen, dass ein ganzer Tag vergeht, ohne dass ich mit meinem Lieblingsmenschen rede.«

»Ich hoffe, es geht alles gut für euren Dad und für euch auch, damit wir danach richtig schön zusammen Weihnachten feiern können.«

»Weihnachten wird so oder so schön, weil wir es zum ersten Mal zusammen feiern.«

»Ich kann es kaum erwarten.«

»Ich auch nicht.«

»Ich werde morgen Abend zu Hause sein und auf deinen Anruf warten.«

»Ich melde mich, Schatz. Fahr vorsichtig auf dem Heimweg, es ist ganz schön glatt in den Bergen.«

»Mache ich. Ich hoffe, es geht alles gut in Philly.«

»Danke. Ich liebe dich.«

»Liebe dich mehr.«

»Kann nicht sein.«

»Doch.«

»Diesen ›Streit‹ führen wir weiter, wenn wir uns sehen.«

»Ich freue mich schon darauf.«

11

Je älter ich werde, desto mehr lerne ich,
wie man mit dem Leben zurechtkommt. Man ist die ganze
Zeit auf der Suche, und letztendlich geht es darum,
sich selbst zu finden.
Ringo Starr

Wie immer, wenn er aufgewühlt war, ging Colton sofort zu seinem Hauklotz, als er oben auf dem Berg ankam. Lucy war sicher in der Hütte, die zu ihrem gemeinsamen Zuhause geworden war, und arbeitete. Nachdem er seinen Hunden Sarah und Elmer abwesend den Kopf gekrault hatte, nahm er die Axt und begann, Holz zu hacken. In einer Hütte in den Vermonter Bergen konnte man nie zu viel Feuerholz haben. Im Winter brauchte man es zum Heizen, im Sommer, um den Ahornsirup zu kochen. Er hackte das ganze Jahr über Holz, vor allem, wenn er Frust abbauen musste, so wie jetzt.

Anscheinend war er der Einzige, der den Plan, mit der ganzen Familie nach Philadelphia zu tingeln, nicht besonders toll fand. Zwei ganze Tage, nur, um den letzten Wunsch eines Mannes zu erfüllen, der keine Sekunde ihrer Zeit verdient hatte, und schon gar nicht zwei ganze Tage in der Weihnachtszeit.

Er war seinem Großvater väterlicherseits nie begegnet, hatte nicht einmal ein Foto von ihm gesehen, und trotzdem konnte er sich seinen Kopf auf dem Holzstück vorstellen, bevor die Axt niedersauste und es in der Mitte spaltete. Das war ziemlich befriedigend, also machte er es wieder und wieder, bis der imaginäre Kopf restlos verschwunden war.

Obwohl es eiskalt war, arbeitete er so schnell, dass er seine Jacke und sein Flanellhemd ausgezogen hatte und bei fünf Grad minus nur noch sein Thermooberteil trug, als Lucy nach draußen kam.

»Was ist los?«, fragte sie, wie fast jeden Tag.

Er warf ihr einen Blick zu und sah, dass sie sich eine Decke um die Schultern gelegt hatte. Ihr whiskeyfarbenes Haar war zu einem Pferdeschwanz gebunden, in dem mehrere Druckbleistifte steckten. Sie war so unglaublich süß. »Das Übliche.«

»Warum hackst du dann noch wie ein Wilder Holz? Normalerweise bist du um diese Zeit längst fertig.«

»Darum.«

»Oh, das beantwortet meine Frage natürlich.« Sie schaute ihm eine weitere Minute lang zu. »Ist etwas passiert?«

»Ja, es ist etwas passiert. Ich habe erfahren, dass mein Großvater ein abstoßend ekelhaftes Arschloch ist.«

Sie schnappte nach Luft.

Er schaute auf und sah, dass ihr süßes Gesicht vor Schreck ganz starr war. »Nicht Elmer.«

»Gott sei Dank hast du nicht ihn gemeint.«

»Ich meine den anderen, den, den ich nie kennengelernt habe. Der, der meinen Vater aus seiner Familie verbannt hat, weil er meine Mom heiraten wollte, statt den Familienbetrieb weiterzuführen. Und *jetzt* …« Er ließ die Axt auf den imaginären Kopf hinabsausen, der anscheinend doch nicht verschwunden war.

Lucy ging zu ihm, nahm ihm sanft die Axt ab und legte sie zur Seite.

Colton stemmte die Hände in die Seiten. Er atmete schwer.

»Und jetzt?«

»Jetzt erwartet er, dass mein Dad alles stehen und liegen lässt und angerannt kommt, nur weil er im Sterben liegt und anscheinend plötzlich ein schlechtes Gewissen hat, für das er Vergebung möchte, bevor er abkratzt. Und es ist einfach alles so richtig *absurd.*«

»Oh, Colton, das ist ja unfassbar.«

»Freut mich, dass du das so siehst, die anderen sagen ihm nämlich alle, er soll fahren und uns mitnehmen, um ihm zu zeigen, was aus der Ehe geworden ist, die sie verbieten wollten. Und ich denke mir einfach nur, Mann, *Leute*! Warum zum Teufel sollten wir zulassen, dass er das tut, wenn dieser Typ ihm so weh getan hat? Es macht einfach keinen Sinn.«

»Komm, wir reden drinnen weiter.«

»Ich würde lieber hier draußen bleiben und Sachen kurz und klein schlagen.«

»Hilft das denn?«

»Nein, aber …«

Sie nahm seine Hand und zog sanft daran. Auf dem Weg ins Haus bückte sie sich und nahm sein Hemd und seine Jacke mit.

Die Hunde folgten ihnen und kuschelten sich vor dem Feuer aneinander.

»Willst du was trinken?«, fragte Lucy.

»Ja, will ich. Ein wirklich großer, starker Drink wäre gut.«

»Kommt sofort.«

Sie schenkte ihm ein Glas Bourbon ein und reichte es ihm.

Er trank die Hälfte in einem Zug aus und genoss, wie sich das Brennen in seinem Körper ausbreitete.

»Besser?« Sie beobachtete ihn besorgt.

Er konnte nicht zulassen, dass sie so besorgt war. »Viel besser, Baby. Danke. Wie geht es dir? Und meinem Kleinen?«

»Uns geht es gut. Wir machen uns nur Sorgen um dich.«

»Tut mir leid. Ich wollte nicht so wütend nach Hause kommen.«

»Wo solltest du denn sonst hingehen, wenn es dir nicht gut geht?«

»Mein Dad … Er ist einfach der Beste, weißt du?«

»Ich weiß. Ich weiß das wirklich. Und er hat sieben wundervolle Söhne großgezogen, die in allem, worauf es ankommt, genauso sind wie er.«

Colton stellte erschrocken fest, dass er einen Kloß im Hals hatte und ihm die Tränen in die Augen stiegen. Er stützte sich mit beiden Händen auf die Küchenarbeitsfläche und ließ den Kopf sinken. »Der Gedanke, dass jemand ihm so weh getan hat. Vor allem sein eigener Vater … Das macht mich einfach fertig. Ich habe eben so getan, als würde ich seinen Kopf zermatschen. Beim Holzhacken. Ein Mann, den ich überhaupt nicht kenne.«

Lucy lachte, ging zu ihm, schlang die Arme um ihn und zog ihn an sich. Er erwiderte die Umarmung nur zu gern, schließlich war sie sein absoluter Lieblingsmensch.

»Was du eben gesagt hast, dass dein Dad einfach der Beste ist …«

»Was ist damit?«

»Genau deswegen muss er zu seinem Vater fahren. Das weißt du auch, oder? Tief in seinem Innern ist er immer noch der pflichtbewusste Sohn, der kommt, wenn sein Vater ruft, trotz all der Verletzungen. Er könnte gar nicht damit leben, wenn er das nicht tun würde.«

Colton seufzte und entspannte sich in ihrer warmen Umarmung. »Wie machst du das nur?«

»Was denn?«

»Plötzlich ist es ganz logisch, obwohl ich es davor kein bisschen verstanden habe.«

»Du bist emotional. Da ist es schwer, die Logik zu sehen.«

Er drückte sie an sich und hielt sie fest, seine Liebe, seinen Fels in der Brandung, sein Ein und Alles. »Glücklicherweise habe ich dich, und du sagst mir, was ich denken soll, statt den Emotionen die Zügel zu überlassen.«

»Immer wieder gerne.«

Als er vor einer Stunde zu Hause auf dem Butler Mountain angekommen war, hätte er es nicht für möglich gehalten, dass er heute Abend noch lachen würde, aber jetzt lachte er genau darüber. Er zog sich aus der Umarmung zurück und schaute auf Lucys liebes Gesicht hinunter. Er küsste sie auf die Stirn, auf die Nasenspitze und dann auf den Mund, genoss den süßen Geschmack ihrer Lippen. »Danke.«

»Jederzeit. Also heißt das, dass du nach Philadelphia fährst?«

»Wahrscheinlich«, seufzte er.

Lucas stand völlig neben sich, weil er nach dem Familientreffen zur Nachtschicht auf der Feuerwache hatte fahren müssen. Er hätte den Abend viel lieber zu Hause mit Dani und Savvy und Danis Eltern verbracht. Er und Landon rotierten ziemlich, um Vertretungen bei der Feuerwehr und auf der Weihnachtsbaumfarm, die Landon leitete, zu organisieren, damit sie mit nach Philadelphia fahren konnten.

Vor seiner Schicht hatte Lucas noch einen Schaukelstuhl fertiggestellt, den er auf Ellas und Gavins Wunsch hin angefertigt hatte. Jetzt, wo alles erledigt war, lag eine lange Nacht vor ihm, in der er über all die Dinge nachdenken musste, die er heute über seine Familie erfahren hatte.

Er wollte zu Dani, und er musste sein kleines Mädchen ins Bett bringen.

Ohne sich Gedanken über eine Ausrede für die anderen eingeteilten Männer zu machen, nahm er ein Funkgerät von der Ladestation und sagte, dass er kurz nach Hause fahren, aber später wiederkommen würde. Mittlerweile würden seine zukünftigen Schwiegereltern in ihrem Bed and Breakfast sein, und er konnte hoffentlich etwas Zeit mit Dani alleine verbringen.

»Alles klar, Leutnant«, sagte der Kollege, ohne von seinem Buch aufzuschauen.

Sie witzelten immer, dass es bei der Feuerwehr immer entweder todlangweilig war oder man den größten Adrenalinkick seines Lebens erlebte. Zwischen diesen beiden Extremen gab es nicht viel. Glücklicherweise war es in Butler, Vermont, meistens langweilig. Auf der kurzen Fahrt nach Hause erinnerte Lucas sich daran, wie er sich früher oft etwas mehr Action gewünscht hatte. Bis das *Admiral Butler Inn Hotel* im vorherigen Mai bis auf die Grundmauern abgebrannt und eingestürzt war und ihn und die jetzige Verlobte seines Bruders Landon fast mit in den Tod gerissen hätte.

Seitdem wusste er die Langeweile und Alltägliches ganz anders zu schätzen. Die täglichen Routinen waren für ihn völlig in Ordnung, genau wie eine Schicht ohne Einsatz. Irgendetwas veränderte die Vorstellung von Abenteuer, nachdem man eine Situation erlebte, in der man denkt, dass man stirbt, bevor man überhaupt die Chance hatte, richtig zu leben. Er liebte nach wie vor seinen Outdoorsport, aber jetzt, wo er eine Verlobte und eine Tochter hatte, an die er denken musste, nahm er seine Sicherheit sehr viel ernster als früher. Vor allem, weil er wusste, dass Dani den Vater ihres Babys bei einem tragischen Unfall verloren hatte, noch während der Schwangerschaft.

Seit er Dani und Savvy kennengelernt und sich in die beiden verliebt hatte, hatte er so viel, wofür es sich zu leben lohnte. Zu Hause angekommen rannte er die Treppe zu ihrer gemütlichen Wohnung im dritten Stock hinauf und steckte den Schlüssel ins Schloss. Er bestand darauf, dass sie abschloss, wenn er nicht da war, obwohl die Kriminalitätsrate in Butler extrem niedrig war. Er schlief auf der Feuerwache einfach besser, wenn er wusste, dass niemand ungefragt Zugang hatte.

Savvy stieß ein Kreischen aus, als sie ihn sah, und kam auf wackeligen Beinchen zu ihm herübergestapft. Sie hatte kurz vor ihrem ersten Geburtstag im November angefangen zu laufen, und genau wie seine Nichte Callie war sie mittlerweile schon sehr schnell. Der Weihnachtsbaum in der Ecke war nur ab der Höhe geschmückt, die sie nicht erreichen konnte; ihr Entdeckergeist war eines der vielen Dinge an ihr, die er über alles liebte.

Lucas hob sie hoch und drückte sie an sich.

»Lu, Lu, Lu.«

»Hi, Kleines.« Wovon er ebenfalls nie genug bekommen würde, war, wie sie jedes Mal völlig verdattert vor seinem komplett identischen Zwillingsbruder zurückwich. Es gab kaum etwas, was er lustiger fand als ihre Reaktion auf Landon, wenn sie versuchte, damit klarzukommen, dass es jemanden gab, der genauso aussah wie ihr geliebter Lu. Er küsste sie am Hals, wo sie kitzlig war, bis sie vor Lachen kreischte.

»Wenn du dafür sorgst, dass sie wieder aufgedreht ist, musst du sie hinlegen«, sagte Dani von ihrem Platz auf dem Sofa, wo sie gerade einen Wäscheberg sortierte und faltete.

Er sagte ihr ständig, dass sie öfter eine richtige Pause machen sollte, atmen, dass sie schon alles zusammen erledigen würden. Sie machte einfach immer irgendetwas, außer, er schaffte es, sie davon abzulenken. Darin war er glücklicherweise sehr gut.

Er setzte sich neben Dani und ließ Savvy wieder runter, damit sie noch kurz durch die Wohnung wackeln und mit ihrem Spielzeug spielen konnte, bevor es Schlafenszeit war. Dann gab er der Liebe seines Lebens einen Kuss.

»Ich dachte, du kommst heute Abend nicht nach Hause.«

»Hatte ich auch nicht vor, aber ich brauchte eine Dosis Dani und Savvy.«

»Wir freuen uns immer, dich zu sehen, das weißt du ja.«

»War das Abendessen mit deinen Eltern schön?«

»Ja. Es ist wirklich toll, dass sie hier sind.«

»Vielleicht haben wir bis zum nächsten Jahr ein Haus, in dem sie bei uns unterkommen können.«

»Vielleicht.« Sie schaute ihn genau an. »Ist alles in Ordnung?«

»Ja«, sagte er. »Außer einer Sache.«

»Was denn?«

Während sie weiter Wäsche zusammenlegte, erzählte er ihr, was er am Abend von seinem Vater gehört hatte. Als er fertig war, hatte sie mit dem Falten aufgehört und starrte ihn an. »Was will er jetzt machen?«

»Er fährt morgen zu ihm nach Philly, und wir fahren alle mit.«

»Gut«, nickte sie. »Das solltet ihr auch. Er wird euch brauchen.«

»Das fand Hunter auch, und alle haben ihm zugestimmt.«

»Du auch, oder?«

»Ja, auf jeden Fall. Natürlich. Es gefällt mir nur gar nicht, dass ich ohne dich und meine Kleine fahren muss.«

»Wir kriegen das schon hin. Fahr du nur und unterstütz deinen Dad, und komm so schnell du kannst wieder zu uns nach Hause. Wir warten auf dich, wenn du kommst.«

»Darauf zähle ich, mein Liebling.«

Nachdem er bis spät in den Abend hinein auf der Weihnachtsbaumfarm gearbeitet hatte, damit ein paar Nachzügler sich noch in letzter Minute ihren Baum kaufen konnten, kam Landon nach Hause und sah, dass alles dunkel war. Er versuchte, sich daran zu erinnern, was Amanda und Stella vorgehabt hatten. Er wurde von Matilda begrüßt, dem goldenen Labradorwelpen, den Dude Stella geschenkt hatte, als sie bei ihnen eingezogen war. Er ließ Matilda hinaus in den Garten und behielt sie im Auge, während sie ihr Geschäft machte und dann zum Abendessen wieder ins Haus rannte.

Wie immer sprang sie begeistert auf und ab, als sie ihren vollen Napf sah, stürzte sich auf ihr Futter und machte wie jedes Mal eine Riesensauerei. Glücklicherweise machte sie hinterher wieder sauber, indem sie auch das letzte bisschen Futter ausschleckte.

Er ging zu dem Whiteboard-Kalender, den Amanda aufgehängt hatte, um nachzusehen, was seine Mädels machten. Tanzstunde in St. Johnsbury um fünf. Sie müssten bald wieder da sein, dachte er. Er versuchte, nicht darüber nachzudenken, wie sie im Dunkeln die kurvigen, vereisten Bergstraßen entlangfuhren.

Diese Straßen verursachten ihm regelmäßig Albträume, weil er schon allzu oft gesehen hatte, was passierte, wenn Leute in einer Kurve die Kontrolle über ihr Auto verloren, vor allem um diese Jahreszeit. Er hatte darauf bestanden, dass Amanda ein Auto mit Allradantrieb und ESP bekam, damit sie so gut wie möglich auf die winterlichen Straßen von Vermont vorbereitet war.

Wenn man alles hatte, was man sich immer gewünscht

hatte, war der Gedanke daran, es wieder zu verlieren, *sie* zu verlieren, einfach unerträglich. Noch vor sechs Monaten war er Single gewesen und hatte dieses Gefühl in der Intensität nicht gekannt. Jetzt hatte er eine Verlobte, eine Stieftochter, die er liebte, als sei sie sein eigenes Kind, und eine kleine Hündin, die schnell den Weg in sein Herz gefunden hatte. Das Leben war schön, und er war so unglaublich dankbar für alles, was er jetzt hatte.

Vielleicht hatte die Geschichte seines Vaters ihn deswegen so berührt. Zu hören, was sein Dad durchgemacht hatte, um mit seiner Mom zusammen zu sein, tat Landon weh. Ein Mensch, der seinen eigenen Sohn zu einer solchen Entscheidung zwang, musste wirklich ein Monster sein.

Und dieses Monster war Landons Großvater.

Super.

Er machte ein Bier auf und hatte es schon halb getrunken, als endlich Scheinwerferlicht von der Einfahrt ins Haus fiel. Nach einem langen Tag ohne seine Mädels freute er sich, sie zu sehen. Er machte die Tür auf und wartete auf sie. Amanda stieg alleine aus dem Auto. Sie strahlte, als sie ihn sah.

Dieses Lächeln machte seine ganze Welt so viel heller und sorgte dafür, dass alles, was schieflief, verglichen mit allem, was so verdammt richtig lief, winzig klein wurde.

»Wo ist unsere Tochter?«

Amanda zog ihre Strickmütze aus. Ihr Haar stand statisch nach allen Seiten vom Kopf ab. »Sie ist nach dem

Tanzen mit Emma, Grayson und Simone Pizza essen gegangen. Sie bringen sie nach Hause.«

Matilda jaulte laut auf, als sie sah, dass Stella nicht bei Amanda war.

Amanda streichelte den Hund und gab ihm einen Kuss auf den Kopf. »Sie kommt ja bald, Kleines. Du wirst schon noch eine Stunde ohne sie überleben.«

»Da ist sie sich nicht sicher«, meinte Landon. »Du wolltest nicht mitgehen?«

»Ich habe mir gedacht, dass du schon zu Hause bist, und wollte dich sehen.«

Er gab ihr einen Kuss und nahm sie in die Arme. »Da bin ich wirklich froh. Wie war dein Tag?«

»Richtig stressig.« Amanda hatte Dani im Lager geholfen, die letzten Weihnachtsbestellungen abzuwickeln. »Dein Dad wird diesen Monat sehr zufrieden mit den Zahlen sein. Der Katalog ist ein voller Erfolg, aber das wussten wir ja.«

»Die Leute in der Stadt reden auch darüber, wie viele Touristen dieses Jahr da waren. Anscheinend machen sie alle ein richtig gutes Geschäft.«

Sie legte die Hände an seine Hüfte und stellte sich auf die Zehenspitzen, um ihn zu küssen. »Das liegt an den heißen Typen im Katalog. Sie kommen, um die zu sehen.«

Er strich ihr die Haare glatt. »Ist klar.«

Sie lachte und küsste ihn wieder. »Was ist los?«

»Nichts. Ich küsse dich gerade. Was könnte da schon los sein?«

»Mach mir nichts vor, Landon. Ich kenne dich, und ich weiß, wenn es dir nicht gut geht. Ich habe es schon gesehen, als ich die Treppe zum Haus hochgegangen bin.«

»Ich kann vor dir wirklich nichts verbergen, oder?«

»Nein. Also versuch es gar nicht erst.« Sie nahm seine Hand und zog ihn ins Wohnzimmer, dann dirigierte sie ihn so, dass sie einander gegenüber auf dem Sofa saßen. »Schieß los.«

»Du weißt, dass es mich anmacht, wenn du mir Befehle erteilst?«

»Alles macht dich an.«

»Nur du.« Weil er ihr Haar so liebte und ihm jede Ausrede recht war, damit zu spielen, beugte er sich vor und strich ihr eine Strähne aus dem Gesicht. »Ich habe heute herausgefunden, warum wir nie etwas von der Familie meines Dads hören.« In den folgenden Minuten erzählte er ihr, was passiert war, als sein Dad seine Mom mit nach Hause nach Philadelphia genommen hatte, um sie seiner Familie vorzustellen.

»Ach, du lieber Gott, das ist ja furchtbar.«

»Ich weiß.«

»Warum gerade heute?«

»Mein Großvater – und ich benutze dieses Wort nicht gerne für ihn – liegt im Sterben und hat meinen Dad gebeten, zu ihm zu kommen, weil er ihn sehen will.«

»Ist nicht wahr. Er fährt aber nicht hin, oder?«

Landon nickte. »Doch, wir fahren alle zusammen. Morgen schon.«

»Warum?«

»Weil mein Dad es sonst bereuen würde. Er muss ihm ja nicht vergeben, aber er muss hinfahren, damit er nicht für den Rest seines Lebens ein schlechtes Gewissen hat, weil er nicht gefahren ist.«

»Das verstehe ich schon irgendwie, aber es ist unfassbar, dass er die Nerven hat, deinen Vater nach Jahren der Verbannung zu sich zu zitieren.«

»Allerdings.« Er verschränkte seine Finger mit ihren. »Also … Ich bin ab morgen Nachmittag weg. Eine Übernachtung.«

»Bist du morgen Abend nicht auf der Wache eingeteilt?«

»Luc und ich haben uns für die nächsten zwei Tage Vertretungen organisiert, damit wir fahren können. Auf der Weihnachtsbaumfarm auch.«

»Ah, okay.«

»Du verstehst, warum wir das machen, oder?«

»Klar! Es gefällt mir nur gar nicht, dass du dich mit so was herumschlagen musst, dass dein Dad sich damit befassen muss, vor allem an Weihnachten.«

»Ich weiß. Es war schlimm zu sehen, wie traurig es ihn gemacht hat, daran zu denken. Es ist schon so lange her.«

»Das war sicher sehr schwer. Dein Dad ist normalerweise immer so gut gelaunt und fröhlich.«

»Ja, das stimmt. Und zu wissen, was er aufgeben musste, um das Leben zu führen, das er sich wünscht … Ich bin einfach so traurig, dass er das durchmachen musste.«

»Ich kenne ihn natürlich nicht so gut wie du, aber nach allem, was ich weiß, ist er zufrieden und sehr glücklich in dem Leben, das er mit deiner Mom und euch allen führt. Er liebt seine Familie, seine Arbeit, seine ganze Umgebung. Ich würde mir nicht anmaßen, für ihn zu sprechen, aber nach allem, was ich sehe, hat er genau die richtige Entscheidung getroffen.«

»Das hat er auch gesagt. Aber trotzdem ... Es muss so weh getan haben, sich von seinen Geschwistern zu trennen. Ich würde damit nicht zurechtkommen.«

»Und glücklicherweise wird das für dich auch nie nötig sein. In eurer Familie würde das nie passieren. Ihr steht euch so nahe. Ihr würdet umeinander kämpfen, egal was passiert.«

»Das hoffe ich sehr.«

»Würdet ihr. Ganz sicher.«

»Ich wette, das hat mein Dad von seinen Geschwistern auch gedacht. Wie konnten sie das zulassen? Ihr Vater konnte sie doch nicht davon abhalten, miteinander zu reden.«

»Das war eine ganz andere Zeit, Landon. Die ganze Technik, die uns heute so selbstverständlich vorkommt, gab es damals noch gar nicht. Sie wussten wahrscheinlich nicht mal, in welchem Teil von Vermont er lebt.«

»Wenn das einem meiner Geschwister passiert wäre, wäre ich nach Vermont gefahren und hätte so lange gesucht, bis ich ihn oder sie gefunden hätte.«

»Außer dein Vater hätte dich davon abgehalten, zum

Beispiel mit Drohungen, dass er dir Geld oder deinen Job wegnimmt oder dass er dich genauso aus der Familie ausstößt wie deinen Dad.«

»Nichts von diesen Dingen hätte mich davon abgehalten.«

»Na ja, ich will nicht unfair sein, aber das ist wirklich leicht gesagt, wenn man nicht die ganze Geschichte kennt.«

»Wahrscheinlich hast du recht. Es ist nur schwer, mir mein Leben ohne auch nur einen einzigen meiner Brüder oder eine einzige von meinen Schwestern vorzustellen, schon gar nicht ohne alle. Das muss doch so schrecklich für ihn gewesen sein.«

»Das war es garantiert, aber ich bin mir ganz sicher, dass die wunderbare Familie, die er mit deiner Mom gegründet hat, diese Leere füllen konnte.« Sie zog seinen Kopf an ihre Schulter und strich ihm mit den Fingern durchs Haar.

Er genoss ihre Berührung. Wie gut Amanda ihn immer trösten und beruhigen konnte. »Danke fürs Zuhören.«

»Ich höre dir immer sehr gerne zu.«

»Kommt ihr hier morgen Abend ohne mich klar? Ihr könntet sonst bei Emma und Gray schlafen, wenn ihr nicht alleine sein wollt.« Amanda und Stella hatten sich während der letzten Monate eng mit Emma und Simone angefreundet.

»Natürlich! Wir haben doch Matilda, die uns beschützt.«

Er schnaubte durch die Nase. »Solange ihr niemand ein Steak anbietet, könnt ihr euch auf sie verlassen.«

Als sie das Wort Steak hörte, hob Matilda den Kopf und schaute ihn an.

»Falscher Alarm, Matilda«, lachte Landon. »Heute Abend nicht.«

Seufzend ließ sie den Kopf auf ihre Pfoten sinken. Sie sah richtig deprimiert aus.

»Unsere arme Kleine«, sagte Amanda. »Erst komme ich ohne Stella heim, und dann sagst du auch noch S-T-E-A-K und hast dann gar keins. Dieser Abend läuft nicht besonders gut für sie.«

»Sie wird es überleben.«

»Und du?«

»Mir geht es schon viel besser, jetzt, wo ich mit dir geredet habe. In solchen Momenten frage ich mich immer, was ich nur gemacht habe, bevor ich dich hatte.«

»Ich kann mich kaum daran erinnern, wie das Leben war, bevor ich mit dir, Stella und Matilda in diesem wunderschönen Haus gewohnt habe. Es ist perfekter, als ich es mir je hätte erträumen können.«

»Wenn du glücklich bist, dann bin ich das auch«, sagte er wie so oft.

»Geht mir genauso, mein Liebling. Geht mir genauso.«

12

Mit ein bisschen Hilfe von meinen Freunden
komme ich zurecht.
Ringo Starr

Wie immer nach dem Abendessen und seinem Bad wiegte Max seinen kleinen Sohn in den Schlaf. Er wusste nur zu gut, dass Caden bald zu groß dafür sein würde. Max war fest entschlossen, an ihrem abendlichen Ritual festzuhalten, solange es ging. Er hatte einen Artikel darüber gelesen, dass es für alles ein letztes Mal gab. Das letzte Mal, dass man seinem Kind die Windeln wechselte, das letzte Mal, dass man sein Kind auf den Arm nahm und in den Schlaf wiegte. Oft würde man gar nicht wissen, dass es das letzte Mal war. Man würde dann viel später feststellen, dass man etwas schon länger nicht gemacht hatte oder dass irgendetwas einfach aufgehört hatte, ohne dass man es in dem Moment bewusst wahrgenommen hatte.

Er war dafür noch nicht bereit, konnte es kaum glauben, dass Caden schon dreizehn Monate alt war, laufen und ein paar Wörter sprechen konnte, zum Beispiel Max' Lieblingswort »Dada«. Cadens Dada zu werden war das Beste, was Max je passiert war, auch wenn es gleichzeitig das Schwerste war, was er je hatte schaffen müssen. Während er sein Bestes gab, dafür zu sorgen, dass Caden alles hatte, was er brauchte, versuchte er, mit den allgegenwärtigen elterlichen Schuldgefühlen klarzukommen, von denen er mittlerweile wusste, dass sie ganz normal waren, wenn auch unangenehm. Verbrachte er genug Zeit mit seinem Sohn? War es richtig, dass seine Mutter auf ihn aufpasste, während er auf der Arbeit war? Wäre es besser für Caden, mit anderen Kindern seines Alters in eine Tagespflege zu gehen?

Mit diesen und einer Million anderer Fragen quälte Max sich. Er las deshalb oft Online-Artikel, und auch wenn sie ihm sehr halfen, waren seine Eltern und deren Erfahrungen tausendmal hilfreicher. Auch wenn sie nicht alleinerziehend gewesen waren, hatten sie mit ihm und seinen neun Geschwistern wirklich alles mitgemacht und wussten, was in so ziemlich jeder Situation zu tun war.

»Ich weiß, dass du nicht verstehen konntest, was dein Gramps heute erzählt hat, Kleiner«, sagte Max leise zu Caden, dem schon die Augen zufielen. »Aber du solltest wissen, dass ich dich nie zwingen werde, dich zwischen mir und einem Menschen, den du liebst, zu entscheiden. Das würde ich dir nie, niemals antun. Alles, was ich will, ist, dass du glücklich bist. Ich möchte, dass du liebst und geliebt wirst und deinen Platz auf dieser Welt findest, ob er nun hier ist oder irgendwo weit weg. Auch wenn ich wirklich hoffe, dass du in der Nähe bleibst, weil ich dich ganz schrecklich vermissen würde, wenn ich dich nicht mehr jeden Tag sehe. Hat mein Großvater meinen Vater denn gar nicht vermisst, nachdem er ihn aus der Familie verbannt hat? Ich hoffe, er hat bereut, was er getan hat. Ich hoffe, er hat es jeden Tag bereut.«

Er wiegte Caden weiter, bis er eingeschlafen war. Aber auch dann machte er keine Anstalten, seinen Sohn in sein Bettchen zu legen. Noch nicht. Heute Abend brauchte er noch etwas mehr von seinem Sohn. Er brauchte den Trost, zu wissen, dass er Caden lieben und unterstützen würde, egal, was er tat, auch wenn er seine Entscheidungen nicht guthieß. Solange er ein gesundes, produktives Leben lebte, würde Max hinter ihm stehen. Es war wirklich so einfach.

Er hielt seinen kleinen Sohn ein bisschen fester und berührte mit den Lippen sein seidenweiches blondes Haar. Sie waren ein Team, und das würde immer so bleiben, komme, was wolle.

Am Ende des Flurs hörte er seine Mutter lachen, wie so oft, wenn sie mit seinem Vater zusammen war. Sie waren echte Vorbilder, was Partnerschaft für Max und seine Geschwister anging, die mittlerweile alle die perfekten Partnerinnen oder Partner gefunden hatten. Er hoffte, dass es für ihn ebenfalls irgendwo da draußen jemanden gab und dass diese Person nur darauf wartete, dass er sie fand. Ein Jahr nachdem seine Beziehung mit Cadens Mutter zerbrochen war, fühlte er sich langsam bereit für einen Neuanfang. Er hatte gehofft, dass Caroline, die Cousine seiner Schwägerin Mia, sich öfter bei ihm melden würde. Er hatte sie auf Wades und Mias Hochzeit in Boston kennengelernt und mit ihr eine tolle Nacht verbracht. Aber nach ein paar Wochen regelmäßiger Nachrichten waren sie immer seltener geworden, als sie beide wieder zu ihren jeweiligen Leben zurückgekehrt waren.

Er hatte Caroline wirklich gemocht und ihre gemeinsame Nacht sehr genossen, aber sie lebte in Boston. Er lebte Stunden von ihr entfernt in Vermont. Wenn sie nicht nach Vermont zog, würde sie nicht die Lösung seines Problems sein. Sosehr er es auch genoss, mit seinen Eltern zusammenzuwohnen, und sosehr er all ihre Hilfe zu schätzen wusste, wollte er doch nicht für immer zu Hause leben. Er wollte sein eigenes Zuhause und seine eigene Familie und war fest entschlossen, dafür zu sorgen. Irgendwie.

In der Zwischenzeit würde er tun, was er konnte, um seinen Vater in den nächsten Tagen zu unterstützen, genau wie Linc ihn jede Minute seines Lebens unterstützt hatte. So sollten Familien schließlich funktionieren, und Max konnte es kaum erwarten, dass sein »Großvater« sah, was sein Sohn für ein toller Vater geworden war, und zwar nicht dank ihm.

Erfolg war die beste Rache, daran hatte ihn sein anderer Großvater, Elmer, eben erinnert, und Linc war als Vater und Ehemann ein ebenso großartiger Erfolg wie im Geschäftlichen.

Max und seine Geschwister würden alles tun, damit Lincs Vater das sah.

Elmer schenkte sich ein Glas Bailey's ein, legte ein weiteres Holzscheit aufs Feuer und setzte sich, um das gemütliche Knistern und die Wärme zu genießen. Die Flammen warfen einen warmen Schein über sein geliebtes kleines Zuhause. In der Ecke stand der Weihnachtsbaum, den Landon ihm von der Farm gebracht hatte, wie jedes Jahr.

Landon hatte die Lichterkette festgemacht, und dann hatten Ella und Charley ihn mit dem Schmuck dekoriert, den er und Sarah während ihres gemeinsamen Lebens angesammelt hatten. Manches davon kam aus ihrer Familie, manches von seiner, und vieles gehörte ihnen beiden, von ihren Kindern gebastelt oder als Andenken an Reisen oder besondere Momente gekauft. Ein ganzes Leben eben.

Seine Enkelkinder kümmerten sich gut um ihn und sorgten dafür, dass es ihm an nichts fehlte. Wenn es nach ihm gehen würde, hätte er sich nicht mehr die Mühe gemacht, einen Weihnachtsbaum aufzustellen, seit er seine Sarah verloren hatte. Aber die Kinder hatten darauf bestanden, dass er einen brauchte, und weil es schon seit langem Tradition war, dass er alles tat, was seine achtzehn Enkelkinder wollten, hatte er ihnen auch diesen Wunsch erfüllt. Es waren wirklich gute Kinder, jedes einzelne von ihnen, und er könnte gar nicht stolzer auf sie sein.

Seine Söhne, beide deutlich älter als Molly und Hannah, hatten nie geheiratet oder Kinder bekommen, und waren schon vor Jahren in andere Gegenden gezogen, um Berufen im Bereich der öffentlichen Sicherheit nachzugehen. Seine ältere Tochter war verheiratet, hatte aber keine Kinder. Er war dankbar, dass seine jüngsten Töchter in Butler geblieben waren, um ihre Familien zu gründen, so dass Elmer Teil des täglichen Lebens seiner Enkelkinder gewesen war, während sie aufwuchsen.

Der heutige Tag hatte so viele Erinnerungen wachgerufen, zum Beispiel an den Moment, als Molly aus Mississippi zurückgekommen und mit einem gutaussehenden jungen Mann aus dem Bus gestiegen war, den sie ihm als ihren »Freund« vorgestellt hatte. Elmer kicherte, als er sich daran erinnerte, wie stark er auf Lincs Ankunft in Butler reagiert hatte – und wie falsch er seinen zukünftigen Schwiegersohn eingeschätzt hatte.

Er hatte niemandem gesagt, wie falsch er gelegen hatte, aber Sarah hatte es gewusst, weil sie diejenige war, die ihm gesagt hatte, wie falsch er lag. Elmer hatte Mike Coleman, den Mann, den Hannah geheiratet hatte, sofort gemocht, aber was Linc Abbott anging, war er misstrauisch gewesen.

Er verstand natürlich, was Linc in seiner wunderschönen Molly gesehen hatte, aber was sollte ein Kerl mit einem MBA aus Yale, aus einer reichen Familie in Philadelphia, schon in Butler, Vermont, und dann auch noch in Elmers kleinem Familienbetrieb?

Elmer war monatelang sehr hart zu dem armen Kerl gewesen und hatte darauf gewartet, dass er zeigte, wer er wirklich war. Aber das Einzige, was er je gesehen hatte, war ein ernsthafter junger Mann, der vor Ehrgeiz brannte und einen Beitrag zu seiner Firma leisten wollte. Und er erkannte mit der Zeit, wenn auch widerwillig, wie sehr Linc Molly liebte.

Dann waren die Kinder nach Philadelphia gefahren, wo Lincs Vater ihn vor diese grausame Wahl gestellt hatte. Elmer würde nie vergessen, wie die beiden nach Butler zurückgekehrt waren. Sie sahen aus, als hätten sie soeben eine Naturkatastrophe überlebt.

Sie waren zur Abendessenszeit angekommen, und Elmer hatte gesehen, dass irgendetwas ganz und gar nicht stimmte, sobald sie zur Tür hereinkamen. Es fehlte das Glänzen in ihren Augen, das sonst immer zu sehen war, wenn die beiden zusammen waren. Sie waren auch ungewohnt ruhig. Es hatte mindestens eine Stunde gedauert, vielleicht sogar zwei, bis er und Sarah es geschafft hatten, die ganze Geschichte aus ihnen herauszukitzeln, und danach hatten sie alle vier zusammengesessen, ihr Schweigen so laut, dass es Elmer in den Ohren hallte.

Bis heute konnte er nicht nachvollziehen, wie ein Mensch dem eigenen Kind so etwas antun konnte. Er war vielleicht etwas extrem in dem Wunsch gewesen, seine Töchter zu beschützen, aber er hatte sie nie gezwungen, sich zwischen ihm und etwas oder jemand anderem, was sie wollten, zu entscheiden.

An jenem Abend hatte Molly ihn mit in die Küche genommen, während Linc mit Sarah im Wohnzimmer geblieben war. »Daddy«, hatte sie gesagt. »Ich wünsche mir, dass du etwas für mich tust. Es ist etwas Großes und

Wichtiges und etwas, was du wahrscheinlich nicht besonders gerne tust. Aber es ist etwas, das ich brauche.«

»Was du willst, mein Liebling.« In diesem Moment hätte er alles gegeben, um sie wieder lächeln zu sehen.

»Ich möchte, dass du uns traust. Jetzt sofort. Heute Abend. Ich möchte, dass Linc weiß, dass er eine neue Familie hat, mich und dich und Mama und Hannah und Mike und die Kinder, die wir haben werden. Wir sind jetzt seine Familie, und wir werden ihm nie den Rücken kehren.«

In ihrer Entrüstung und ihrer Liebe zu Linc war sie so unglaublich schön gewesen. »Da braucht ihr eine Lizenz, mein Liebling.«

»Darum kümmern wir uns morgen. Bitte, Daddy. Ich weiß, dass du dir immer noch nicht sicher bist mit Linc, aber ich liebe ihn so sehr und …« Ihre Augen hatten sich mit Tränen gefüllt. »Bitte.«

Es lag nicht in seiner Macht, ihr irgendeinen Wunsch auszuschlagen, vor allem damals, als sie von Menschen, die sie noch nie gesehen hatte, so tief verletzt worden war. »Natürlich, Liebling. Es wäre mir eine Ehre. Und ich mag Linc. Ich möchte nicht, dass du denkst, dass ich das nicht tue.«

»Aber du bist dir nicht sicher, dass er der Richtige für mich ist.«

»Doch, ich bin mir sicher, dass er richtig für dich ist. Ich weiß nur nicht genau, ob er richtig für Butler ist und für das Leben, von dem er gerade denkt, dass er es hier führen will.«

»Er findet es hier toll.«

»Er findet es toll mit dir. Das ist ziemlich offensichtlich. Ich mache mir Sorgen, dass er irgendwann plötzlich unruhig wird und in ein paar Jahren merkt, dass ein Leben in der Kleinstadt doch nichts für ihn ist.« Sobald er das gesagt hatte, bereute er es schon. Das Letzte, was Molly brauchte, war, dass noch jemand ihre Beziehung schlechtredete.

Molly reckte trotzig ihr Kinn vor. »Das wird nicht passieren. Er hat gesagt, dass er das hier will, er hat gesagt, dass er *mich* will, und so, wie seine Familie ihm weh getan hat, möchte ich einfach, dass er weiß, dass er hier bei uns ein Zuhause hat. Ich glaube, das braucht er.«

»Das glaube ich auch, Liebling.«

»Wirklich?«

Elmer schluckte den Kloß in seinem Hals hinunter und nickte. Seine kleine Tochter würde heiraten. Anscheinend jetzt sofort.

»Dann wirst du uns trauen?«

»Ja.«

»Und wenn wir nachher gehen und die Nacht in unserem neuen Zuhause verbringen, lauerst du Linc auch nicht mit deinem Jagdgewehr auf?«

»Ich werde mir die größte Mühe geben, dieser Versuchung zu widerstehen.«

Sie schlang die Arme um ihn und drückte ihn so fest, wie sie das seit Jahren nicht mehr getan hatte. »Vielen, vielen Dank, dass du der beste Dad auf der ganzen Welt bist. Nach allem, was ich heute bei Lincs Eltern gesehen habe, weiß ich das noch mehr zu schätzen als zuvor.«

Das Kompliment und vor allem der Nachdruck, mit dem Molly es vorbrachte, berührten Elmer sehr, und er umarmte sie fest, obwohl der Gedanke, dass sein kleines Mädchen heiraten und das Zuhause für immer verlassen würde, ihm das Herz brach. Er wusste, dass das ganz natürlich und in Ordnung war, und sie war mit fast dreiundzwanzig auch alt genug, aber er würde es vermissen, dass sie in ihrem Zimmer schlief und jeden Tag mit ihnen zu Abend aß. »Ich liebe dich, meine Kleine, und ich hoffe, dass du und Linc für immer zusammen glücklich sein werdet.«

»Werden wir, Daddy. Ich bin mir ganz sicher.«

Elmer konnte nur hoffen, dass sie recht hatte, als sie seine Hand nahm und ihn wieder zurück ins Wohnzimmer zog, um ihrem Verlobten ihren Plan mitzuteilen.

»Daddy wird uns verheiraten. Heute Abend noch.«

Sarah schaute Elmer an, in ihrem Gesicht spiegelten sich ungefähr tausend Fragen.

»Was?«, fragte Linc. »Wir haben doch die Hochzeit geplant … für Januar …«

»Wir können ja immer noch an diesem Tag feiern, aber ich möchte keine Sekunde mehr warten, bis ich mit dir verheiratet bin. Du wurdest heute vor eine unmögliche Wahl gestellt, und du hast dich für mich entschieden, und, na ja, ich möchte, dass du weißt, dass ich mich auch für dich entschieden habe. Ich entscheide mich für dich, für den Rest meines Lebens.« Molly ging vor ihm auf die Knie. »Willst du mich heute Abend heiraten, Linc?«

Er legte die Hände an ihr Gesicht. In seinen Augen glänzten ungeweinte Tränen.

Elmer bemerkte, dass er mit angehaltenem Atem darauf wartete, was Linc sagen würde.

»Ja, ich will dich sehr gerne heute Abend heiraten.«

Molly stieß ein begeistertes Quietschen aus und küsste Linc so lange, dass Elmer sich räuspern musste, um die beiden Turteltäubchen daran zu erinnern, dass sie nicht alleine waren.

Sie beendeten den Kuss, lachend und unter Tränen, und sie strahlten beide so, dass er sich fragte, ob ein Gesicht vor zu viel Glück zerspringen konnte. Er war so verdammt dankbar, sie wieder lachen zu sehen, dass er Lincs Frechheiten fast vergessen konnte.

»Wie funktioniert eigentlich eine Last-Minute-Hochzeit ohne Heiratslizenz in diesem Bundesstaat?«, fragte Linc.

»Dad ist Friedensrichter. Er wird uns heute Abend verheiraten, und wir kümmern uns morgen um die Lizenz. Das ist ein bisschen die verkehrte Reihenfolge, aber es geht in Ordnung.«

»Solange ich dich habe, geht alles in Ordnung.« Linc gab ihr einen Kuss auf den Kopf.

Jetzt, wo die beiden wirklich heiraten würden, wurde Elmer klar, dass er ab jetzt diesen öffentlichen Austausch von Zärtlichkeiten noch öfter würde ertragen müssen als bisher. *O Mann*, dachte er. *Darauf bin ich wirklich nicht vorbereitet.*

»Wo sollen wir hin, Dad?«

»Wie wäre es denn vor dem Kamin?«, schlug Sarah vor.

»Das wäre perfekt«, sagte Molly.

Elmer dachte, seine Tochter würde sich vielleicht umziehen wollen oder schminken oder ihr Haar in Ordnung bringen, aber es schien, als wäre das Einzige, was sie wollte, Lincoln Abbott zu heiraten.

Elmer stand vor ihnen und schaute in eins der Gesichter, die seine Welt regierten, seit sie und ihre Geschwister auf der Welt waren. *Ich schaffe das schon.* Er würde es schaffen, die Verantwortung für ihre Sicherheit, ihre Gesundheit und ihr Glück abzugeben. Er holte tief Luft, atmete langsam wieder aus und sprach ihnen dann die Schwüre vor, die sie mit viel Lachen, Glück und Liebe wiederholten.

Dass diese Liebe vorhanden war, konnte er nicht abstreiten, sosehr er das auch gewollt hatte, als Molly Linc mit nach Hause gebracht hatte. Sie hatten noch keine Ringe, also übersprangen sie diesen Teil. »Kraft des mir vom Staate Vermont verliehenen Amtes erkläre ich euch hiermit zu Mann und Frau. Linc, du darfst deine Frau jetzt küssen. Anständig.«

Molly und Linc lachten und gaben sich dann einen Kuss, der nicht gerade Elmers Vorstellung von Anstand entsprach.

Er schaute weg und begegnete dem Blick seiner geliebten Frau, die sich die Tränen abwischte. Ihre kleine Molly war verheiratet. Elmer entfernte sich von dem jungen Ehepaar und schlang die Arme um seine eigene Braut.

»Das hast du gut gemacht, Liebling«, sagte Sarah.

»Ich musste mich die ganze Zeit zusammenreißen.«

»Ich weiß.«

»Es war doch richtig, das für sie zu tun, oder?«

»Absolut. Sie werden es gut machen, da bin ich mir ganz sicher.«

»Unsere kleinen Mädchen haben gute Männer gefunden.«

»Jedenfalls eine von ihnen. Die Jury berät sich noch über den anderen.«

Elmer zog sich aus der Umarmung zurück, um sie anzuschauen. »Wie meinst du das?«

»Ich bin mir ziemlich sicher, dass Linc für immer sein wird. Bei Mike bin ich mir nicht so sicher.«

»Hm. Na ja, das hast du noch nie erwähnt. Hat er etwas gemacht?«

»Überhaupt nicht. Ich habe nur so ein Gefühl, aber darüber müssen wir uns heute keine Gedanken machen, wo es so viel zu feiern gibt. Komm, wir holen den Champagner und stoßen mit dem frischgebackenen Ehepaar an.«

Wie immer hatte seine Sarah auch in Bezug auf Mike Coleman recht gehabt, der Hannah mit acht Kindern, das älteste gerade sechzehn, verlassen hatte, ohne mit der

Wimper zu zucken. Sich an diese dunkle Zeit in ihrem Leben zu erinnern, machte Elmer jedes Mal so wütend wie sonst nie. Glücklicherweise hatten die Colemans ihn und Linc gehabt, und sie beide hatten wirklich ihr Bestes gegeben, um die Lücke zu füllen, die Mike Coleman hinterlassen hatte. Aber nachdem ihr Vater sie verlassen hatte, war für die Kinder alles anders gewesen. Ebenso für seine Tochter Hannah, die nach vielen Jahren alleine erst kürzlich mit Ray Mulvaney die Liebe wiedergefunden hatte.

Elmer hatte herausgefunden, dass das Leben eine seltsame und oft wunderbare Reise war, zu der ein gewisser Herzschmerz einfach dazugehörte. Seine Sarah zu verlieren, hatte Elmer den größten Herzschmerz seines Lebens zugefügt, zu dem bald die vernichtende Enttäuschung gekommen war, als sein Schwiegersohn seine Frau mit acht Kindern sitzenließ.

Aber in seinem gesegneten Leben hatte es viel mehr Freude als Schmerz gegeben, und mit dem Vorteil von Alter, Weisheit und vierzig Jahren Lebenserfahrung wusste er, dass Lincoln Abbott wirklich ein Segen gewesen war. Es gab keinen Ort, an dem er lieber wäre als mit seinem Schwiegersohn in Philadelphia, um sicherzustellen, dass Lincs Vater wusste, dass die Lücke, die er durch sein unsägliches Verhalten ins Leben seines Sohnes gerissen hatte, nicht lange leer geblieben war – und dass Elmer Linc liebte, als wäre er sein eigener Sohn.

13

Liebe ist ein Versprechen, Liebe ist eine Erinnerung,
einmal geschenkt und nie vergessen, lass nicht zu,
dass sie verschwindet.
John Lennon

Linc hatte nicht erwartet, dass er an diesem Tag noch lachen würde, aber wie immer schaffte Molly es, zu ihm durchzudringen. Sie lachte und scherzte mit ihm, bis er die bevorstehende Reise nach Philadelphia fast vergessen hatte.

Fast.

»Weißt du noch, wie wir damals aus Philadelphia zurückgekommen sind und was dann passiert ist?«, fragte sie.

»Wie könnte ich unsere erste Hochzeit jemals vergessen?«

Sie hatten niemandem gesagt, dass sie an jenem Abend geheiratet hatten, nicht einmal Mollys Schwester Hannah. Nur Mollys Eltern hatten es gewusst, und sie hatten das Geheimnis bewahrt, bis zu ihrer offiziellen Hochzeit im Januar.

Linc drehte sich auf seiner Seite des Bettes um, um Molly anzusehen, und sah, dass sie ihr langes Haar aus den

Zöpfen befreit hatte, zu denen sie es meistens flocht. Ihr Haar glänzte jetzt silbriggrau, aber es war noch genauso schön wie damals, als er sie zum ersten Mal gesehen hatte. »Du hattest keine Ahnung, wie viel es mir bedeutet hat, dass du mich damals gefragt hast, ob ich dich sofort heirate. Oder wie sehr ich das gebraucht habe nach allem, was passiert war.«

»Ich wusste, was du gebraucht hast, deshalb habe ich es auch gemacht. Deine Familie hatte dich ausgestoßen, und ich wollte dich nach Hause holen.«

Er legte die Hand an ihre Wange und strich über die weiche Haut. »*Du* bist mein Zuhause. Schon seit dem Tag, an dem wir uns kennengelernt haben, und das wird sich auch nie ändern.«

»Das geht mir mit dir ganz genauso. Weißt du noch, was passiert ist, nachdem mein Dad uns getraut hat?«

»Ist das eine Fangfrage? Natürlich weiß ich es noch. Ich erinnere mich an jede Sekunde dieses Tages, als wäre es gestern gewesen.«

»Erzähl mir davon. Es ist meine liebste Gute-Nacht-Geschichte.«

Er zog sie an sich, schlang die Arme um sie und ließ seine Gedanken zurück zu jener ersten Nacht wandern, die sie gemeinsam verbracht hatten.

Lincoln konnte nicht fassen, was Molly für ihn getan hatte – und für sie als Paar –, als sie ihren Dad gebeten hatte, sie zu trauen, obwohl es ohne die Lizenz, die sie erst am nächsten Tag holen konnten, nicht ganz so ablief, wie es sollte. Für ihn reichte es, und für ihre Eltern anscheinend auch, denn als sie sich in Mollys Auto auf den Nachhauseweg machten, standen die beiden in der Haustür und winkten.

»Er hat wirklich gesagt, dass er uns nicht mit dem Jagdgewehr auflauert?«, fragte Linc, als er mit ihr durch die Straßen fuhr, die er während der letzten Monate so gut kennengelernt hatte. Butler war zu seinem Zuhause geworden.

»Er hat es versprochen.« Molly lachte fröhlich, und Linc lächelte sie an.

»Ich weiß es sehr zu schätzen, dass du dieses Detail im Voraus geklärt hast.«

»Ich wollte deine Erinnerungen an diesen Tag verändern. Dass du an etwas anderes denkst als an das, was früher am Tag passiert ist.«

»Das ist dir wirklich gelungen. Ich werde nie vergessen, was du heute für mich getan hast, Mol. Daran werde ich mich für den Rest meines Lebens erinnern.«

»Ich habe es für uns getan.« Sie schaute ihn an, mit dem frechen Grinsen, das er so liebte. »Ich konnte nicht mehr bis Januar warten, bis wir verheiratet sind und jede Nacht zusammen schlafen können.«

»Mmmh, das ist das Beste an der Ehe, hat man mir gesagt.«

»Das werden wir jetzt ja herausfinden.«

»Heute Nacht.« Trotz der traumatischen Erfahrung

mit seinem Vater, hatte Molly dafür gesorgt, dass das nicht diesen Tag definierte. Sie war für ihn da gewesen und hatte ihm genau das gegeben, was er brauchte. Obwohl er selbst gar nicht gewusst hatte, dass er es brauchte. Nichts hatte ihn je glücklicher gemacht – und nichts hätte ihm besser zeigen können, dass er die richtige Entscheidung getroffen hatte, als sein Vater ihn vor die Wahl gestellt hatte.

Linc fuhr über die überdachte Brücke und bog dann nach rechts in die Hells Peak Road und eine Minute später in ihre Einfahrt ab. »Home, sweet Home«, sagte er, als die verfallene Scheune in Sicht kam. Irgendwann würde sie so schön sein, dass Molly stolz darauf war. Linc war fest entschlossen, seiner Frau alles zu geben – auch ein Zuhause, das anders war als alle anderen und in dem sie ihre Familie gründen und ihr gemeinsames Leben aufbauen konnten.

Im Oktober war es kalt in den Bergen, und sie hatten noch keine Möglichkeit, die Scheune zu heizen. Sich darum zu kümmern stand ganz oben auf der endlosen Liste mit allem, was sie noch tun mussten, um die Scheune für den Winter bewohnbar zu machen. »Was hältst du von einem Lagerfeuer vor unserem Zelt?«

»Das klingt perfekt.«

»Es ist heute Nacht sicher kalt da draußen, Mol.«

»Nein, ist es nicht.«

»Sie haben im Radio gesagt, dass wir minus fünf Grad bekommen können.«

»Wir werden bestimmt nicht frieren.«

Sie klang so sicher, als sie das sagte, dass ihm ein erwartungsvoller Schauer den Rücken hinunterlief. Sie benutzten das Badezimmer im Haus und gingen dann hinaus in den Garten, wo Linc ein Lagerfeuer machte, von dem er hoffte, dass es sie in der Nacht wärmen würde. Molly hatte irgendwo zusätzliche Decken gekauft und brachte sie mit zu ihrem Bett.

»Meine Frau denkt einfach an alles.« Linc liebte es, wie es sich anfühlte, »meine Frau« zu sagen.

»Sie gibt sich die größte Mühe, sich gut um ihren Mann zu kümmern.«

»Sie ist die beste Frau, die ich je hatte.«

Wie immer brachte ihr Lachen ihr Gesicht zum Strahlen und schickte Linc einen zweiten freudigen Schauer den Rücken hinunter. Zu wissen, dass er den Rest seines Lebens mit ihr verbringen würde, dass er sie an seiner Seite haben würde, auch wenn es schwierig wurde, das sorgte dafür, dass alles andere, was an diesem Tag passiert war, sich gelohnt hatte. Das redete er sich jedenfalls ein. Er machte sich keine Illusionen darüber, dass in der Zukunft alles das reinste Zuckerschlecken sein würde oder dass der Bruch mit seiner Familie ihn nicht für immer schmerzen würde. Aber dass sie da war und ihm half, mit dem Verlust umzugehen, würde dafür sorgen, dass er erträglich war. Wenigstens würde er seine Geschwister noch sehen, dafür würde er sorgen.

»Wo ist denn mein Mann?«, rief Molly aus dem Zeltinneren.

»Hier.«

»Deine Frau fühlt sich einsam.«

»Das kann ich nicht zulassen.« Er warf zwei weitere Holzscheite ins Feuer und kroch dann auch ins Zelt. Als er sah, dass Molly bereits unter der Decke war, auf einen Ellbogen gestützt, so dass ihr Haar offen um ihre nackten Schultern fiel, hielt er den Atem an.

»Was ist da drunter los?«, fragte er schließlich und legte den Kopf schief, um seine Frau besser sehen zu können.

»Komm doch her und sieh nach.«

»Das lasse ich mir nicht zweimal sagen.«

»Nur für den Fall, dass du die Einladungskarte verlegt hast, der Dresscode für diese Party ist nackt.«

Linc würde definitiv die Luft wegbleiben, bevor sie mit ihm fertig war. »Gut zu wissen.« Er zog und zerrte mit einer Eile an seinen Kleidern, Knöpfen und Reißverschlüssen, dass seine Geliebte in ein haltloses Lachen ausbrach.

»Hör auf, mich auszulachen.«

»Dann hör du auf, so lustig zu sein.«

Er konnte nicht glauben, dass das hier gerade wirklich passierte, dass er nach Monaten des Verlangens endlich nackt in einem Bett mit Molly Stillman liegen würde. Bei diesem Gedanken wurde ihm klar, dass sie jetzt Molly Abbott war, seine geliebte Ehefrau, die Liebe seines Lebens, und dass das hier einer der wichtigsten Momente war, die er je mit einem Menschen teilen würde. Bei ihrer letzten

Nacht im Zelt wäre es fast dazu gekommen, aber sie hatten sich zurückgehalten, unter anderem, weil er das Gefühl gehabt hatte, dass sie noch traurig war, nachdem sie ihm von Andrew erzählt hatte.

Heute Nacht musste er dafür sorgen, dass es für sie genauso perfekt war wie für ihn, und er musste auch daran denken, dass es sie wahrscheinlich an ihre Trauer erinnern würde.

Er hoffte zwar, dass das nicht immer so sein würde, aber heute Nacht ging es auf jeden Fall auch darum, dass sie Andrew verloren hatte.

Die Luft war so kalt, dass er schnell unter die Decke kroch, wo ihr warmer, nackter Körper ihn in Empfang nahm. Er stöhnte, als ihre Haut seine berührte, und zog sie an sich. »So muss sich der Himmel anfühlen.«

»Mmmhm«, machte sie. »Auf jeden Fall.«

Sie küssten sich so leidenschaftlich, dass er nach mehr lechzte, nach allem, und das innerhalb weniger Sekunden, bis ihm klarwurde, dass er keinen Gedanken an die Verhütung verschwendet hatte. Schließlich hatte er nicht gewusst, dass es heute Nacht passieren würde. »Äh, Mol?« Er zog sich widerwillig aus dem besten Kuss seines Lebens zurück.

»Ja?«

»Wir haben etwas vergessen.«

»Was denn?«

»Verhütung.«

»Alles gut. Ich nehme seit einem Monat die Pille.«

»Du … ein Monat. Oh.«

»Ich hatte so ein Gefühl, dass wir nicht bis Januar durchhalten würden, und sag es mir ruhig, falls ich damit falschliege, aber wir sind noch nicht wirklich bereit für ein Baby.«

»Du liegst nicht falsch.«

»Wir haben noch keine Box für sie oder ihn.«

»Sehr witzig. Und damit du es weißt, unsere Kinder werden nicht in Boxen schlafen.« Er küsste sie wieder, sein Verlangen war jetzt, wo alles geklärt hatte, noch stärker als zuvor.

»Wow«, sagte sie nach einem Kuss, der ganze Stunden zu dauern schien. »Ich sollte dir öfter sagen, dass ich die Pille nehme.«

»Einmal ist genug, und vielen Dank, dass du daran gedacht hast. Ich bin froh, dass wir nicht zu früh zu viel bekommen werden.«

»Du hast auch daran gedacht«, sagte sie und streichelte sein Gesicht so liebevoll, dass es ihn fast verrückt machte. »Vielleicht sind wir um diese Zeit im nächsten Jahr schon bereit.« Sie hatte ihm gesagt, dass sie jung Mutter werden wollte, damit sie die Erfahrung wirklich auskosten konnte – und später auch etwas von den Enkeln hatte.

»Das klingt gut. Ich will dich so sehr, Mol. Mehr, als ich jemals irgendetwas gewollt habe.«

»Mehr als die Beatles?«

Er lachte. »Sie können dir nicht das Wasser reichen.«

»Wow, du musst mich wirklich lieben.«

»Ich liebe dich, so sehr.«

»Zeig es mir, Linc.«

Das war ihm mehr als recht. Er ließ sich viel Zeit und küsste sie, bis sie sich unter ihm wand, sich an ihn presste und nach mehr verlangte. Dann bewegte er sich abwärts, küsste ihre Brüste und fuhr mit der Zunge über ihre harten Brustwarzen.

Sie verkrallte sich in seinem Haar und stieß einen Schrei aus, was ihn nur noch härter für sie machte.

Er zwang sich, sie weiter langsam zu verführen, küsste ihren Bauch und die Innenseite ihrer Oberschenkel, die unter seinen Lippen zitterten. »Ist dir kalt?«

»Nicht mal ein bisschen.«

Sie sagte das so entschieden, dass er es sich zwischen ihren Beinen bequem machte und ihr mit tiefen, streichenden Bewegungen seine Zunge gab. Sie versuchte alles, um ihm noch näher zu kommen. Als er zwei Finger in ihre Hitze schob und an ihrer Klitoris saugte, kam sie mit einem Aufschrei, der fast dafür sorgte, dass er ebenfalls zum Orgasmus kam. Gott, sie war so süß und so liebevoll und so sexy und wunderschön und klug, und es machte ihn verrückt, wie sie auf ihn reagierte. Sie war alles, was er sich jemals hätte wünschen können.

Er rutschte nach oben, damit er ihr Gesicht sehen konnte, wenn er zum ersten Mal in sie eindrang.

Ihre Augen flogen auf, und ihre Lippen öffneten sich. In ihrem Blick lag ein Ausdruck, der etwas in seinem tiefsten Inneren berührte.

»Wie kommt es nur, dass ich das Glück hatte, auf dieser riesigen, weiten Welt gerade dich zu finden?«

»Das weiß ich nicht, aber ich werde jedenfalls immer dankbar sein, dass wir uns gefunden haben.«

»Ich auch, mein Liebling.« Er schlang die Arme um sie und drang vollständig in sie ein. Die Lust und das Verlangen, das er dabei empfand, fühlten sich an, als könnten sie ihn verbrennen. Er wusste jetzt schon, dass er nie genug davon bekommen würde, wie es sich anfühlte, mit Molly Liebe zu machen. Während er sich in ihr bewegte, beobachtete er sie genau, damit er kein Anzeichen von Trauer bei ihr verpasste, aber er sah nur dasselbe Glück, das er empfand. »Geht es dir gut?«, fragte er, nur zur Sicherheit.

»Mmmh, so viel besser als gut.«

Ihre Arme und Beine umfingen ihn, und sie bewegten sich zusammen, als hätten sie noch nie etwas anderes getan. Es hätte ihn nicht überraschen sollen, dass er sich selbst in diesem intimsten aller Momente mit ihr mehr zu Hause fühlte, als er das je zuvor getan hatte. So war es mit ihr von Anfang an gewesen, seit dem ersten Abend an der Bushaltestelle in Gulfport, als das süßeste, fesselndste, interessanteste Gesicht zu ihm aufgeschaut hatte, das er je gesehen hatte. Jener Moment, das wusste er jetzt, hatte ihrer beider Leben für immer verändert, genauso wie dieser es tun würde und all die Momente, die noch vor ihnen lagen.

Seine Liebe zu ihr entfachte eine Leidenschaft in ihm,

die ihm völlig neu war, und den Wunsch, sie auf alle erdenklichen Arten glücklich zu machen, auch auf diese. Eine Welle der Lust, die so intensiv war, dass sie sie mit sich fortzureißen drohte, trug sie davon, bis ein Knall, dem ein lautes Zischen folgte, sie zum Erstarren brachte. Die Luftmatratze war geplatzt.

Und dann lachten sie. Sie lachten so sehr, dass sie fast vergaßen, was sie getan hatten, als die Luftmatratze geplatzt war.

Fast …

Linc stieß in sie hinein und blickte auf ihr Gesicht hinunter, das vor Lachen und Glück nur so strahlte. Das hier war zweifellos der schönste Moment seines Lebens, ein Gedanke, den er mit ihr teilen wollte.

»Für mich auch. Es wird schwer sein, das hier zu toppen.«

»Ich wette, wir können es eine Million Mal toppen.«

»Auf diese Wette lasse ich mich gerne ein.«

»Dass die Matratze geplatzt ist, ist immer noch das Beste, was je passiert ist«, sagte Molly, als sie aufgehört hatten zu lachen. Sie lachten immer noch jedes Mal, wenn sie sich an ihre erste gemeinsame Nacht erinnerten.

»Das Zweitbeste war, wie wir im Store eine neue kaufen mussten und dein Dad mich gefragt hatte, warum wir eine zweite brauchen. Ich musste unglaublich schnell etwas erfinden und habe ihm gesagt, dass wir eine für drinnen im Haus bräuchten und eine für das Zelt, wenn wir Campingurlaub machten. Er hat mich noch nie so böse angeschaut wie an diesem Tag. Ich wusste, dass es ihn seine gesamte Selbstbeherrschung kostete, mir nicht zu sagen, ich solle die Pfoten von seiner Tochter lassen.«

»Seine Tochter liebt deine Pfoten und hat zehn lebende Beweise dafür.«

»Sag ihm das nicht. Er hat sein Jagdgewehr noch.«

»Du hast doch lange schon keine Angst mehr vor ihm.«

»Schon, aber es ist trotzdem besser, wenn wir ihm nicht zu viel sagen, selbst nach all dieser Zeit.« Er strich Molly mit den Fingern durchs Haar und dachte an diesen bedeutsamen Tag zurück, an dem ihr gemeinsames Leben wirklich begonnen hatte.

»Manchmal fällt es mir wirklich schwer, zu glauben, dass das alles an einem einzigen Tag passiert ist«, sagte sie.

»Ich weiß. Das Beste und das Schlimmste, alles auf einmal.«

»Es hat mir immer so leidgetan, dass du dich entscheiden musstest.«

»Weißt du, darüber habe ich während der Jahre sehr oft nachgedacht.«

»Du sprichst so gut wie nie darüber.«

»Na ja, es ist nicht so, dass ich täglich deswegen niedergeschlagen bin oder so was. Nach dem ersten Jahr, als mir klarwurde, dass ich auch nicht von meiner Mom hören würde oder von Charley oder den Jungs, da dachte ich nur noch selten daran, zum Beispiel an Geburtstagen oder Feiertagen. Aber nach einer Weile erkannte ich, dass mein Vater und ich uns auch gestritten hätten, wenn ich dir nie begegnet wäre, weil ich nicht für seine Firma arbeiten wollte.«

»Das kannst du nicht sicher wissen.«

»Ich bin mir ziemlich sicher, dass es sowieso passiert wäre. Das Problem, das ich hatte, bevor ich dich kennengelernt habe, war, dass ich einfach keine wirkliche Alternative hatte, die für mich Sinn ergeben hat. Das bedeutete, dass ich mich mit der naheliegendsten Lösung zufriedengegeben hätte, ob ich das nun wirklich wollte oder nicht. Als ich dir begegnet bin und von dem Unternehmen deiner Familie hörte, hatte ich etwas gefunden, das mich wirklich interessierte. Auf eine gewisse Weise hat die Begegnung mit dir nur einen Prozess beschleunigt, der ohnehin schon im Gange war. Das Einzige, was ich je bereut habe, war, dass du dabei warst und alles mit angesehen hast und dass er dich so behandelt hat. Ich kann es einfach nicht fassen, dass das das Einzige war, was du von meiner Familie erlebt hast.«

»Das ist ja gar nicht wirklich so. Ich kenne sie durch die Geschichten, die du mir von ihnen erzählt hast. Wie du im Sommer mit deinen Brüdern an der Küste von Jersey segeln warst, die Zeit, die ihr dort bei euren Großeltern verbracht habt, wie gut du mit deiner Schwester befreundet warst und wie sehr du unter Hunters Verlust gelitten hast. Ich habe dich auch sehr oft liebevoll über deine Mutter sprechen hören. Meine Ansicht von ihnen ist ganz und gar nicht eindimensional, Linc. Wenn du sie geliebt hast, dann weiß ich ganz genau, dass da viel mehr ist als das, was ich an dem einen Tag erlebt habe.«

»So habe ich das noch nie gesehen, aber ich bin sehr froh, dass unser Besuch in Philly nicht dein einziger Eindruck ist. Kann ich dir etwas gestehen, das sich vielleicht ziemlich dumm anhört?«

»Natürlich.«

»Als ich heute mit Charlotte geredet habe, hat sie etwas gesagt, das mir einfach nicht aus dem Kopf geht.«

»Was denn?«

»Sie hat gesagt, sie hofft, dass wir in Verbindung bleiben können, selbst wenn ich mich gegen den Besuch bei meinem Vater entscheide.«

Molly runzelte die Stirn, während sie darüber nachdachte. »Denkst du, das ist eine gute Idee? Ich meine, wo hat sie denn die ganze Zeit gesteckt?«

»Ich habe beschlossen, dass es mir egal ist, wo sie war oder was mein Vater zu ihr oder meinen Brüdern gesagt hat, damit sie sich nicht bei mir zu meldeten. Es ist mir einfach egal. Ich will Charlotte zurück. Ich will meine Geschwister zurück. Ich möchte, dass sie dich und die Kinder kennenlernen, und ich möchte ihre Familien kennenlernen. Es ist mir egal, warum sie sich nicht gemeldet haben. Ich weiß tief in meinem Herzen, dass das nicht ihre Entscheidung war, also welche Rolle spielt es dann?«

»Ich höre, was du sagst, und ich verstehe, warum du so denkst. Es ist nur, na ja …«

»Was denn, Liebling? Du weißt, dass mir deine Meinung wichtig ist.«

»Sie wussten doch, wo du warst, Linc. Charlotte wusste ganz genau, wie sie dich erreichen konnte, als es heute nötig wurde. Sie sind erwachsene Menschen. Euer Vater kann doch nicht wirklich so viel Kontrolle über sie gehabt haben, dass sie sich erst jetzt bei dir melden.«

»Du hast recht«, seufzte er. »Und ich bin mir sicher, dass sie ihre Gründe hatten, sich nicht zu melden. Ich sage ja nur, es ist mir egal, was das für Gründe waren.«

»Kannst du es verstehen, wenn ich ihnen nicht so schnell vergeben kann?«

»Natürlich.«

»Ich möchte wissen, *warum* sie sich nicht gemeldet haben, bevor ich eine Entscheidung treffe.«

»Das verstehe ich.«

»Du solltest versuchen zu schlafen. Das wird ein langer Tag morgen, und übermorgen auch.«

Übermorgen würde er seine Familie wiedersehen, zum ersten Mal seit vierzig Jahren. In Lincs Innerem herrschte das reinste Tohuwabohu aus Gefühlen, Höhe- und Tiefpunkten, Erinnerungen, Verzweiflung und Hoffnung. Die Hoffnung war das, was als stärkste Emotion aus dem Durcheinander herausstach. Er hoffte mehr als alles andere, dass der letzte Wunsch seines Vaters dafür sorgen würde, dass er wieder Kontakt zu den Geschwistern, die er so lange geliebt und vermisst hatte, bekommen würde.

14

Ich liebe die Vergangenheit. Obwohl es natürlich auch Teile davon gibt, die ich ganz und gar nicht mag.
Paul McCartney

Linc schlief unruhig. Er träumte von Menschen, die er als Kind gekannt hatte, seinen Großeltern, seinem verstorbenen Bruder Hunter, den anderen Geschwistern, seiner Mutter, Tanten, Onkel und Cousins und Cousinen. Bei der Trennung von seiner Herkunftsfamilie hatte er so vieles verloren. Er träumte auch von Molly und ihren gemeinsamen Kindern, nicht so, wie sie jetzt waren, sondern wie damals, als sie noch klein gewesen waren und es in der Scheune, die zu ihrem Zuhause geworden war, drunter und drüber ging.

Und dann war er alleine und lief einen Pfad in den Bergen entlang. Er suchte die anderen, konnte sie aber nicht finden. Er, der immer von einer ganzen Herde geliebter Menschen umgeben war, war plötzlich ganz alleine. Das gefiel ihm gar nicht.

Er rief nach Molly, nach den Kindern …

Mollys Stimme drang durch das Heulen des Windes zu ihm. Sie rief seinen Namen.

Er öffnete die Augen. Draußen dämmerte es.

»Du hast geträumt«, sagte sie.

»Ich konnte dich nicht finden.«

Sie kuschelte sich an ihn. »Ich bin hier, und es ist noch sehr früh. Versuch, wieder einzuschlafen.«

Linc starrte an die Decke und dachte an die Reise in die Vergangenheit, die er am heutigen Tag unternehmen würde. Es würde ihm auf keinen Fall gelingen, wieder einzuschlafen. Er ließ Molly noch schlafen und stand auf, um zu duschen, sich zu rasieren und anzuziehen. Danach packte er seine Reisetasche. Er war der Erste, der im Büro ankam und trank gerade eine Tasse Kaffee, während er sich den beeindruckendsten Geschäftsbericht anschaute, den er je gesehen hatte. Die Uhr in der Rezeption schlug sechs.

Linc war fest entschlossen, nicht den ganzen Arbeitstag aufs Spiel zu setzen, nur weil sich in seinem Leben gerade ein solches Drama abspielte. Er stürzte sich in den Finanzbericht, den Hunter so sorgsam für ihn vorbereitet hatte. Als das Tageslicht langsam durch die Jalousien kroch, hatte er eine Liste mit Fragen für seinen Sohn, den Finanzverwalter der Familie, erstellt.

Sein Magen knurrte, und er beschloss, nach gegenüber zu laufen und im Diner zu frühstücken, bevor dort allzu viel los war. Als er die Straße überquert und den Diner betreten hatte, war er nicht überrascht, seine Schwiegertochter Megan trotz der frühen Stunde dort anzutreffen. Sie war jetzt im achten Monat schwanger und war noch zu keiner Frühschicht zu spät gekommen, selbst dann nicht, als sie zu Anfang der Schwangerschaft morgens mit Übelkeit zu kämpfen hatte.

»Guten Morgen.« Sie schaute ihn besorgt an. »Was machst du denn schon so früh hier?«

»Ich konnte nicht schlafen, also habe ich ein bisschen was abgearbeitet, bevor wir losfahren.« Weil nur sie beide im Diner waren, setzte er sich zu Megan an die Theke.

Sie schenkte ihm eine Tasse Kaffee ein und schob ihm die Sahne hin. »Wie geht es dir denn?«

»Überraschend gut, bei allem, was gerade los ist. Molly und die Kinder haben mich wirklich gestützt.«

»Ich hoffe, du weißt … Ich bin mir ziemlich sicher, dass ich für uns alle spreche, wenn ich sage, dass wir denken, dass es einfach *unfassbar* ist, dass das alles überhaupt passiert ist.«

»Danke, Liebes. Das weiß ich zu schätzen, aber es ist jetzt schon sehr lange her. Es beeinflusst mein Leben nicht oder meine wunderbare Familie.«

»Auf was hast du denn Lust?«

»Ist Butch schon da?« Linc versuchte, an ihr vorbei einen Blick in die Küche zu werfen.

»Er müsste jeden Moment kommen.«

»Dann warte ich auf ihn. Ich will nicht, dass du für mich kochst.«

Sie legte ihre Hand auf seine. »Ich würde sehr gerne dein Lieblingsfrühstück für dich machen, Linc.«

Ihm wurde klar, dass sie das Bedürfnis hatte, etwas für ihn zu tun. »Dann nehme ich gerne an. Vielen Dank.«

»Kommt sofort.«

Sie machte den Fernseher an, reichte ihm das *Wall Street Journal* und schenkte ihm frischen Kaffee ein, bevor sie in die Küche ging, um ihm Frühstück zu machen. Was er doch für ein Glück hatte, dachte er, jeden Tag von so vielen Menschen umgeben zu sein, die ihn liebten, besonders heute, wo er sich so verletzbar fühlte.

Linc blätterte die Finanzseiten durch, warf gelegentlich einen Blick auf den Börsenticker im Fernsehen und versuchte, an all das zu denken, was normalerweise seinen Tagesablauf bestimmte – Molly, ihre Familie, die Freundschaften, die verschiedenen Geschäftsmodelle des Familienbetriebs, das soziale Gefüge der Stadt, die bevorstehenden Feiertage – alles, um nicht in den Mahlstrom seiner Gefühle zu geraten.

Wenn es ihm gelang, sich einzureden, dass das hier ein Tag wie jeder andere war, dann würde alles gut gehen. Das Positive, und er war sich ganz sicher, dass es an jeder Situation etwas Positives gab, war, dass er einen Ausflug mit Molly und all ihren Kindern machen würde. Abgesehen von der Fahrt nach Boston zu Wades Hochzeit war es schon lange her, dass sie als Gruppe irgendwo hingefahren waren. Als junge Familie hatten sie oft Campingurlaub gemacht, vor allem, weil das das Einzige war, was sie sich für ihre zwölfköpfige Familie leisten konnten, aber auch wegen der vielen Haustiere, die sie auf diesen Reisen begleitet hatten.

In den letzten Jahren waren noch einige Schwiegertöchter und -söhne dazugekommen sowie Verlobte, Partnerinnen und Partner und Enkelkinder, so dass aus den zwölf nun mittlerweile …

Mit dem Stift, den Megan auf den Tresen gelegt hatte, schrieb er eine Liste auf seine Serviette:

Hunter, Megan
Hannah, Nolan, Callie
Will, Cameron, Chase
Ella, Gavin
Charley, Tyler
Wade, Mia
Colton, Lucy
Lucas, Dani, Savannah
Landon, Amanda, Stella
Max, Caden

Ganze siebenundzwanzig, wenn man ihn, Molly und Elmer mitzählte. Und es waren noch vier Enkelkinder unterwegs! Linc war froh, dass er es ausgerechnet hatte. Er freute sich schon darauf, seinem Vater diese Zahl mitzuteilen, nachdem er ihm die zehn Enkel vorgestellt hatte, die er dank seines Ultimatums nie kennengelernt hatte.

Jetzt, wo er selbst seit einem Jahr Großvater war, tat ihm sein Vater sogar leid. Seine Sturheit und seine Arroganz hatten dazu geführt, dass er so viel verpasst hatte. Er hatte seine Enkelkinder nicht kennengelernt. Das Ganze war unglaublich traurig.

Eine der Fragen, über die Linc in der Vergangenheit

häufig nachgedacht hatte, war, wie sein Leben – und das seiner Familie – wohl verlaufen wäre, wenn sein großer Bruder Hunter nicht ums Leben gekommen wäre. Sein Tod war der Beginn der Abwärtsspirale gewesen, die mit der Szene im Büro seines Vaters ihren Tiefpunkt erreicht hatte.

Die Glöckchen an der Tür klimperten und rissen ihn aus seinen Gedanken. Er warf einen Blick über seine Schulter und sah seinen Schwiegervater, der vor Kälte zitternd zur Tür hereingekommen war.

»Du bist früh wach«, sagte Linc.

Elmer setzte sich auf den Barhocker neben ihm. »Du doch auch.«

»Ich weiß nicht, ob ich mehr als ein, zwei Stunden geschlafen habe.«

»Du hattest einiges zu bedenken, Junge.«

»Allerdings.«

»Ich habe gestern Abend an den Tag gedacht, an dem ihr aus Philly zurückkamt. Ihr wart total geschockt.«

»Und Molly … Sie hat sich einfach darum gekümmert, oder?«

Elmer lächelte. »Das hat sie wirklich.«

»Sei ehrlich: Hättest du lieber nein gesagt, als sie dich gebeten hat, uns zu verheiraten?« Sie hatten nie darüber gesprochen, und nur sie beide und Molly und Sarah wussten davon.

Elmer stand auf, ging hinter die Theke und goss sich eine Tasse Kaffee ein. Dann schenkte er Linc nach. »Die Wahrheit?«

»Und nichts als die Wahrheit.«

»Es ist mir gar nicht in den Sinn gekommen, dass ich nein sagen könnte. Zu dem Zeitpunkt wusste ich ganz sicher, dass du derjenige warst, den sie wollte, und du hattest mir auch auf der Arbeit gezeigt, dass du mir das Interesse an unserem Familienunternehmen nicht nur vorspielst. Als ich dann hörte, dass dein Vater dir dieses furchtbare Ultimatum gestellt hat und dass du alles, was dir wichtig war, hinter dir gelassen hattest, um meine Molly zu heiraten …« Er zuckte die Achseln. »Ich fühlte mich sehr geehrt, euren beiden Hochzeiten beiwohnen zu dürfen.«

»Moment mal.« Megan kam mit Lincs Frühstück aus der Küche. »Ihr hattet zwei Hochzeiten?«

Elmer schaute Linc an und verzog das Gesicht. »Tut mir leid!«

»Schon okay. Der einzige Grund, aus dem wir nie mit den Kindern über diese Hochzeit gesprochen haben, war, dass wir ihnen nicht sagen wollten, was an diesem Tag noch passiert ist. Ich wollte nicht, dass sie das wissen.«

Megan stellte Linc den Teller hin und stellte automatisch eine Flasche mit der scharfen Soße, die er manchmal gerne zu seinem Rührei aß, dazu. Er liebte es, dass sie diese Dinge einfach tat, ohne überhaupt darüber nachdenken zu müssen. Für sie war es ganz natürlich, sich zu merken, was ihre vielen Gäste mochten und was nicht.

»Danke, Liebling. Und ja, Molly und ich hatten zwei Hochzeiten, aber das weiß eigentlich niemand außer uns beiden und ihren Eltern.«

»Oh.« Megan grinste zufrieden. »Dann weiß ich jetzt also etwas, was keines der Kinder weiß?«

»Stimmt genau.« Linc fand es lustig, wie sehr sie sich darüber freute. »Du weißt von dem Tag, als mein Vater das Ultimatum ausgesprochen hat?«

Megan nickte.

»Da sind wir nach Hause nach Vermont gekommen, und Molly hat ihren Dad gebeten, uns sofort zu trauen. Es war, als wüsste sie, dass ich das nach allem, was vorher passiert war, brauchte. Sie war einfach toll an diesem Abend. Fest entschlossen, alles zu tun, was sie konnte, um mir zu zeigen, dass ich immer noch eine Familie hatte.«

»Das ist ja toll«, seufzte Megan. »So romantisch.«

»Ja, es war richtig toll.« Linc lächelte, als er sich an diesen Abend erinnerte und an den Zwischenfall mit der Luftmatratze. Das war etwas, das ganz allein Molly und ihm gehörte.

»Erzählt ihr es den anderen, jetzt, wo sie den Rest der Geschichte kennen?«

»Das sollten wir wahrscheinlich, schon allein, damit sie wissen, wie unglaublich ihre Mom war und ist.«

»Das wissen sie doch längst«, sagte Megan. »Mit dieser Zusatzinfo erreicht sie sicher Kultstatus.«

»Wie es ihr zusteht«, erklärte Elmer.

Linc nickte. »Ich könnte dir gar nicht mehr zustimmen.« Als er wenig später aufstand, um den Diner zu verlassen, kam Megan hinter der Theke hervor und umarmte ihn.

»Ich hoffe, es läuft so gut wie nur möglich. Und bitte denk dran, dass die von uns, die nicht mitkommen, dir von hier aus ganz viel Glück wünschen. Wir haben dich alle sehr lieb, Linc.«

Linc erwiderte ihre Umarmung. »Danke, Liebes. Ich habe dich auch lieb. Sieh hier nach dem Rechten, bis wir wieder da sind.«

»Mache ich.«

»Und sag Butch nicht, dass ich das gesagt habe, aber dein Rührei ist besser als seins.«

»O mein Gott! Das sage ich ihm auf jeden Fall.«

Linc lachte noch, während er aus dem Diner trat, die Straße überquerte und die Treppe zum Büro hinaufstieg. Emma erwartete ihn mit besorgtem Blick. »Morgen. Und ja, es geht mir gut.«

»Da bin ich froh. Ich habe gehört, was du durchmachst, und es tut mir sehr leid, aber ich bin froh, dass die Familie zusammengekommen ist, um dich zu unterstützen. Nicht, dass das eine Überraschung wäre.«

»Ich habe großes Glück, und nichts, was in den nächsten vierundzwanzig Stunden passiert, wird daran etwas ändern können.«

»Ich wünsche dir alles Gute für die Reise. Ich hoffe, das weißt du.«

»Weiß ich, und ich weiß es auch sehr zu schätzen. Ich werde jetzt noch ein paar Sachen erledigen, bevor wir fahren.«

»Klingt gut.«

Linc sah, dass noch keines seiner Kinder da war, und so ging er in sein Büro und schloss die Tür. Er wollte einen Anruf erledigen, bevor die anderen kamen. Zweifellos würden sie an diesem Tag ständig in seiner Nähe bleiben, und das wollte er ja auch gar nicht anders.

Als er die Nummer wählte, ärgerte er sich über sich selbst, weil er so nervös war, aber es war erst das zweite Mal in vierzig Jahren, dass er seine Schwester anrief. Es war ganz normal, dass er nervös war. Es tutete dreimal, bevor jemand abhob. Eine Männerstimme.

»Hallo, hier ist Lincoln Abbott. Ich wollte mit Charlotte sprechen. Ist sie da?«

Nach längerem Schweigen antwortete der Mann: »Einen Moment, bitte.« Im Hintergrund hörte Linc ihn sagen: »Char, es ist für dich. Dein Bruder. Lincoln.«

Char. Den vertrauten Spitznamen zu hören ließ ihn aufschrecken. So hatte er sie auch immer genannt.

»Lincoln? Bist du das?«

»Ja, ich bin's.«

»Ich bin so froh, dass du anrufst. Ich hatte so darauf gehofft.«

»Ich wollte Bescheid sagen, dass ich komme, um Vater zu sehen. Morgen so gegen zehn, wenn das in Ordnung ist.«

»Das passt bestimmt, morgens geht es ihm immer besser.«

»Sehe ich dich dann auch?«

»Auf jeden Fall.«

»Na, dann bis dann.«

»Gute Reise, Linc.«

Er legte auf und saß lange einfach nur da und ließ seine Gedanken schweifen. Seine Kindheit war schön gewesen, voller guter Erlebnisse mit seiner Mutter, seinen Geschwistern, Cousins und Cousinen und seinen Großeltern. Sein Vater hatte sehr viel gearbeitet, deshalb hatten sie ihn nicht so oft gesehen, vor allem im Sommer. Die Ferien hatten sie immer bei seinen Großeltern am Meer verbracht.

Es war wirklich idyllisch gewesen, bis zu dem Tag, an dem sie Hunter verloren hatten. An diesem Tag hatte sich alles verändert, vor allem für ihn, der plötzlich zum Erben des Familienbetriebs geworden war, jetzt, wo sein Bruder, der sein Leben lang darauf vorbereitet worden war, nicht mehr da war. Als Hunter starb, wurde Linc klar, dass sein Vater erwartete, dass er seinen Platz in der Firma einnahm. Sie sprachen allerdings nie darüber. Es war einfach so, ein weiteres Element der Veränderung in all der Verwirrung und Trauer, die der Tod seines Bruders hinterlassen hatte.

Es klopfte an der Tür, die er sonst nur selten schloss. »Dad?«

»Komm rein.«

Der Namensvetter seines verstorbenen Bruders betrat das Büro, groß, dunkelhaarig, gutaussehend und klüger, als Linc es je sein würde.

»Morgen, Junge.«

»Wie geht es dir?«

»Alles in Ordnung. Und dir?«

»Auch.« Hunter setzte sich Linc gegenüber an den Schreibtisch. »Kann ich irgendetwas für dich tun?«

»Nein, aber vielen Dank, dass du fragst.« Er schaute seinen Erstgeborenen an, der seinem verstorbenen Onkel definitiv ein wenig ähnelte. »Ich habe gerade an meinen Bruder gedacht, den, nach dem du benannt bist.«

»Ich war neugierig, nachdem du ihn erwähnt hast.«

Linc nickte. »Ihn zu verlieren, war das Schlimmste, was mir je passiert ist. Er war sehr gut im Segeln. Niemand konnte erklären, wie es möglich gewesen war, dass ihm so etwas passiert war. Es ist eines der Dinge, die wir einfach nie wissen werden.«

»Es tut mir leid, dass du ihn auf diese Weise verloren hast.«

»Danke. Er hätte die Firma übernehmen sollen. Und als wir ihn verloren hatten ...«

»Hat dein Vater sich dir zugewandt.«

»Ja. Nur dass Hunter das gewollt hatte, ich aber nicht.«

»Wusste das dein Vater?«

»Ja, aber das spielte keine Rolle. Sein Vater hatte die Firma gegründet, sie ihm vererbt, und jetzt war ich an der Reihe, ob ich es nun wollte oder nicht.«

»Das ist eine schwere Last für einen jungen Menschen.«

»War es, und oft habe ich mich auch gefühlt, als sei ich undankbar, weil ich etwas anderes wollte, vor allem, weil ich noch gar nicht wusste, was. Mehr als alles andere wollte ich nicht, dass mein ganzes Leben schon für mich geplant wurde, bevor ich überhaupt fünfundzwanzig war.«

»Das kann ich sehr gut verstehen. Was war es an Butler und dem Country Store, dass dich im Gegensatz dazu interessiert hat?«

»Das Potenzial«, sagte Linc. »Das war das Erste, was ich gesehen habe, als ich hier ankam, dass es so viel mehr sein könnte, als es war. Gramps würde dir sagen, dass er zugeben musste, manche Dinge einfach so zu machen, wie sie schon immer gemacht worden waren. Ich habe versucht, ihm einen anderen Weg aufzuzeigen, und eine ganze Weile hat er sich dagegen aufgelehnt. Veränderung mag er nicht besonders.«

»Das habe ich mit ihm gemeinsam.«

Linc begann zu lachen. »Das ist definitiv wahr. Ich mag es, dass wir hier eine Lebensart verkaufen, eine Einfachheit, und dass das die Menschen wirklich berührt. Wir alle kennen diese Nostalgie, die Sehnsucht nach einem einfacheren Leben. In dieser schnellen Welt geben wir unserer Kundschaft eine Alternative dazu. Ich habe von Anfang an gesagt, dass unsere Vorstellungskraft die einzige Grenze unseres Potenzials ist.«

»Du hast den neuen Geschäftsbericht bekommen, oder?«

»Habe ich.«

»Ich schätze, es ist unbestreitbar, dass du mit der Intimlinie und dem Katalog recht hattest.«

Linc lächelte. »Das hatte ich im Gefühl. Ich wollte schon seit zwanzig Jahren einen Katalog. Es hat nur eine Weile gedauert, bis ich es wirklich in die Tat umsetzen konnte.«

»Das Geschäft ist kurz davor, zu explodieren, Dad. In einer Größenordnung, die wir nicht kommen sehen konnten. Oder vielleicht sollte ich sagen: Der Rest von uns konnte sie nicht sehen. Du offenbar schon.«

»Das ist ein wirklich gutes Problem.«

»Wohl wahr, aber trotzdem eines, mit dem wir uns auseinandersetzen müssen.«

»Lass uns darüber nach den Feiertagen sprechen.«

15

Die Zeit verwundet alle Heilen.
John Lennon

Molly wartete bis neun Uhr, um sicher zu sein, dass ihre Schwester bei ihrer Arbeit als Stadtverwalterin von Butler sein würde. Ihr Büro war an ihr Wohnhaus angebaut, und Molly kam oft auf einen Kaffee oder ein Gespräch vorbei, wenn Hannah arbeitete.

Als sie in die Einfahrt fuhr, war sie überrascht, dass das Schild mit der Aufschrift *Geschlossen* noch an der Eingangstür zu ihrem Büro hing. Ray Mulvaneys Geländewagen parkte in der Einfahrt. *So, so*, dachte Molly. Wie schön für die beiden. Ihre Schwester war jahrelang allein gewesen, nachdem Mike sie verlassen hatte, und niemand freute sich mehr für sie und Ray als Molly.

Das Letzte, was sie wollte, war, die beiden bei irgendetwas zu unterbrechen, aber ihre Schwester war einer der wenigen Menschen, die wirklich wussten, was in dieser folgenschweren Woche vor vierzig Jahren passiert war, und Molly brauchte sie. Sie brauchte ihre Schwester. Sie stieg die Stufen zur Eingangstür hinauf und klopfte. Als Hannah nicht aufmachte, klingelte Molly.

Ein paar Minuten später kam Hannah zur Tür. Sie

trug einen Bademantel und strich sich die Haare aus dem Gesicht. »Hey.« Sie machte Molly die Tür auf. »Komm rein.«

»Arbeitest du heute nicht?«

»Später. Ich hatte gestern Abend ein Meeting mit dem Stadtrat, bis nach Mitternacht.«

»Dann habe ich dich geweckt. Tut mir leid.«

»Schon in Ordnung. Ich war wach.« Hannah fing an, Kaffee zu kochen. »Warum bist du so früh schon unterwegs?«

»Du wirst es nicht glauben.«

Hannah warf Molly über die Schulter einen Blick zu. »Geht es allen gut?«

»Ja, aber wie es aussieht, fahren wir heute nach Philadelphia.«

»Du und Linc?«

»Und die Kinder.«

»Alle?«

»Alle.« Molly zog ihre Jacke aus und setzte sich an den Küchentisch. »Wo ist Ray?«

»Wahrscheinlich unter der Dusche.«

»Ihr seid also schon bei Übernachtungen und Duschen?«

»Schon seit einer ganzen Weile.«

»Ich sollte wieder fahren. Ihr hattet einen gemeinsamen Morgen geplant, und ich habe euch unterbrochen.«

»Alles gut. Ich wollte sowieso mit dir reden. Aber du zuerst.« Sie brachte die dampfenden Kaffeebecher an den

Tisch und stellte Sahne und Zucker dazu. »Erzähl mir alles über Philly.«

Molly rührte Sahne in ihren Kaffee und erzählte Hannah, dass Lincs Schwester angerufen hatte.

Hannah riss die Augen auf. »Ach, du liebe Güte! Sie hat angerufen, um ihm zu sagen, dass sein Vater im Sterben liegt und ihn sehen möchte? Und jetzt fahrt ihr hin.«

»Wir fahren hin.«

»Wann?«

»Heute.«

»Drei Tage vor Weihnachten?«

»Seine Schwester hat gesagt, ihr Vater habe nicht mehr viel Zeit.«

»O Mann.«

»Ich bin so *wütend*, Han. Dass sie ihn nach vierzig Jahren anrufen und ihn darum bitten. Ich versuche, ihn zu unterstützen, aber das Einzige, was ich fühle, ist diese Wut.«

»Das kann ich dir nicht verübeln. Was sie getan haben, war unmenschlich.«

»Ich würde Linc am liebsten entführen und mit ihm nach Norden fahren, über die kanadische Grenze oder irgendwo anders hin, wo sie ihn nicht finden, bis dieser feige alte Mann weg ist und ihm nichts mehr anhaben kann.«

»Das wäre möglich, wenn du es willst. Sag ihm, du willst ihm etwas zeigen, lock ihn ins Auto und fahr los.«

Molly stützte den Kopf in die Hände. »Ich bin wirklich in Versuchung, das zu tun.« Sie schaute wieder auf. »Welches Recht haben sie dazu? Nach *vierzig* Jahren?«

»Sie haben überhaupt kein Recht.«

Ray kam in die Küche und blieb wie angewurzelt stehen, als er Molly sah. Er schaute zu Hannah, als wisse er nicht, was er machen sollte.

Hannah streckte die Hand nach ihm aus. »Schon okay. Sie weiß, dass du manchmal hier übernachtest.«

»Oh, ähm ... Na ja.«

Molly musste über diese wenig eloquente Antwort lachen und darüber, wie sein Kopf knallrot wurde. »Tut mir leid, dass ich euren Morgen verdorben habe.«

»Hast du nicht«, sagte Ray. »Kann ich euch beiden was zum Frühstück machen?«

»Und kochen tut er auch.« Hannah grinste zufrieden. Zu Ray sagte sie: »Das wäre toll, danke schön.«

»Kommt sofort.«

Als Ray zum Kühlschrank ging und Eier rausholte, rückte Molly näher an Hannah heran. »Nicht schlecht, Schwesterherz«, flüsterte sie ihr zu.

»Ja, oder?« Hannah antwortete sogar noch leiser. »Ich spiele mit dem Gedanken, ihn zu fragen, ob er hier einziehen will.«

»So, so.«

Hannah zuckte die Achseln. »Er schläft sowieso fast immer hier.«

Ray goss sich eine Tasse Kaffee ein. »Ich höre, dass ihr über mich redet.«

»Wir reden nicht über dich«, sagte Hannah. »Wir reden über meinen anderen Freund. Den, von dem du nichts weißt.«

»Ja klar. Das ist schon okay, ich mache euch immer noch Frühstück, obwohl ihr nicht über mich redet.«

»Wir hatten eigentlich darüber gesprochen, dass Lincs Familie sich zum ersten Mal seit vierzig Jahren bei ihm gemeldet hat. Sie wollen, dass er zum Sterbebett seines Vaters rennt, damit dieser sein Gewissen erleichtern kann, bevor er stirbt. Er hat ihn aus der Familie geschmissen, weil er Molly heiraten wollte.« Sie warf Molly einen Blick zu. »Habe ich das richtig zusammengefasst?«

»Genau richtig.«

»Das ist wirklich unfassbar«, sagte Ray.

»Und du weißt nicht mal die Hälfte«, gab Hannah zurück.

»Was hat Linc jetzt vor?«, fragte Ray.

»Wir werden wohl hinfahren, damit sein Vater sich sein schlechtes Gewissen von der Seele reden kann, bevor er stirbt«, antwortete Molly.

»Und das auch noch drei Tage vor Weihnachten«, sagte Hannah. »Es tut mir so leid, dass ihr euch damit herumschlagen müsst, Mols. Wollt ihr fahren oder fliegen?«

»Wir fahren. Die Kinder wollen auch mitkommen und ihren Vater unterstützen, und, wie Hunter es so treffend formuliert hat, um ihrem Großvater zu zeigen, was aus der

Ehe und dem Leben geworden ist, die er um jeden Preis verhindern wollte.«

»Das ist wirklich schön«, seufzte Hannah. »Sie sind einfach toll.«

»Ich sollte wohl nach Hause fahren und packen.«

»Sieh es doch so: Es ist eine seltene Gelegenheit, mit all euren Kindern wegzufahren. Wie oft passiert das heutzutage noch?«

»Nicht sehr oft.«

»Versuch, es zu genießen, du weißt ja, trotz dem emotionalen Aufruhr wird es viele lustige Momente geben.«

»Wahrscheinlich.«

»Auf jeden Fall. Wir sprechen hier von deinen Kindern. Wenn die nicht lustig sind, dann weiß ich es auch nicht.«

»Das stimmt allerdings.« Molly lächelte.

»Sie helfen euch, das durchzustehen, und zu Weihnachten seid ihr wieder zu Hause. Das wird schon.«

»Für ihn auch? Für Linc?«

»Natürlich auch für ihn. Er hat doch dich und eure unglaubliche Familie. Bei so viel Unterstützung ist das doch nur ein winzig kleiner Störfaktor. Linc wird sich darum kümmern und dann sein gewohntes Leben weiterleben.«

»Ich hoffe, du hast recht.« Molly stand auf. »Danke, dass du mir beim Jammern zugehört hast.«

»Du jammerst doch nicht. Deine Wut ist mehr als berechtigt.«

»Ja, das stimmt, aber damit muss sich Linc jetzt nicht auch noch herumschlagen.«

»Dafür hat man schließlich Schwestern.« Hannah umarmte Molly fest. »Halt die Ohren steif.«

»Danke, Han. Ich bin so froh, dass ich dich habe.«

»Jederzeit.«

Ray kam zu ihr und reichte ihr etwas Warmes, das er in eine Serviette gepackt hatte. »Eiersandwich zum Mitnehmen.«

Molly stellte sich auf die Zehenspitzen und gab ihm einen Kuss auf die Wange. »Du bist der Beste. Kümmere dich gut um meine Schwester.«

»Ich versuche es, aber sie macht es mir nicht leicht.«

»Glaub mir, das kenne ich.«

»Seid jetzt sofort still, ihr beiden. Ich höre euch ganz genau.«

»Kommt an Weihnachten zum Abendessen vorbei«, sagte Molly. »Wir sind den ganzen Tag zu Hause. Und sag deinen Kindern auch Bescheid.«

»Wir sehen uns sicher bald. Gute Reise.«

Molly stieg ins Auto und aß auf dem Nachhauseweg das leckere Frühstückssandwich, das Ray ihr gemacht hatte. Wenn sie bei der Scheune ankam, würde sie packen und ein fröhliches Gesicht aufsetzen, obwohl sie innerlich immer noch kochte.

Linc war außer ihrem Vater der beste Mann, den sie je kennengelernt hatte, und wenn ihm etwas weh tat, tat das auch ihr weh. Wenn sie jetzt wieder irgendetwas sagten oder taten, das ihn verletzte, würde Molly keine Verantwortung für ihre Reaktion darauf übernehmen.

Hannah machte die Tür hinter ihrer Schwester zu und drehte sich zu Ray um, der ihre Küche in Beschlag genommen hatte wie ein Profi. Weil er alleine zurechtkommen wollte, hatte er kochen gelernt, als seine Frau gestorben war, das hatte er ihr erzählt. Nach mehr als zwanzig Jahren alleine, musste Hannah sich immer noch daran gewöhnen, dass ein Mann im Haus war. Aber Ray machte es ihr sehr leicht. Er setzte sie nie unter Druck, ihm mehr zu geben, als sie zu geben bereit war, und fragte nicht nach Dingen, von denen sie sich noch nicht sicher war, ob sie sie wollte. Er war geduldig und liebevoll und zärtlich und gutherzig, und genau deswegen war sie jetzt nahe daran, etwas zu tun, wovon sie sich damals geschworen hatte, dass sie es nie mehr tun würde – sich auf einen Mann einzulassen.

Sie ging zu ihm und schlang von hinten die Arme um ihn, ihr Kopf an seinem Rücken. Seine Muskeln waren stahlhart von den Jahren auf der Baustelle, und das Erste, was er getan hatte, als er nach Vermont gezogen war, um in der Nähe seiner Töchter und seiner Enkeltochter zu sein, war, einen Fitnessvertrag abzuschließen, damit er nicht ›mit rasender Geschwindigkeit den Bach runterging‹, so hatte er das ausgedrückt.

»Was ist los?« Sie hatte seine raue Stimme und seinen New Yorker Akzent lieben gelernt.

»Nicht viel. Und mit dir?«

»Na ja, gerade klammert sich diese süße, sexy Frau an mich, also irgendetwas wird bald *los* sein, wenn das so weitergeht.«

Und er war witzig. Hannah hatte in der Zeit mit ihm mehr gelacht, als sie das in der ganzen Zeit, seit ihre Kinder ausgezogen waren, getan hatte. Mit den Kindern hatte es natürlich immer etwas zu lachen gegeben. »Ich finde es schön, dass du hier bist.«

»Hm, das ist schön zu hören. Lässt du mich jetzt los, damit ich mich umdrehen und dich anschauen kann, während ich mit dir rede?«

»Ich würde lieber so reden.«

»Wir verstecken uns nicht mehr, schon vergessen?«

Widerwillig ließ Hannah ihn los und trat einen Schritt zurück, damit er sich umdrehen konnte.

Er liebkoste ihr Gesicht, eine liebevolle, zarte Geste, von der ihr die Knie weich wurden. Das passierte oft, wenn er in der Nähe war. »Worüber hast du nachgedacht, Liebling?«

Sie schaute in sein schönes Gesicht hinauf, das nach Jahren der Arbeit im Freien in New York City wettergegerbt war. »Danke, dass du so viel Geduld mit mir hast.«

»Du hast mir das Warten ja sehr versüßt«, antwortete er mit einem frechen Grinsen.

Hannah spürte, wie sie rot wurde, als sie sich an ihre

leidenschaftlichen Nächte erinnerte. Sex mit ihm war die reinste Offenbarung gewesen, nachdem sie vorher nur ihren Exmann gekannt hatte. Mit Ray hatte sie entdeckt, dass in ihrer Ehe mehr gefehlt hatte, als ihr bewusst gewesen war.

Er küsste sie auf die Wange und dann auf den Mund. »Ich liebe es, wenn du wegen mir rot wirst.«

»Das passiert viel zu oft.«

»Weil es mir solchen Spaß macht.« Er küsste ihren Hals und biss dann sanft zu. Sie schnappte nach Luft, und ihr wurde am ganzen Körper heiß. »Du weißt, dass ich dich liebe, Hannah, oder?«

Diese Worte hatte er noch nie ausgesprochen. Hannah erstarrte. Ihr erster Impuls war, sich zurückzuziehen, wegzulaufen, sich zu verstecken, um der Möglichkeit, wieder verletzt zu werden, zu entgehen.

»Tu das nicht. Zieh dich nicht in dein Schneckenhaus zurück, versteck dich nicht vor mir.«

»Alte Gewohnheiten legt man nicht so einfach ab.«

»Du musst das jetzt nicht mehr, Hannah. Ich habe dir bereits geschworen, dass ich dir nie antun werde, was Mike dir angetan hat.«

»Mich mit acht Kindern alleine lassen?« Sie grinste bei diesem Versuch, das ernste Gespräch ein wenig aufzulockern.

»Dich verlassen. Jemals.«

»Das kannst du doch gar nicht wissen.«

»Doch, das weiß ich. Ich war sehr lange allein, nachdem

meine Frau gestorben ist. Ich hätte mir nicht träumen lassen, dass mir so etwas wie das hier je wieder passiert, aber dann warst du da, und jetzt sind wir hier, und das hier ist alles, was ich will.« Er hob ihr Kinn an, damit sie ihm in die Augen sah. »Du liebst mich auch, gib es zu!«

Sie zuckte die Achseln. »Ein bisschen, vielleicht.«

Er runzelte die Stirn und setzte einen Gesichtsausdruck auf, der seine Töchter Lucy und Emma wahrscheinlich vor Angst zum Zittern gebracht hatte, als sie noch klein waren. Hannah hingegen brachte er einfach nur zum Lachen, weil sie wusste, dass sie von ihm rein gar nichts zu befürchten hatte. »Sag die Wahrheit.«

Sie schaute das Gesicht an, das innerhalb des letzten Jahres zum Mittelpunkt ihres Lebens geworden war, und konnte nicht leugnen, was sie für Ray empfand. »Ja, Ray, natürlich liebe ich dich, aber ich habe mir selbst vor sehr langer Zeit versprochen, dass ich nie wieder mehr riskieren werde, als ich zu verlieren ertragen könnte.«

»Mit mir riskierst du rein gar nichts, außer ein glückliches Leben. Das ist das Einzige, was ich mir für dich wünsche – und für mich.«

Hannah wünschte sich das auch so sehr, aber sie hatte ihre Erlebnisse mit Mike immer im Hinterkopf. Er hatte viel Schaden angerichtet, als er nach zwanzig Jahren Ehe plötzlich weg gewesen war. Selbst nach so langer Zeit verunsicherte es Hannah immer noch, dass sie das Ende ihrer Beziehung nicht hatte kommen sehen, bis es zu spät war.

»Ich werde dir nie antun, was er dir angetan hat, Hannah«, sagte er wieder. »Das weißt du doch über mich.«

Sie wusste es. Ray war so verlässlich, wie das überhaupt möglich war. Wenn er etwas sagte, meinte er es auch so. Auf sein Wort konnte sie sich verlassen.

»Unsere Kinder …« Ihr Grayson würde bald seine Emma heiraten, und wenn es zwischen Ray und ihr schieflief, würde das auch die Beziehung ihrer Kinder ins Chaos stürzen.

»Die sind bis über beide Ohren verliebt und freuen sich diebisch, dass wir wegen ihnen zusammengekommen sind. Das weißt du auch.«

»Ja, schon, aber wenn zwischen uns etwas schiefläuft …«

Ray gab ihr einen Kuss. »Es wird nichts schieflaufen.«

»Das sagst du jetzt.«

»Das sage ich für immer.«

»Ich werde dich nicht heiraten.«

Er tat entrüstet. »Ich habe dich auch gar nicht gefragt. Ich habe allerdings gehört, wie du deiner Schwester zugeflüstert hast, dass du mich fragen möchtest, ob ich hier einziehen will, also warum fängst du nicht damit an?«

»Warum sollte ich dich fragen, ob du bei mir einziehen willst, wenn du so eine Nervensäge bist?«

»Weil ich richtig gut kochen kann und super im Bett bin?«

»O mein Gott.« Sie verdrehte die Augen und versuchte, ihr Lachen zu unterdrücken.

»Liege ich falsch?«

»Ich weigere mich, diese Frage zu beantworten, auf der Grundlage, dass du meine Antwort für immer gegen mich verwenden würdest.«

»Du hast ›für immer‹ gesagt, das ist ein gutes Zeichen.« Er legte die Hände an ihr Gesicht, küsste sie wieder und sah ihr dann in die Augen. »Frag mich, Hannah. Ich verspreche dir, dass du es nie bereuen wirst.«

Sie wusste schon, dass sie es nie bereuen würde, aber ihre Angst war trotzdem größer, als sie gedacht hatte. »Ich muss dir zuerst etwas sagen.«

Er schaute sie besorgt an. »Was denn?«

»Mike hat mich letzte Woche angerufen.«

»Was wollte er denn?«

»Mir sagen, dass es ihm besser geht, weil Gray ihm Knochenmark gespendet hat, und dass er sehr viel nachgedacht hat, auch über seine Fehler. Ich schätze, damit meint er, dass er mich und die Kinder verlassen hat, ohne sich auch nur ein einziges Mal umzuschauen.«

»Er hat also nach einer lebensbedrohlichen Krankheit sein Gewissen wiedergefunden?«

»So was in der Art. Die Kinder haben mir erzählt, dass er sich auch bei ihnen gemeldet hat.«

»Warum hat er dich denn angerufen?«

»Um zu fragen, ob ich in der richtigen Stimmung bin, um ihm zu verzeihen.«

Rays Gesichtsausdruck verfinsterte sich. »Meint er das ernst? Mehr als zwanzig Jahre, nachdem er abgehauen ist, schnüffelt er in deinem Leben herum? Ich hoffe, du hast ihm gesagt, er soll sich verpissen.«

Sie hatte ihn noch nie fluchen hören. »So habe ich das nicht gesagt, aber ich habe ihm klargemacht, dass meine Tür fest verschlossen ist. Für ihn jedenfalls.«

»Gut.« Ray schien sich ein bisschen zu beruhigen. »Das ist ganz schön dreist, nach all den Jahren mit eingezogenem Schwanz angekrochen zu kommen, nur weil er dachte, er würde sterben, und er sich endlich mit seinem Scheißverhalten auseinandergesetzt hat.«

»Du bist wirklich süß, wenn du sauer bist.«

»Dann muss ich jetzt gerade ja unwiderstehlich sein.« Er legte ihr die Hände auf die Schultern und schaute ihr erneut fest in die Augen. »Hör zu, Hannah. Du weißt schon, dass ich nicht besonders kompliziert gestrickt bin. Ich werde dich nie mit großen Worten oder Gesten oder irgendwelchem romantischen Schrott überwältigen. Was du mit mir bekommst, ist genauso einfach wie ich selbst: Liebe, Ehrlichkeit, Treue, Familie, Zweisamkeit, Lachen und ein Versprechen, dass ich mich nicht von dir trennen werde, wenn es mal schwierig wird. Das wird es nämlich sicher auch ab und zu. Alles was ich brauche, um glücklich zu sein, ist, mit dir aufzuwachen, meine Töchter fast jeden Tag zu sehen, meine kleine Simone jeden Tag vom Schulbus abzuholen, ihr bei den Hausaufgaben zu helfen und dann mit dir zu Abend zu essen, bevor wir uns zusammen ins Bett legen. Wenn mein Alltag für den Rest meines Lebens so aussieht, vielleicht noch mit ein paar zusätzlichen Enkelkindern irgendwann, dann wäre das so viel mehr als genug für mich.«

»Und du hast gerade noch gesagt, du würdest mich nicht mit großen Worten überwältigen.« Hannah war tief bewegt.

Er verzog das Gesicht. »Das waren doch überhaupt keine großen Worte.«

»Und trotzdem war es das Größte, was je irgendwer zu mir gesagt hat, weil du es nämlich wirklich so meinst.«

»Verdammt, natürlich meine ich es wirklich so. Es ist längst an der Zeit, dass du weißt, wie wundervoll du bist, wie süß und liebevoll, fürsorglich, sexy und einfach perfekt. Es ist eine gottverdammte Schande, dass dein Ehemann nicht dafür gesorgt hat, dass du dich wertgeschätzt gefühlt hast, vor allem, nachdem du ihm acht Kinder geschenkt hast. Den Mann sollte man für das, was er getan hat, auspeitschen.«

»Deine Worte werden immer größer.«

»Halt die Klappe und frag mich, ob ich bei dir einziehe.«

»Jetzt bist du aber schon ein bisschen aufdringlich, oder?«, fragte sie belustigt.

»Frag mich, Hannah.«

Sie setzte einen verführerischen Gesichtsausdruck auf, von dem sie nicht gedacht hatte, dass er noch zu ihrem Repertoire gehörte, bevor er ihr all die anderen Dinge gezeigt hatte, die ebenfalls noch zum Repertoire gehörten. »Willst du hier einziehen?«

»O ja. Ich dachte schon, du würdest mich nie fragen.«

»Du versprichst, dass ich es nicht bereuen werde?«

»Ich schwöre bei Gott.«

Das, beschloss Hannah, während sie in seiner leidenschaftlichen Umarmung dahinschmolz, war wahrscheinlich das beste Versprechen, dass sie je bekommen hatte.

16

Am Ende wird alles gut. Wenn es nicht gut ist,
ist es auch nicht das Ende.
John Lennon

Nach einem arbeitsreichen Morgen im Büro und im Laden, an dem alle sichergestellt hatten, dass ihr Bereich in ihrer Abwesenheit gut weiterlaufen würde, stieg die ganze Familie in den Bus, der etwas kleiner war als der, der sie zur Hochzeit nach Boston gebracht hatte. Callie und Caden saßen in ihren Kindersitzen, Ella und Charley hatten für die Verpflegung gesorgt, und wie immer waren Lucas und Landon die Letzten, die eintrudelten, gerade, als Linc drohte, ohne sie zu fahren.

»Sorry«, sagte Landon, der vor seinem Bruder in den Bus stieg. »Es ist ganz allein seine Schuld, dass wir zu spät kommen. Ich musste ihn mit dem Brecheisen von Dani losmachen.«

»O mein Gott«, rief Lucas. »Halt die Klappe.«

»Jetzt haltet beide endlich mal die Klappe und setzt euch auf eure Hintern, damit wir endlich losfahren können«, sagte Molly.

»Mom hat *halt die Klappe* gesagt!« Landon sah sich entrüstet um.

Diese Worte hatten während ihrer Kindheit in der Scheune auf Mollys Verbotsliste gestanden.

»Ihr treibt mich mit eurem Gehabe wirklich in den Wahnsinn«, gab Molly zurück, was alle anderen zum Lachen brachte.

Das ist wirklich gut, dachte Linc. *Lachen wird mir helfen, das hier durchzustehen, und wenn diese Familie irgendwo zusammen hinfährt, wird es mit Sicherheit nicht an Lachern fehlen.* Bevor er Bill, dem Fahrer, sagte, dass es losgehen konnte, stand Linc auf und wandte sich an die Menschen, die er am meisten liebte. »Ich wollte mich hierfür bedanken. Ich weiß, dass das Timing so kurz vor Weihnachten wirklich nicht gut ist, aber es bedeutet mir unglaublich viel, dass ihr alle darauf bestanden habt, mitzukommen.«

»Wir hätten nie zugelassen, dass du das hier ohne uns machst, Dad«, sagte Hannah. »Also, fahren wir, damit wir zu Weihnachten wieder zu Hause sind.«

»Sie haben meine Tochter gehört«, sagte Linc zu Bill. »Auf nach Philly!«

Hunter hatte dafür gesorgt, dass ihr liebster Weihnachtsfilm, *Schöne Bescherung*, im Bus mit dabei war, und während er zuhörte, wie die Familie lachte und ihre Lieblingsstellen mitsprach, lächelte Linc zufrieden. Sie würden immer füreinander da sein.

»Schon komisch, dass ein furchtbarer Anruf aus Philly dafür sorgt, dass wir dieses Jahr ein wirklich unvergessliches Weihnachten haben, oder?«, fragte Molly ihn leise.

»Genau das habe ich auch gerade gedacht.«

»Wann sind wir alle zusammen so irgendwo hingefahren? Außer zur Hochzeit, natürlich.«

»Das ist wirklich lange her«, sagte er. »Und damals mussten wir immer zwei Autos nehmen, weil du so viele Kinder bekommen hast.«

»Ja, das war wirklich ganz allein meine Schuld.«

»Hundertprozentig deine Schuld. Du bist viel zu fruchtbar.«

Sie hatten diesen »Streit« darüber, wer letztendlich dafür verantwortlich war, dass sie so viele Kinder hatten, schon seit Jahren.

»Weißt du noch, als wir Colton bekommen haben und sagten, sieben seien mehr als genug?«, fragte Molly.

»Sehr gut sogar.«

»Und dann hast du es irgendwie ein paar Jahre später geschafft, mich doch wieder zu schwängern. Und dann auch noch mit Zwillingen. Du hast wirklich Glück, dass ich dich damals nicht erwürgt habe.«

»Ich kann doch nichts dafür, dass du mir einfach nicht widerstehen kannst oder dass deine Eizellen meine Jungs immer so herzlich willkommen geheißen haben.«

Molly prustete vor Lachen. »Hör doch auf mit deiner Unwiderstehlichkeit und deinen ›Jungs‹.«

»Ist es die Wahrheit, oder ist es nicht die Wahrheit?«

Auf dem Sitz hinter ihnen beugte Will sich nach vorne. »Ich habe keine Ahnung, wovon ihr redet, und – lasst mich das im Voraus klarstellen – ich *will* es auch nicht wissen. Aber ich höre von hier genug, um euch *anzuflehen*, bei allem, was mir lieb und heilig ist, bitte, *bitte* wechselt das Thema!«

Molly bebte vor unterdrücktem Lachen.

»Das liegt ganz allein an deiner Mutter, William«, sagte Linc. »Sie war schon immer so. Ich habe wirklich mein Bestes gegeben, um sie unter Kontrolle zu bekommen, aber du hast ja gesehen, was daraus geworden ist. Zehn Kinder später ...«

»Ach, halt doch die Klappe, Lincoln Abbott.«

So ging es die gesamten sieben Stunden lang weiter, Familie, gespielte Streitereien darüber, wer die meisten Pausen brauchte – Charley – und wer gepupst hatte: Colton, Lucas und Landon machten daraus einen Wettkampf, bei dem es sowohl um die Lautstärke ging, als auch darum, wie sehr es stank, so dass alle anderen unaufhörlich schrien und die Fenster aufrissen, um eiskalte Luft hereinzulassen. Außerdem gab es eine äußerst angeregte Diskussion darüber, wo man am besten zum Abendessen anhielt. Sie einigten sich auf eine Raststätte mit Steakhaus in New Jersey.

Im Hotel kamen sie kurz nach elf an. Hunter checkte mit Lincs Kreditkarte ein und kam wenig später mit den Zimmerschlüsseln zurück.

»Hannah, du und Callie seid bei mir«, sagte er. »Will, du schläfst bei Wade.«

»Danke, dass du mir nicht Colton zugeteilt hast«, sagte Will.

»Den bekommt Max«, meinte Hunter.

»Was habe ich dir denn getan?«, fragte Max, woraufhin wieder alle lachten.

Hunter reichte Max den Schlüssel. »Tut mir leid, Kumpel, aber irgendwer muss das ja übernehmen. Zum Wohle aller.«

»Ich habe eben extra viele Bohnen gegessen«, erklärte Colton.

»Ich habe ein *Kind*«, erinnerte Max seinen Bruder. »Ein Kind, das *frische Luft* atmen muss. Können wir Colton nicht im Bus lassen?«

»Es gibt keine Regel, die dagegenspricht, oder Mol?«, fragte Linc.

»Nicht, dass ich wüsste.«

»Ich bleibe garantiert nicht im Bus«, sagte Colton entrüstet.

»Dann brauche ich einen Korken.« Max nahm Caden auf den Arm und stieg hinter Colton aus dem Bus. »Einen sehr großen Korken.«

»Lucas und Landon sind zusammen im Zimmer und Ella und Gavin.« Hunter händigte auch ihnen ihre Schlüssel aus.

Charley reckte begeistert die Faust. »Das heißt, ich habe ein eigenes Zimmer.«

»Du schläfst bei Gramps«, sagte Hunter und reichte ihr und Elmer die Schlüsselkarten.

»Tut mir leid, Charley«, grinste Elmer.

»Du bist der Einzige, mit dem ich mein Zimmer teilen

würde, Gramps«, sagte Charley und hakte sich bei Elmer ein. »Der beste Zimmergenosse aller Zeiten.«

Hunter bedeutete seinen Eltern, vor ihm auszusteigen.

»Danke, dass du diese wilde Truppe gebändigt hast, Junge«, sagte Linc.

»Sehr gerne. Meistens jedenfalls.«

»Das verstehen wir.« Molly lächelte ihren Ältesten an. »Wir kennen das nur zu gut.«

»Wenn man bedenkt, warum wir hier sind: Ist es sehr verwerflich, dass es mir irgendwie Spaß macht?«, fragte Hunter.

»Ganz und gar nicht«, sagte Linc. »Wir haben eben genau das Gleiche gesagt. Es passiert nicht oft, dass wir zwölf etwas zusammen unternehmen. Als wir nach Boston gefahren sind, war Wade nicht dabei, aber heute sind wir wirklich alle zusammen. Ich schätze, wir können meinem Vater für diesen Anlass danken.«

»Nein, wir danken ihm garantiert für überhaupt nichts«, gab Hunter zurück. »Außer vielleicht für dein Leben. Dafür werden wir ihm ewig dankbar sein. Ansonsten kann er bleiben, wo der Pfeffer wächst.«

Linc lachte. »Damit kann ich leben. Du hast dich um Bill gekümmert, oder?«

»Ja. Er ist der Einzige, der sein eigenes Zimmer hat.«

»Super, danke.«

»Schauen wir, dass wir ein wenig Schlaf bekommen«, sagte Hunter. »Und denk immer daran: Egal wie schwierig es morgen wird, nichts von dem, worauf es wirklich ankommt, wird sich ändern.«

Linc drückte Hunters Schulter. »Das ist ein sehr tröstlicher Gedanke, mein Sohn. Und es stimmt auch.« Lincoln folgte Molly und Hunter aus dem Bus und ins Hotel. Sie fuhren mit dem Aufzug in den vierten Stock.

»Ich hoffe, wir haben diese Etage für uns«, sagte Linc, als sie aus dem Aufzug traten und das Stimmengewirr und das Gelächter hörten, das aus den Zimmern drang.

»Als ich reserviert habe, habe ich dazugesagt, dass es bei uns öfter etwas lauter wird und sie uns vielleicht besser einen eigenen Bereich geben.«

»Sehr gut«, sagte Linc. »Wir sehen uns morgen.«

»Schlaft gut.«

Linc machte die Tür auf, ließ Molly vor sich eintreten und trug ihre Taschen in das großzügige Zimmer.

Molly setzte sich auf das riesige Bett, um die Matratze zu testen.

»Wie ist es?«

»Sehr gut. Du weißt ja, was ich von Hotels halte?«

»O ja. Ich glaube mich daran zu erinnern, dass sowohl Charley als auch Wade das Ergebnis eines Hotelaufenthaltes sind.«

»Weißt du noch, wie wir die Kinder bei Mom und Dad gelassen haben und in ein Hotel geflüchtet sind?«

»Wie könnte ich das je vergessen. Und ist es nicht typisch, dass wir dafür nur noch mehr Kinder bekommen haben?«

»Es hat eine Weile gedauert, bis wir verstanden, wo sie herkamen, und als wir es endlich wussten, hatten wir schon zehn.«

»Und Gott sei Dank dafür. Ich kann mir mein Leben wirklich nicht ohne sie vorstellen.«

»Das sagst du jetzt, wo sie alle ausgeflogen sind. Eine Weile hättest du sie am liebsten an den Zirkus verkauft.«

»Das ist wahr.« Linc knöpfte sein Hemd auf. »Damals hätte ich sie tatsächlich ein paar Jahre lang abgegeben.«

»Aber es hat doch Spaß gemacht, oder? Selbst während der chaotischen Jahre?«

»Es hat immer Spaß gemacht und jetzt, wo sie alle so tolle Erwachsene geworden sind, sogar noch mehr.«

»Auch wenn ihre Manieren manchmal eher zu den Kühen passen, die mal in unserer Scheune gewohnt haben.«

»Das ist vielleicht eine Beleidigung den Kühen gegenüber.« Linc setzte sich neben sie ans Fußende des Bettes und legte den Arm um sie. »Trotz der Pupswettkämpfe und der Tatsache, dass Colton die Nationalhymne in Rülpsern singen kann, haben wir das ganz gut hinbekommen, oder?«

»Wir haben das toll hinbekommen, und genau das wird dein Vater morgen sehen, Linc. Er wird einen Mann sehen, aus dem die reinste Erfolgsgeschichte geworden ist, in allen Bereichen, die wirklich wichtig sind. Er wird einen wunderbaren Ehemann, Vater, Onkel, Großvater und Geschäftsmann sehen. Er wird sehen, dass du ein tolles Leben lebst, trotz dem, was er getan hat.«

»Du hast es schon immer geschafft, mich gut aussehen zu lassen, Molly Stillman.«

»Wir lassen einander gut aussehen. Nichts von alledem wäre passiert, wenn wir einander nicht hätten, und ganz ehrlich, ich kann es kaum erwarten, dass er unsere zehn wundervollen Kinder sieht und merkt, was er alles verpasst hat.«

Der Nachdruck, mit dem sie das sagte, erinnerte ihn daran, dass er sie so verdammt liebte. »Sollen wir es mit Nummer elf versuchen?« Das war der Anmachspruch, den er am öftesten benutzte, vor allem, weil er ihr immer ein Lachen entlockte.

»Auf jeden Fall. Aber sag deinen Jungs: Kein Doppelpack mehr!«

»Ich sag es ihnen.«

Als der Bus um zehn Uhr am nächsten Morgen vor Lincolns Elternhaus hielt, fühlte er sich bereit für alles, was ihn darin erwarten könnte. Jedes seiner Kinder hatte ihn nach dem Frühstück umarmt, eine Unterstützung, die ihn zu Tränen gerührt hatte.

Die Botschaft war klar: Sie standen hinter ihm.

Und das zu wissen machte diesen Tag tausendmal leichter, als er es gewesen wäre, wenn sie nicht hinter ihm die Stufen zur Eingangstür hinaufgestiegen wären. Die Tür flog auf, bevor sie auf den Klingelknopf drücken konnten.

Charlotte.

Er hätte sie überall sofort erkannt, trotz der Spuren,

die die letzten vierzig Jahre hinterlassen hatten. Sie trug ihr silbergraues Haar in dem kurzen Bob, den sie schon als junge Frau getragen hatte, und ihre blauen Augen funkelten vor Freude, als sie ihn sah. Es gelang ihm nicht, distanziert zu bleiben, obwohl er das eigentlich vorgehabt hatte, und er schloss sie in die Arme.

»Es ist so, so schön, dich zu sehen, Linc«, sagte sie, bevor sie die große Gruppe hinter ihm sah und zusammenzuckte.

»Das ist meine Familie«, sagte er, als sie ihr in das große Foyer folgten, das sofort zahllose Erinnerungen an die Kindheit, die er in diesem Haus verbracht hatte, wachrief. »Du wirst dich an Molly erinnern. Und das sind unsere Kinder.« Er zeigte einzeln auf sie, und sie winkten ihr kurz zu, wenn er sie vorstellte. »Wade, Colton, Lucas, Landon, Max, Hunter, Ella, Charley, Hannah und Will, und zwei von unseren Enkelkindern, Caden und Callie, unser Schwiegersohn Gavin und Mollys Vater Elmer. Das hier ist meine Schwester Charlotte, alle zusammen.«

»Ich habe den Überblick verloren.« Charlotte riss die Augen auf. »Acht Kinder?«

»Zehn.« Linc lächelte stolz. »Darunter zwei Zwillingspaare, Hunter und Hannah und Lucas und Landon.«

»Wow.« Charlotte schien überwältigt zu sein und schüttelte ihren Nichten und Neffen die Hände. Linc hätte am liebsten losgeheult, weil es so absurd war, dass sie sie erst als Erwachsene kennenlernten. »Es ist so schön, euch alle zu sehen.«

Die Kinder waren zu höflich, um den Handschlag nicht zu erwidern, aber ihre Antworten fielen eher reserviert aus. Die aufgeschlossene Freundlichkeit, die sonst so selbstverständlich für sie war, war heute sehr gedämpft. Natürlich würde das niemand außer Linc, Molly und Elmer überhaupt merken.

»Wir hatten keine so große Gruppe erwartet«, sagte Charlotte, nach wie vor freundlich und einladend. »Ich hatte je keine Ahnung ... Auf der Website des Stores sind nur fünf.«

Es freute Linc sehr, dass sie nachgeschaut hatte.

»Fünf sind direkt an der Leitung des Unternehmens beteiligt. Hunter ist unser Finanzchef, Will leitet die *Made-in-Vermont*-Linie, Wade ist unser Experte für Gesundheit und Wellness, Charley leitet den IT-Bereich und Ella das Verkaufsteam. Die anderen tragen Produkte und Dienstleistungen zum Unternehmen bei. Colton und Max sind für die Ahornsirupproduktion verantwortlich, Landon leitet die Weihnachtsbaumfarm, Hannah stellt Schmuck her, und Lucas baut Möbel und macht andere Holzarbeiten, die im Store verkauft werden. Alle tragen zu dem Unternehmen bei, das Elmers Eltern gegründet haben.«

»Du hattest gesagt, es sei ein Laden ... Ich hatte ja keine Ahnung, dass so viel mehr dazugehört.«

»Es ist ein zehn Millionen Dollar schweres Unternehmen, das dank eines Kataloges, der unseren Umsatz vervielfacht hat, rasend schnell wächst«, meldete sich Hunter zu Wort.

»Hunter ist der Finanzchef für sämtliche Unternehmensbereiche«, sagte Linc stolz.

»Du hast deinen Sohn Hunter genannt.«

»Ja, stimmt. Und meine Tochter Charlotte und meine anderen Söhne Will und Max. Ich habe euch nie vergessen, Char, obwohl ihr mich vergessen habt.«

Sie schnappte nach Luft. »Wir haben dich nie vergessen.«

»Aber wo wart ihr dann die ganze Zeit, Charlotte?«, fragte Molly, weil Linc offensichtlich sprachlos war. »Ihr wusstet, wie ihr Linc erreichen konntet. Was hat euch davon abgehalten?«

»Ich dachte ... Wir waren uns sicher, dass er uns nicht sehen will.«

»Ihr wusstet, dass das nicht wahr ist.«

»Wir hätten an dem Tag etwas tun sollen«, sagte Charlotte. »Wir hätten ins Büro marschieren sollen, ihm sagen, dass wir auch gehen, wenn er dich aus der Familie verbannt. Aber das haben wir nicht getan. Wir haben zugelassen, dass er es getan hat, und danach ...« Sie zuckte die Achseln. »Wir hätten uns nicht mehr sehen wollen, also haben wir uns gedacht, dass du das auch nicht willst. Max und ich haben immer bereut, dass wir damals nicht mehr getan haben.«

»Aber ich habe euch doch geschrieben. Euch allen. Jahrelang. Ich habe geschrieben, dass ich euch sehen möchte.«

In ihrem Gesicht spiegelte sich der reine Schock. »Du hast uns geschrieben?«

Er nickte. »Jeden Monat. Zehn Jahre lang.«

»Ich habe nie ... Ich habe diese Briefe nie bekommen. Niemand von uns.« Ihre Augen füllten sich mit Tränen. »Wie konnte er uns das antun?«

»Das werden wir wahrscheinlich nie herausfinden«, sagte Lincoln. »Und es ist jetzt auch egal. Alles was zählt, ist, dass wir beide wissen, dass wir jederzeit beieinander willkommen gewesen wären. Mehr brauchen wir nicht.«

»Ja, ich schätze, da hast du recht, obwohl es mir schwerfällt, zu glauben, dass es so einfach ist.«

»Doch, es ist so einfach, Char. Uns wurden vierzig gemeinsame Jahre genommen. Das ist wirklich lange genug, oder?«

»Mehr als lange genug.« Charlotte liefen die Tränen die Wangen hinunter, und sie umarmte ihn wieder. Zwei Männer betraten das Foyer.

Linc ließ seine Schwester los, um seine Brüder zu begrüßen, Will und Max, beide mit dem gleichen grauen Haar und den gleichen blauen Augen wie er, und breiten Lächeln für ihren großen Bruder.

»Bist du es wirklich?«, fragte Will.

»Ja, wirklich.« Linc umarmte die beiden. »Und ich bin so froh, euch zu sehen.«

»Was hast du denn da für ein Baseball-Team dabei?«, grinste Will.

»Er hat zehn Kinder«, warf Charlotte ein.

»So ist unser Lincoln«, sagte Max. »Er war schon immer ein Streber.«

»Das ist meine Familie.« Linc wiederholte die Vorstellungsrunde. »Ich habe nur die Hälfte des engsten Familienkreises mitgebracht.«

Das Lachen seiner Geschwister rief tausend Erinnerungen an die gemeinsame Kindheit wach, an die Zeit, in der Hunter noch da gewesen war. »Weiß Vater, dass ich komme?«

Charlotte schüttelte den Kopf. »Wir haben es ihm nicht gesagt, falls du es dir in letzter Minute anders überlegst. Wir hätten es dir nicht übel genommen.«

»Es ist wirklich gut von dir, dass du gekommen bist«, sagte Will geradeheraus. »Ich bin mir nicht sicher, ob ich das getan hätte.«

»Die Zeit schleift von vielem, was früher passiert ist, die scharfen Kanten ab«, erwiderte Linc. »Er hat mich gebeten, herzukommen. Ich bin da.« Er legte den Arm um Molly. »Er bedeutet mir nichts mehr. Wie ihr seht – und wie er ebenfalls sehen wird –, habe ich die Wahl, zu der er mich gezwungen hat, nie bereut. Auch wenn ich euch alle sehr vermisst habe.«

»Wir haben ihm nie vergeben, was er dir angetan hat«, betonte Max. »Zwischen uns war es nie wieder so wie zuvor. Wir haben uns geweigert, für die Firma zu arbeiten, und er hat sie vor etwa zwölf Jahren verkauft.«

Linc schämte sich fast ein wenig dafür, wie sehr ihn das freute, aber es schmerzte ihn auch, dass das Ultimatum seines Vaters und all der Schmerz, den es so vielen Menschen verursacht hatte, umsonst gewesen war.

»Er hat uns geschrieben«, sagte Charlotte zu ihren Brüdern. »Jeden Monat, zehn Jahre lang.«

Max fiel die Kinnlade herunter, dann presste er die Lippen zusammen. »Verdammt.«

»Ich hätte diese Briefe so gerne bekommen«, sagte Will leise. Seine Verzweiflung war offensichtlich.

»Lassen wir das in der Vergangenheit, wo es hingehört«, sagte Linc. »Er hat uns vierzig gemeinsame Jahre genommen. Wie es jetzt weitergeht, liegt ganz alleine an uns. Und zuallererst möchte ich alles über euch wissen. Was habt ihr mit euren Leben angefangen?«

»Komm, wir setzen uns, damit wir ein bisschen reden können«, sagte Charlotte.

17

Nimm diese gebrochenen Flügel und lerne zu fliegen.
Paul McCartney

Seine Schwester ging voran ins Wohnzimmer, das neu dekoriert worden war, seit Linc zum letzten Mal dort gewesen war. Der Kamin und die eingebauten Bücherregale waren das Einzige, woran er sich erinnerte. Seine Eltern hatten beide viel gelesen und diese Leidenschaft an ihre Kinder weitergegeben.

Seine Familie umringte ihn, manche saßen auf Sofas und Sesseln, andere standen hinter ihm.

»Ich habe Andy Higgins geheiratet«, begann Charlotte.

»Nicht dein Ernst!« Andy war einer von Lincs engsten Kindheitsfreunden gewesen. »Wann ist das denn passiert?«

»Ein paar Jahre nach …«

Nach seiner Verbannung, meinte sie. »Kinder?«

»Vier«, sagte Charlotte. »Zwei Jungen und zwei Mädchen, einer meiner Söhne heißt Lincoln.«

»Oh.« Linc war sichtlich gerührt. »Na ja, das ist ja schön!«

»Wir haben dich auch nie vergessen«, seufzte sie.

»Ich bin die Geschäftsführerin einer Organisation, die ehemals obdachlosen Frauen einen Berufseinstieg ermöglicht.«

»Das passt zu dir«, sagte Linc. Seine Schwester hatte schon immer sehr auf die Bedürfnisse derer geachtet, die es nicht so gut hatten wie sie.

»Ich bin Zahnarzt«, sagte Will. »Ich bin mit Kendall verheiratet, und wir haben drei Töchter.«

»Meine Frau Courtney und ich haben Zwillinge, Jungs«, fügte Max hinzu. »Ich arbeite für ein Mobilfunktechnikunternehmen.«

»Wow, drei Zwillingspaare insgesamt«, sagte Linc zu seinem Bruder. »Ich würde gerne Bilder von meinen Nichten und Neffen sehen.«

»Wir könnten eure Dienste in Butler, Vermont, gebrauchen«, sagte Landon zu seinem Onkel Max. »Butler ist der Ort, an dem es noch keinem Mobilfunknetz gelungen ist, zu überleben.«

»Ihr habt kein Handynetz in Butler?« Onkel Max schien kaum glauben zu können, dass irgendwer ohne diesen modernen Luxus leben konnte.

»Nein«, bekräftigte Linc. »Ich hatte auch noch nie ein Handy.«

»Das muss ich erst mal verarbeiten«, gab Onkel Max zurück.

»Du klingst genau wie meine Frau, Cameron«, sagte Will.

»Und wie meine«, fügte Colton hinzu. »Cam und

Lucy haben in New York City gewohnt, bevor sie nach Butler gezogen sind. Sie mussten sich erst mal daran gewöhnen, und das ist noch untertrieben.«

Das Gespräch lief wie von selbst weiter, die Geschwister zeigten ihm Fotos von ihren Familien, die Kinder unterhielten sich mit ihrer Tante und ihren Onkeln, die anscheinend genug gesagt hatten, damit sein Team ihnen vergeben konnte. Das machte Linc wirklich glücklich. Er wollte ihnen einfach nur vergeben und sein Leben weiterleben, auch wenn er wohl niemals vergessen konnte, was passiert war.

Wenig später schaute Linc seine Schwester an. »Ich schätze, ich sollte jetzt zu Vater gehen.«

»Ich kann dich zu ihm bringen.«

»Ich möchte, dass er Molly und die Kinder sieht.« Linc lieh sich Hunters Worte aus und sagte: »Ich möchte, dass er sieht, was aus seinem Ultimatum geworden ist.«

»Ich finde auch, dass er das sehen sollte. Ich bringe euch zu ihm.«

Als sie die Charlotte die Treppe hinauffolgten, nahm Molly Lincolns Hand und drückte sie. Er schaute kurz zu ihr hinüber, und das warme Lächeln, mit dem sie seinem Blick begegnete, beruhigte ihn sofort. Egal, was in den nächsten paar Minuten passierte, wenn er sich heute Abend ins Bett legte, würde sie bei ihm sein, und vierzig Jahre, in denen er neben ihr hatte einschlafen und aufwachen dürfen, waren jedes Opfer wert.

Während er die altbekannte Treppe in den ersten Stock

hinaufstieg, stürmten weitere Erinnerungen auf ihn ein. Oben angekommen warf er einen Blick auf die erste Tür links. Dahinter war sein Zimmer gewesen. Er fragte sich, was mit seinen Sachen passiert war.

»Ich sage ihm Bescheid, dass ihr hier seid«, sagte Charlotte und verschwand im größten Schlafzimmer am Ende des Flurs.

Lincoln hörte, wie seine Schwester mit ihrem Vater sprach. »Vater, Lincoln ist hier. Er ist gekommen, um dich zu sehen.«

Die Antwort seines Vaters konnte Linc nicht hören, aber er legte seine Stirn an Mollys, während er auf seine Schwester wartete.

»Wir sind alle bei dir.«

Von hinten drückte jemand seine Schulter.

Ella legte ihre Hände um seinen Arm.

Umringt von seinen Lieben in dem Haus, in dem er aufgewachsen und aus dem er später verbannt worden war, überkam ihn eine große Traurigkeit. Es war alles so sinnlos. Sein Vater hatte einen seiner Söhne auf tragische Weise verloren und den anderen weggeschickt, und wozu? Es war einfach eine riesengroße Verschwendung.

»Linc?«, sagte Charlotte. »Er möchte dich jetzt sehen.«

»Soll ich hier draußen warten?«, fragte Molly.

Er hielt ihre Hand noch fester. »Auf keinen Fall.«

Linc und Molly betraten zusammen das Schlafzimmer, die anderen warteten im Flur. Obwohl er gewusst hatte, dass sein ehemals so starker Vater schwer krank war, erschreckte es Linc doch, zu sehen, wie er umringt von Sauerstoffgeräten und piependen Überwachungsgeräten in einem Krankenhausbett saß. Sein dunkles Haar war fort, ersetzt von dünnen weißen Strähnen, und sein Mund und seine Nase wurden von der Sauerstoffmaske verdeckt.

Seine Augen waren allerdings immer noch scharf und klar, auch wenn sie in seinem mageren, alten Gesicht zu versinken schienen. »Linc«, sagte er. »Du bist gekommen.«

»Hallo, Vater. Du erinnerst dich an meine Frau, Molly?«

Carlton nickte ihr zu, bevor er sich wieder Linc zuwandte. »Du siehst gut aus.«

»Danke.«

Carlton versuchte, die Sauerstoffmaske abzunehmen.

Charlotte musste ihm dabei helfen. »Nur ein paar Minuten.«

»Danke, dass du gekommen bist.« Carltons Stimme war leise, und er atmete schwer. »Ich war mir nicht sicher.«

»Man hat mir beigebracht, Vater und Mutter zu ehren.«

»Selbst, wenn sie es nicht verdient haben?«

»Selbst dann.«

Ein schwaches Lächeln spielte auf den Lippen des alten Mannes. »Es tut mir leid. Das ist das Einzige, was ich dazu sagen kann.«

»Vielen Dank für die Entschuldigung.«

»Ich … Ich wünschte, ich könnte es ungeschehen machen.«

»Das wünsche ich mir auch.«

Charlotte schniefte und tupfte sich mit einem Papiertaschentuch die Tränen ab.

»Ich möchte dir noch ein paar Leute vorstellen«, sagte Linc.

»Er hat zehn Kinder, Vater.«

Carlton riss die Augen auf. »*Zehn?*«

»Ja, genau. Möchtest du deine Enkelkinder kennenlernen?«

»Ja, bitte. Das wäre sehr schön.«

Während Linc die anderen holte, setzte Charlotte Carlton die Sauerstoffmaske wieder auf.

Linc stellte seine Kinder vor und erwähnte auch die Enkelkinder, die nicht mitgekommen waren.

Carlton schob die Maske zur Seite. »Du hast eine tolle Familie.«

»Danke schön.«

»Erzähl …« Carlton holte tief Atem. »Erzähl mir von ihnen.«

»Sie arbeiten alle auf die ein oder andere Weise in unserem Familienbetrieb. Hunter, der mit Megan verheiratet ist, ist der Finanzverwalter all unserer Unternehmen, auch von dem Diner, den seine Frau Megan führt. Megan ist außerdem eine tolle Schriftstellerin und arbeitet an ihrem ersten Roman. Hannah war mit Caleb verheiratet, aber wir haben ihn im Irak verloren. Sie ist jetzt mit Nolan verheiratet, dem die Autowerkstatt in Butler gehört, und sie macht wunderschönen Schmuck, den wir im Country Store verkaufen. Der volle Name ihrer Tochter Callie ist Caleb, und im neuen Jahr wird sie eine große Schwester sein. Will leitet unsere *Made-in-Vermont-Linie* und ist mit Cameron verheiratet. Chase ist ihr Sohn. Ella ist mit Gavin verlobt.«

Gavin hob die Hand und winkte.

»Er ist Calebs Bruder und hat ein Sägewerk in der Nähe. Ella leitet das Verkaufsteam des Stores, unter anderem. Charley, die mit Tyler zusammenlebt, verwaltet das Inventarsystem und alle anderen IT-technischen Sachen, und Tyler ist ein erfolgreicher Börsenmakler und Investor. Wade ist unser Fitnessguru, er verwaltet den Gesundheits- und Wellnessbereich. Seine Frau Mia arbeitet im Lagerhaus und überwacht die Lieferungen. Colton ist für unsere Ahornsirupproduktion verantwortlich, zusammen mit Max. Coltons Frau Lucy ist für unseren Internetauftritt zuständig, zusammen mit Wills Frau Cameron.«

Carlton versuchte offensichtlich, sich jedes dieser Details zu merken.

»Lucas und Landon sind beide Brandmeister bei der freiwilligen Feuerwehr von Butler. Lucas, der mit Dani verlobt ist, ist ein guter Schreiner, seine Möbel und Holzarbeiten werden im Store verkauft. Dani, Savannahs Mom, leitet unser Lagerhaus. Landon ist für die Weihnachtsbaumfarm der Familie zuständig, mit Max' Unterstützung. Landon ist mit Amanda verlobt, Stellas Mom. Amanda ist für unseren neuen Katalog zuständig. Max ist unser Jüngster, aber er war der Erste, der uns zu Großeltern gemacht hat, mit Caden, der im November ein Jahr alt geworden ist. Er ist ein toller Vater für seinen Sohn, und wir sind richtig stolz auf ihn. Wir sind stolz auf sie alle.« Linc winkte Elmer, näher zu ihm zu treten. »Das hier ist mein Schwiegervater, Elmer Stillman. Seine Eltern haben das Unternehmen gegründet, das er mir übertragen hat, als er in den Ruhestand ging.«

Elmer schaute Carlton direkt in die Augen, als er sagte: »Ihr Sohn ist ein unglaublich guter Geschäftsmann und ein noch besserer Ehemann, Vater, Großvater und Onkel. Ich bin stolz darauf, dass ich ihn meinen Schwiegersohn nennen darf. Er ist einer meiner engsten Freunde.«

Elmers liebe Worte brachten Lincs Gefühle ganz dicht an die Oberfläche.

»Danke, dass ihr alle gekommen seid«, flüsterte Carlton heiser. »Vielen, vielen Dank.«

»Wir lassen dich jetzt mit deinem Vater allein, Dad.« Hunter scheuchte die anderen aus dem Zimmer.

»Eine beeindruckende Familie«, begann Carlton, als nur noch er, Linc und Molly um sein Bett standen.

»Danke schön.«

»Die beiden Jungs ... Die sind Zwillinge?«

»Ja, Lucas und Landon sind eineiige Zwillinge. Hunter und Hannah, unsere Ältesten, sind auch Zwillinge.«

Die Augen seines Vaters füllten sich mit Tränen. »Ich

wünschte, ich hätte sie gekannt. Ich wünschte, deine Mutter hätte …«

»Das wünsche ich mir auch.«

»Es tut mir leid, Lincoln. So, so leid.«

»Ich muss dir eine Frage stellen, und es ist vielleicht nicht der richtige Zeitpunkt …«

Sein Vater wedelte abwehrend mit der Hand. »Frag nur. Wir haben nicht mehr viel Zeit.«

»*Warum*, Vater? Warum hast du mich gezwungen, mich zwischen dir und der Frau, die ich liebe, zu entscheiden?«

Carlton schloss die Augen, und Tränen liefen ihm die Wangen hinunter. »Als dein Bruder starb …« Er öffnete die Augen und schien nach Atem zu ringen. »Da ist etwas in mir zerbrochen. Ich war so wütend auf Gott und auf die Welt, weil er mir genommen wurde. Hunter und ich … wir hatten einen Plan, und als er gestorben ist …« Er hob den Kopf und schaute Lincoln an. »Ich hätte nicht versuchen sollen, dich zu zwingen, seinen Platz einzunehmen. Das war nicht fair dir gegenüber.«

»Niemand hätte ihn ersetzen können«, sagte Linc leise.

»Nein, und ich habe diese Tragödie nur noch schlimmer gemacht, indem ich dich in diese unmögliche Position gebracht habe. Es tut mir leid, dass ich das getan habe und dass ich dich von den anderen ferngehalten habe.« Er ließ sich ein wenig Zeit, um wieder zu Atem zu kommen. »Ich war einfach so verdammt wütend, jahrelang, nachdem Hunter gestorben ist, und als diese Wut endlich verraucht war, da … Na ja, da war es schon passiert.«

Er holte tief und rasselnd Atem und schaute zu Linc auf. »Ich würde es nicht wagen, dich um Verzeihung zu bitten, aber ich hoffe, dass du vielleicht verstehen kannst, was es mit mir gemacht hat, einen Sohn zu verlieren. Vor allem jetzt, wo du selbst Vater bist.«

»Ich kann mir nicht vorstellen, wie es ist, ein Kind zu verlieren, und ich hoffe, wir finden es nie heraus. Ich vergebe dir, Vater. Es ist alles sehr lange her, und das Leben geht weiter.«

»Das ist sehr großzügig von dir. Ich hoffe, du und deine Geschwister …«

»Schon passiert.« Linc schaute Charlotte an, die auf der anderen Seite des Bettes stand. »Wir werden nie wieder den Kontakt verlieren. Das verspreche ich dir.«

»Das gibt mir Frieden, Linc. Du schenkst mir Frieden, weil du den weiten Weg auf dich genommen hast, um mich zu sehen.« Carlton hob die Hand.

Linc nahm die Hand seines Vaters und drückte sie.

»Erzähl mir von deinem Leben in Vermont.«

Während der nächsten Stunde erzählten Linc und Molly ihm von der verfallenen Scheune, aus der sie ein wunderschönes Zuhause gemacht hatten, vom Country Store, der zu ihrem Lebensmittelpunkt geworden war, und dem Stadtelch namens Fred, der so ein wichtiger Bestandteil des gesellschaftlichen Lebens in Butler war.

Carlton lachte darüber, wie Fred bei Will und Camerons Hochzeit durch das Zelt spaziert war und wie er dann mit dem kleinen Dex aufgetaucht war.

»Der lebt jetzt im wahrsten Sinne des Wortes bei Hannah und Nolan«, sagte Molly.

»Sie hat einen echten Elch im Haus?«

»Du müsstest Hannah kennenlernen, um zu verstehen, warum das kein bisschen überraschend ist«, sagte Linc. »Ihr Mann, Nolan, ist wirklich ein Heiliger.«

Carltons Augen füllten sich erneut mit Tränen. »Es tut mir so leid, dass ich sie nicht kenne. Dass ich sie und die anderen nie kennenlernen werde. Erzähl mir mehr von ihnen.«

Lincoln ging die Liste seiner Kinder wieder durch und erzählte ihm die Dinge, die Großeltern normalerweise wissen würden – Preise, Abschlüsse, welche Sportarten sie mochten und wo sie erfolgreich waren. »Will ist auf professionellem Niveau Ski gefahren. Wir dachten, er schafft es vielleicht zu den Olympischen Spielen, bis er sich am Knie verletzt und damit seine Karriere beendet hat. Danach hatte er eine schwere Zeit, er musste sich ja völlig neu definieren, aber er hat es überstanden und mit Cameron und dem kleinen Chase ein tolles Leben aufgebaut.«

Carlton hing an Lincolns Lippen, bis ein Hustenanfall ihn seine letzte Kraft zu kosten schien.

»Ruh dich aus«, bat Charlotte und tätschelte Carltons Schulter.

»Danke, Lincoln«, sagte Carlton, ohne die Augen zu öffnen. »Und Molly. Ich danke euch beiden, dass ihr gekommen seid und dass ihr eure wunderbare Familie mitgebracht habt.«

Lincoln beugte sich über seinen Vater und gab ihm einen Kuss auf die Stirn. »Ruh dich gut aus, Vater.«

Er hielt die Tränen zurück, während er Charlotte und Molly aus dem Zimmer folgte. Eine ganze Minute lang standen sie nur zusammen, während sie versuchten, das, was gerade passiert war, zu verarbeiten.

Dann brach Charlotte das Schweigen. »Du hast ihm gerade wirklich Frieden geschenkt, Lincoln. Selbst wenn er es nicht verdient hatte …«

»Jeder Mensch verdient in seinen letzten Stunden Frieden. Ich bin froh, dass ich das für ihn tun konnte und dass ich jetzt wieder zu dir, Max und Will Kontakt habe. Das ist das Einzige, was jetzt noch zählt. Wie es jetzt weitergeht.«

Sie nickte. »Ja, wir haben nur die Gegenwart, und ich wünsche mir, dass du wieder ein Teil meines Lebens bist. Ich möchte deine Kinder kennenlernen und dass du meine kennenlernst.«

Linc schloss seine Schwester in die Arme. »Dafür werden wir sorgen.«

Ein Schrei aus dem Erdgeschoss ließ sie zusammenzucken.

Colton rannte die Treppe hinauf. »Ellas Fruchtblase ist geplatzt.«

Sarah Stillman-Gunthrie wurde um drei Uhr am nächsten Morgen in Philadelphia geboren. Ihre erschöpften Großeltern und ihr Urgroßvater waren da, um sie auf der Welt willkommen zu heißen.

Elmer fing an zu weinen, als er hörte, wie das Baby hieß. »Danke, dass ihr das Andenken an meine Sarah ehrt, Liebling«, sagte er und gab seiner Enkelin einen Kuss auf die Stirn.

»Sie war einer der Menschen, die ich am liebsten hatte«, sagte Ella.

»Ich auch«, antwortete Elmer.

Gavin rief seine Eltern zu Hause in Butler an, um ihnen die gute Nachricht mitzuteilen.

Linc, Molly und Elmer nahmen ein Uber zurück zum Hotel, wo die anderen eine unerwartete zweite Nacht verbracht hatten, damit die junge Familie sich ausruhen konnte.

»Was für ein Tag – oder eher gesagt: Was für zwei Tage«, seufzte Linc.

»Auf jeden Fall.« Elmer schüttelte ungläubig den Kopf. »In dieser Familie weiß man einfach nie, was als Nächstes passiert.«

»Gott sei Dank ist Gavin mitgekommen«, sagte Molly.

»Das ist wirklich ein Glück«, stimmte Linc zu.

Sie brachten Elmer noch bis zu dem Zimmer, das er wieder mit Charley teilte, und zogen sich dann in ihr eigenes zurück. Hunter hatte ihnen die neuen Schlüsselkarten im Krankenhaus vorbeigebracht. Durch die Verspätung würden sie jetzt an Heiligabend nach Hause kommen. Sie hofften, Ella, Gavin und Sarah mitnehmen zu können, aber das war noch nicht entschieden.

Linc war lange nicht mehr derart erschöpft gewesen,

und als Molly sich endlich im Bett an ihn kuschelte, versuchte er, sich nach diesem emotional aufgeladenen Tag und der Nacht zu entspannen.

»Wie fühlst du dich?«, fragte Molly.

»Müde, aufgedreht, leer …«

»Wir hatten noch keine Gelegenheit, darüber zu sprechen, was dein Vater gesagt hat.«

»Es tat gut, dass er sich entschuldigt hat.«

»Das kann ich mir vorstellen.«

»Und Charlotte und die Jungs, die gar keine Jungs mehr sind, zu sehen und zu hören, dass ich neun Nichten und Neffen habe.«

»Es ist alles so traurig.«

»Ja, wirklich«, seufzte er. »Und so unnötig.«

»Kannst du ihm verzeihen?«, fragte Molly.

»Das ist eine komplizierte Frage. Ich kann ihm verzeihen, dass er auch nur ein Mensch ist, um seinen toten Sohn getrauert und Fehler gemacht hat, auch wenn diese Fehler sehr vielen Menschen weh getan haben. Allerdings hat er dafür gesorgt, dass ich meine Mutter nie wiedergesehen habe, und er hat tatsächlich verhindert, dass ich Kontakt zu meinen Geschwistern aufnehme … Ihm das zu verzeihen fällt mir deutlich schwerer.«

»Du wärst jedenfalls ein besserer Mensch als ich, wenn du es schaffen würdest, ihm auch nur eines dieser Dinge zu verzeihen.«

»Ich bin froh, dass ich ihn ein letztes Mal sehen konnte und hören durfte, dass er es bereut. Das hilft mir.«

»Das hoffe ich. Nach den Feiertagen können wir wieder herkommen und Charlotte, Max und Will besuchen, ihre Familien kennenlernen. Und wir werden sie zu uns einladen.«

»Das wäre wirklich toll.«

»Charlotte hat gesagt, sie haben noch eine Babyschale fürs Auto, die ihre Tochter nicht mehr braucht. Sie will sie Ella geben, damit die kleine Sarah darin nach Hause nach Vermont fahren kann.«

»Die arme Ella, sieben Stunden im Bus nach einer Geburt.«

»Wenn sie wirklich mitkommen, können wir dafür sorgen, dass sie es bequem hat, und ihr mit dem Baby helfen.«

»Das stimmt.«

Lincoln gähnte, und als er die Augen wieder öffnete, war es draußen hell. Er warf einen Blick auf die Uhr. Es war halb neun. »Hi, Mol.«

Sie stöhnte.

»Die Kinder wollen sicher los.«

Sie stöhnte wieder.

Er lachte. »Aufwachen, Granny. Es ist Zeit, nach Hause zu fahren und Weihnachten zu feiern.«

»Weihnachten fällt dieses Jahr aus.«

»Auf keinen Fall! Damit würdest du einen Aufstand auslösen.«

Sie zwangen sich, aufzustehen, zu duschen und sich anzuziehen, dann gingen sie zu den anderen nach unten zum Frühstück.

»Wie geht es Ella?«, fragte Charley, nachdem sie von der Entbindung erzählt hatten.

»Ihr geht es richtig gut«, antwortete Molly. »Die kleine Sarah wog bei der Geburt dreitausendneunhundert Gramm und war fünfzig Zentimeter groß. Sie und Ella haben gemütlich geschlafen, als wir heute früh das Krankenhaus verlassen haben.«

»Da bin ich erleichtert«, sagte Charley. »Fahren sie mit uns nach Hause?«

»Wir melden uns gleich bei ihnen und fragen, was sie vorhaben«, sagte Molly. »Wie läuft es zu Hause?«

»Alles gut«, sagte Hunter. »Aber ich möchte wirklich dringend nach Hause zu Megan.«

»Ich auch«, sagte Colton. »Zu Lucy.«

Dass Ellas Wehen so früh eingesetzt hatten, machte die anderen werdenden Väter nervös.

»Wir bringen euch so schnell es geht nach Hause«, versprach Linc.

18

Zähle in deinem Leben die Freundschaften,
nicht die Jahre. Zähle das Lächeln, nicht die Tränen.
John Lennon

Nach dem Frühstück riefen sie im Krankenhaus an, um mit Ella zu sprechen, die auch dringend nach Hause wollte. Sie und das Baby würden gegen elf entlassen werden. »Wir holen euch ab«, sagte Linc.

»Eine Pflegerin meinte, dass Sarah das erste Baby sei, das in einem Bus voller Verwandter nach Hause fährt«, erzählte Ella.

»Das ist ja lustig. Fühlst du dich stark genug für die Reise, Schatz?«

»Das geht schon. Ich will einfach nur zu Hause sein.«

»Bis bald.«

Linc legte auf und sagte den anderen, wann sie fahren würden. Dann rief er Charlotte an und sagte, dass er ihr Angebot mit der Babyschale annehmen würde.

»Ich komme um elf zum Krankenhaus«, erklärte sie. »Und Glückwunsch zum neuen Enkelkind, Linc.«

»Danke schön. Wir freuen uns so für die beiden.«

Ella und Gavin konnten nicht aufhören, ihre winzige Prinzessin anzuschauen. Sie hatte einen weichen Flaum dunklen Haares auf dem Kopf, die gleiche Farbe wie ihre Eltern.

»Starren alle neuen Eltern ihre Babys so an?«, fragte Ella ihn.

»Das hoffe ich doch, sonst sind wir besonders verrückte Eltern. Ich kann nicht glauben, wie hübsch sie ist! Auch wenn ich es wirklich hätte wissen sollen, schau dir nur ihre Mutter an.«

»Und ihren Dad. Der bestaussehende Mann der Welt.«

»Wenn du das sagst.«

»Sage ich.«

»Ist es seltsam, wenn ich sage, dass ich ein kleines bisschen was von Caleb in ihr sehe? Oder ist das nur Wunschdenken?«

»Nein, ich sehe es auch. Es ist diese kleine Bewegung, die sie immer mit ihren Lippen macht. Das ist ganz er.«

»Ja, oder?«

Ella warf Gavin einen Blick zu und beobachtete, wie er sich eine Träne von der Wange wischte.

»Ich hasse es, dass er sie nie kennenlernen wird und dass sie ihn nie kennen wird.«

»Sie wird ihn kennen, Gav. Sie wird ihn durch uns kennenlernen und durch Hannah und deine Eltern. Dein Bruder wird ein Teil ihres Lebens sein. Versprochen.«

Er nickte und strich dem Baby mit dem Zeigefinger über die Wange. »Sie ist so verdammt perfekt. Ich danke dir für sie.«

»Ich danke *dir* für sie.«

»Du hast die ganze Arbeit gemacht.«

Ella schmiegte sich an ihn. »Ohne dich wäre das aber gar nicht möglich gewesen.« Sie schaute immer noch das schlafende Baby an. »Ich träume seit Jahren schon von ihr, und du hast meinen Traum wahr gemacht. Alle meine Träume sind wegen dir wahr geworden. Solange ich dich und Sarah habe, habe ich alles, was ich brauche.«

Er drückte sie an sich und gab ihr einen Kuss aufs Haar. »Du hast uns, mein Liebling.«

Der Bus voller Abbotts hielt um kurz vor elf vor dem Haupteingang des Krankenhauses. Linc und Molly stiegen aus und gingen hinein, um Ella und Gavin zu helfen. Charlotte wartete mit dem Kindersitz, und sie legten das Baby hinein. Linc trug die Halterung des Sitzes in den Bus und bat Lucas, sie für seine Schwester zu befestigen. Als Feuerwehrleute waren er und Landon Experten für Autositze.

Als sie fertig waren, wurde Ella in einem Rollstuhl nach draußen gebracht. Gavin folgte ihr und trug Sarah in ihrer Babyschale. Als sie einstiegen, jubelten und klatschten Ellas Geschwister begeistert.

»Super gemacht, Mama!«, sagte Lucas, der sich mit den anderen aus den geöffneten Fenstern lehnte.

»Ganz schön heiße Brüder«, raunte eine Pflegerin Ella zu.

»Sie sind Idioten.«

»Sie sind echt süß.« Die Pflegerin lachte über das Spektakel.

Linc schloss Charlotte in die Arme. »Ich melde mich.«

»Ich freue mich schon.«

»Fröhliche Weihnachten.«

»Dir auch, Linc. Es war so schön, dich zu sehen und deine wunderbare Familie kennenzulernen.«

»Ich kann es kaum erwarten, deine auch kennenzulernen.«

»Dafür werden wir sorgen.«

Sie umarmten sich wieder, als hätten sie Angst, dass sie einander nie mehr wiedersehen würden.

Als alle im Bus saßen, verabschiedete er sich schließlich von Charlotte und winkte, während sie losfuhren.

»Du siehst sie bald wieder«, sagte Molly, als Linc neben ihr saß.

»Das hoffe ich wirklich.«

»Aber klar.«

Als sie unterwegs waren, stand Linc auf und drehte sich zu den anderen um. »Ich möchte mich nur bei euch allen bedanken, dafür, dass ihr mitgefahren seid und mich in den letzten Tagen unterstützt habt. Und ich wollte mich bei dir bedanken, Hunter, dass du dich um die Planung und die Hotelbuchungen gekümmert hast und dass dir klar war, dass es viel größeren Eindruck machen würde, wenn ihr alle dabei seid, statt meinem Vater nur zu erzählen, dass ich zehn Kinder habe.«

»Wir machen immer Eindruck«, sagte Colton und brachte damit alle zum Lachen.

»So ist das eben, wenn man in einer Scheune aufgewachsen ist«, riefen die anderen im Chor.

Lincoln lachte über diese altbekannte Begründung für alles. »Ja, wirklich.« Er warf Molly einen Blick zu. »Und jetzt möchte ich euch noch eine Geschichte erzählen, diesmal geht es um eure Mutter.«

Molly runzelte die Stirn. »Was habe ich denn jetzt schon wieder gemacht?«

»Das, was du vor vierzig Jahren gemacht hast, nachdem wir zum ersten Mal hierhergefahren sind. Ich möchte es ihnen gerne erzählen.«

»*Oh*«, sagte sie und lächelte, als sie verstand, was er vorhatte.

»Als wir zurück in Vermont waren, standen wir immer noch unter Schock wegen dem, was mit meinem Vater passiert war. Wir haben es euren Großeltern erzählt, und auch sie waren schockiert. Und dann ist eure Mom zu ihrem Dad gegangen und hat ihm gesagt, dass ich erfahren musste, dass ich immer noch eine Familie hatte. Ich hatte *ihre* Familie. Sie hat ihn gebeten, uns noch an diesem Abend miteinander zu verheiraten.«

»Oh«, sagte Hannah. »Hast du es gemacht, Gramps?«

»Zu diesem Zeitpunkt war mir klar, dass nichts eure Eltern je trennen konnte, also habe ich natürlich zugestimmt.«

»Was hast du denn gesagt, Dad?«, fragte Lucas.

Linc schaute hinunter auf die Liebe seines Lebens und griff nach ihrer Hand. »Als Molly Stillman auf die Knie ging und fragte, ob ich den Rest meines Lebens mit ihr verbringen möchte, von diesem Abend an, da habe ich so was von ja gesagt. Und dann hat euer Großvater uns direkt dort im Wohnzimmer getraut, drei Monate vor unserer offiziellen Hochzeit.«

»Warum wussten wir nichts davon?«, wollte Will wissen.

»Wenn ich es euch erzählt hätte, hätte ich euch auch den Rest der Geschichte erzählen müssen, und darüber wollte ich nicht sprechen. Ich wollte nicht, dass ihr wisst, dass ich keinen Kontakt zu meiner Familie habe, vor allem, weil ich euch beigebracht habe, dass Familie alles ist. Ich wollte euch das nicht zum Vorbild machen.«

»Es war doch nicht deine Schuld, dass ihr keinen Kontakt hattet«, meinte Wade.

»Trotzdem. Ich wollte nicht, dass ihr überhaupt darüber nachdenkt, dass so etwas passieren kann, also haben wir uns geeinigt, die erste Hochzeit für uns zu behalten. Eure Großeltern wussten natürlich Bescheid. Megan hat am Tag der Abfahrt mitbekommen, wie ich im Diner mit eurem Großvater darüber gesprochen habe, und sie meinte, ich muss euch allen von dieser ersten Hochzeit erzählen, damit ihr wisst, wie phantastisch eure Mutter wirklich ist.«

»Das wussten wir doch schon«, sagte Hannah. »Aber das ist wirklich toll, Mom.« Sie begann zu klatschen, und die anderen machten begeistert mit.

»Steh auf und verbeug dich, Liebling«, sagte Linc.

Molly stand auf und verbeugte sich theatralisch.

»Und jetzt kennt ihr all unsere Geheimnisse«, meinte Linc.

»Nicht ganz«, meldete sich Molly zu Wort. »Dieses eine Mal, als …«

»Nein«, schrien die Kinder im Chor.

Lincoln setzte sich wieder auf seinen Platz neben Molly.

»Vielen Dank für dein Lob!«

»Sehr gerne. Nach wie vor einer deiner besten Momente.«

»Ich erinnere mich so gut an diesen Tag. Ich war voller Wut und voller Liebe, und ich musste einfach irgendetwas tun, damit du dich besser fühlst. Nicht, dass das wirklich möglich gewesen wäre.«

Er legte seine Stirn an ihre. »Doch, das war möglich. Mit dieser einen großen Geste hast du fast alles wieder zurechtgerückt.«

Die ganze Familie war fröhlich und ausgelassen, als sie mit Weihnachtsmusik aus den Lautsprechern Richtung Norden fuhren. Sie sangen laut und schief mit, und das Baby schlief trotz des Lärms die ganze Zeit friedlich.

»Damit ist sie offiziell eine Abbott«, verkündete Molly. »Sie kann diesen Zirkus einfach verschlafen.«

Lincoln hatte seine Ella noch nie so strahlen sehen wie jetzt, wenn sie ihre neugeborene Tochter anschaute, und Gavin … Gavin war an seinem ersten Tag als Dad einfach ein nervliches Wrack. Der arme Kerl hatte so viel durchgemacht, als er seinen Bruder verloren hatte. Zu sehen, wie er mit Ella seine eigene Familie gründete, war wirklich toll für alle, die ihn liebten.

»Deine Eltern sitzen doch bestimmt auf glühenden Kohlen«, wandte sich Linc an Gavin.

»Sie können es nicht erwarten, Sarah zu sehen.« Gavin ließ seine Verlobte und seine Tochter keine Sekunde aus den Augen. »Sie freuen sich so.«

Bob und Amelia Gunthrie waren schon Teil der Familie Abbott, seit Hannah Caleb geheiratet hatte.

Mit allen Pausen und Mahlzeiten dauerte es sieben Stunden, bis sie die Grenze von Vermont erreichten, und der ganze Bus jubelte, als sie diese im leichten Schneefall überquerten.

»O Mann«, sagte Molly. »Ich hoffe, der Schnee hält uns nicht auf.«

»Vielleicht schon«, antwortete Linc und beugte sich vor, um besser sehen zu können, wie stark der Schnee fiel. In den Bergen würde es mit Sicherheit sehr viel mehr sein.

Und wirklich, je näher sie ihrem Zuhause kamen, desto langsamer musste Bill auf den glatten, verschneiten Straßen fahren.

»Sollten wir irgendwo anhalten?«, fragte Molly Lincoln so leise, dass nur er es hörte.

»Die Kinder würden wahrscheinlich nach Hause laufen, wenn es nötig wäre, und so, wie ich sie kenne, würden sie das auch wirklich machen.«

»Das haben sie von deinen Leuten.«

»Auf keinen Fall«, lächelte Linc. »Meine Leute sind gesittete Stadtmenschen, die wissen, dass man besser im Haus bleibt, wenn es kalt ist. Deine sind die Bergmenschen, denen es Spaß macht, in einem Blizzard nach Verschollenen zu suchen.«

»Fürs Protokoll«, gab Molly zurück, »das hat noch nie auf mich zugetroffen. Mein Vater und seine Brüder und Cousins, meine Brüder, ja – aber nie ich.«

»Du hast es aber im Blut.«

Die gespielten Streitereien halfen ihnen, sich von den immer schwierigeren Wetterbedingungen abzulenken.

Caden weinte, weil er nicht mehr in seinem Sitz bleiben wollte, aber Max erklärte ihm, dass er noch ein kleines bisschen durchhalten musste.

Kurz bevor sie den Handyempfang verlieren würden, klingelte Max' Telefon. »Es ist Cam. Hey, was gibt's?« Als er ihr eine Minute lang zugehört hatte, sagte er: »Klar, ich sag ihnen Bescheid.« Als er aufgelegt hatte, wandte er sich an alle: »Cam und die anderen sind in der Scheune und warten auf uns. Sie sagen, sie haben für alle Betten vorbereitet, für dich auch, Gramps, und es ist alles fertig für Weihnachten. Sie haben sogar eine Wiege für Sarah organisiert. Sie dachten, dieses Jahr wollten sicher alle zusammen sein.«

»Das ist ja wunderbar«, sagte Molly.

»Sie waren ganz schön beschäftigt, während wir weg waren«, fügte Linc hinzu. Es rührte ihn, wie viel Mühe die anderen sich gegeben hatten, während sie unterwegs waren.

»Sie haben dafür gesorgt, dass du am Weihnachtsmorgen mit deiner ganzen Familie aufwachen kannst«, sagte Molly. »Das ist einfach nur toll.«

»Ich kann mir nichts Besseres vorstellen.«

Der Rest der Fahrt hätte normalerweise nur zwanzig Minuten gedauert. Im Schneetreiben krochen sie noch zwei ganze Stunden die vereisten Bergstraßen entlang. Die normalerweise so ausgelassene Gruppe wurde immer schweigsamer und angespannter. Sie hatten alle viel Erfahrung mit winterlichen Straßenverhältnissen. Selbst Blizzards waren für sie kein Grund, zu Hause zu bleiben. Allerdings fuhren sie Geländewagen mit Allradantrieb, die dafür gemacht waren, mit solchen Bedingungen zurechtzukommen. Der Bus war für diese Wetterlage nicht ausgerüstet.

»Bist du sicher, dass wir weiterfahren sollten?«, fragte Molly Linc.

»Es wäre wahrscheinlich besser, anzuhalten, aber wo sollen wir denn hin? Es ist alles geschlossen, und es gibt hier weit und breit kein Hotel.« Linc nahm ihre Hände in seine. »Das wird schon, Schatz. Bill wird uns sicher nach Hause bringen.« Er sagte, was sie hören wollte, aber seine Unruhe nahm stetig zu. In einem Blizzard festzustecken war einfach keine Option, vor allem mit einem Neugeborenen und zwei weiteren Kleinkindern.

Linc konnte sich erst entspannen, als sie eine halbe

Stunde später die Stadtgrenze von Butler erreichten. »Home, sweet Home«, sagte er zu einer sichtlich erleichterten Molly.

»Gott sei Dank.«

»Hey, Bill, pass auf, das Begrüßungskomitee nimmt oft die Gestalt eines riesigen Elches an, der mitten auf der Straße steht.«

»Ich passe auf«, antwortete Bill.

Linc lotste ihn durch die Stadt und über die überdachte Brücke, dann nach rechts in die Hells Peak Road. Endlich. Fast zehn Stunden, nachdem sie in Philly losgefahren waren, waren sie wieder zu Hause. In der Scheune brannten sämtliche Lichter, so sah es jedenfalls aus, und auch die Weihnachtsbeleuchtung im Freien funkelte mit dem Schnee um die Wette.

»Ich habe mich noch nie mehr gefreut, unsere ehemals baufällige Scheune, in der früher Kühe gelebt haben, zu sehen«, sagte Molly.

»Ich auch nicht.«

Alle bedankten sich bei Bill dafür, dass er sie sicher nach Hause gebracht hatte, als sie aus dem Bus stiegen und in die warme, gemütliche Scheune strömten, wo der Rest ihrer Lieben wartete.

»Kommst du jetzt auch noch gut nach Hause, Bill?«, fragte Linc.

»Auf jeden Fall. Ich muss nur noch bis St. Johnsbury, den Bus abstellen und mein Auto holen. Von dort habe ich es nicht mehr weit.«

Linc schüttelte ihm die Hand. »Danke noch mal, dass du deinen Heiligabend mit deiner Familie geopfert hast, um meine nach Hause zu bringen.«

»Sehr gerne, Linc. Fröhliche Weihnachten euch!«

»Euch auch.«

Als Linc aus dem Bus stieg, sprangen George und Ringo in der Einfahrt im Schnee herum und bellten wie wild, weil sie sich so freuten, dass er wieder da war. Weil er als Letzter ins Haus ging, sah Linc, dass an allen zehn Haken in der Waschküche Jacken hingen. Ein tiefer Frieden erfüllte ihn, auch wenn der Lärm, der aus dem Wohnzimmer kam, geradezu unglaublich war.

An Lärm waren hier allerdings alle gewöhnt, also war es nur natürlich, dass dieses Weihnachten wie eine Reise in die Vergangenheit sein würde.

In der Küche begegnete er Hunter in einer leidenschaftlichen Umarmung mit Megan und schob sich an ihnen vorbei ins Esszimmer, wo Hannah und Nolan versuchten, sich zu küssen, obwohl Callie die ungeteilte Aufmerksamkeit ihres Daddys verlangte. Sie war noch nie so lange von ihm getrennt gewesen.

Wade stapfte an ihm vorbei, während Mia sich an ihm festklammerte – sie waren offensichtlich auf dem Weg zur Treppe nach oben. Colton drückte im Flur Lucy gegen die Wand. Sie kicherte wie wild über irgendetwas, das er gesagt hatte.

Im Wohnzimmer war das Erste, was er sah, der riesige Weihnachtsbaum, der wie jedes Jahr wunderschön geschmückt war, und dann das warme Feuer im Kamin. Will lag mit Cameron im Arm auf dem Boden, wo der kleine Chase auf ihrer Brust schlief. Stella hielt die kleine Savannah auf dem Arm, während Lucas Dani begrüßte und Landon Amanda umarmte.

Ella saß bereits in eine Decke gehüllt auf dem Sofa und stillte die kleine Sarah. Gavin saß neben ihr und beobachtete sie aufmerksam, falls sie etwas brauchte.

»Ihr müsst nicht bleiben, wenn das hier alles zu viel für euch ist«, sagte Linc zu ihnen.

Ella schaute zu ihm auf. Ihre dunklen Augen glänzten vor Freude. »Wir würden das hier um nichts in der Welt verpassen wollen. Und Sarah muss sich sowieso an das Chaos gewöhnen, in das sie hineingeboren wurde.«

Linc beugte sich über seine Tochter und gab ihr einen Kuss auf die Wange. »Es wäre auch nicht dasselbe ohne eure kleine Familie. Danke für die kleine Sarah. Sie ist das beste Weihnachtsgeschenk, das wir uns hätten wünschen können.

Charley saß auf Tylers Schoß. Er hielt sie fest, und ihr Kopf lag an seiner Brust, sie war sichtlich erleichtert, wieder bei ihm zu sein.

Linc fand die beiden einfach toll zusammen. Tylers unkomplizierte Persönlichkeit war wirklich perfekt für seine wunderbar komplizierte Tochter.

»Wir haben so viel Essen vorbereitet«, sagte Cam zu Linc. »Habt ihr Hunger?«

»Ich könnte definitiv etwas essen.«

»Es ist alles bereit«, lächelte seine Schwiegertochter. »Und wir möchten alle wissen, wie es dir geht.«

»Mir geht es gut. Die Reise ist gut verlaufen. Ich habe mit der Vergangenheit Frieden geschlossen und bin mit einer neuen Enkeltochter in ein Haus voller Liebe zurückgekehrt. Ich bin wunschlos glücklich.«

»Wir haben uns gedacht, dass du dieses Jahr vielleicht gerne hättest, dass alle hier sind«, sagte Cam.

»Da lagt ihr ganz genau richtig. Ich kann mir nichts Schöneres vorstellen.«

»Sie haben sogar alle Autos vom Store hergeholt«, sagte Will. »Sie haben an alles gedacht.«

»Wir wollten, dass ihr an nichts anderes denken müsst und einfach Weihnachten genießen könnt«, sagte Cam. »Das war das mindeste, was wir für die Familie tun konnten, die so viel für uns getan hat.«

Linc drückte ihre Schulter. »Danke, Liebes.«

19

Die Realität überlässt viel der Vorstellungskraft.
John Lennon

Wade trug Mia in den ehemaligen Wäscheschrank, den er damals zu einem Zimmer umgebaut hatte, um dem verrückten Treiben in der Scheune zu entgehen. Er trat von innen gegen die Tür, so dass sie hinter ihnen ins Schloss fiel, legte sie auf das schmale Bett und ging dann wieder zur Tür, um sie zuzusperren. Nach sechs endlosen Tagen ohne seine Geliebte würde er nichts dem Zufall überlassen.

Er streckte sich neben ihr aus und zog sie für einen weiteren süßen Kuss an sich. »Das machen wir nie wieder.«

»Was denn?«

»Sechs Tage getrennt verbringen.«

»Es war schrecklich. Ich bin ziellos durch die Gegend gelaufen, bis Cameron mich angerufen und mir erzählt hat, dass sie hier alles für Weihnachten vorbereiten wollen.«

»Das war wirklich schön, dass ihr das für meinen Dad getan habt.«

»Es war ganz allein ihre Idee, und ich war auch wirklich froh, etwas zu tun zu haben, damit ich nicht den Verstand verliere, weil ich dich so schrecklich vermisse.«

»Irgendwie freut es mich, dass es dich genauso verrückt macht wie mich.«

»Es war schlimm. Was sagt das über uns aus?«

»Dass wir genau wissen, wie gut wir es haben.« Er schlang die Arme um sie und drückte sie an sich. »Ich kann nicht glauben, dass es schon fast ein Jahr her ist, dass du halb erfroren bei mir aufgetaucht bist und mich gebeten hast, dich zu heiraten.«

»Das Beste, was ich je getan habe.«

»Das Beste, was ich je getan habe, war ja zu sagen.«

Ihre Küsse wurden immer dringlicher, während sie sich gegenseitig die Kleider vom Leib rissen, bis sie beide nackt waren. Er war über ihr und war sich sicher, dass er sterben würde, wenn er sie nicht sofort haben durfte.

Sie streckte die Arme nach ihm aus, schlang die Beine um ihn und seufzte zufrieden, als er ihre Körper miteinander verband.

»O ja«, flüsterte er an ihrem Hals. »Das ist genau das, was ich brauche.«

»Ich auch. Ich kann mir gar nicht mehr vorstellen, wie ich je ohne dich leben konnte.«

Sie sprachen kaum noch über die Jahre, in denen sie sich schmerzlich nacheinander gesehnt hatten, aber die Erinnerung an das, was sie damals durchgemacht hatten, löste stets eine tiefe Dankbarkeit in ihnen aus.

»Es war die reinste Folter, zu wissen, dass du da draußen bist und doch so völlig außer Reichweite.«

Sie zog ihn noch enger an sich und umfing ihn mit einer Liebe, die er nicht für möglich gehalten hatte, bevor er sie kennengelernt hatte.

Sie bewegten sich gemeinsam wie ein perfekt aufeinander abgestimmtes Tanzpaar, immer auf die Erleichterung zu, nach der sie sich beide sehnten. Als es endlich so weit war, waren die Wellen der Lust so stark, dass es ihnen den Atem raubte.

»Willkommen zu Hause«, sagte sie mit einem Kichern, das ihn zum Lächeln brachte.

»Das ist das beste Willkommen, das ich je erlebt habe.«

»Sie gehört eigentlich ins Bett«, sagte Nolan und sah zu Callie, die mit Caden durchs Zimmer tobte. Die beiden sahen nicht aus, als würden sie sich bald beruhigen.

»Sie müssen ein bisschen Energie ablassen, nachdem sie den ganzen Tag im Bus gesessen haben«, erwiderte Hannah, »sonst schlafen sie heute Nacht überhaupt nicht.«

Sie saßen vor dem Kamin auf dem Boden und beobachteten die Kinder. Homer Junior hatte sich auf Hannahs Schoß zusammengerollt; er war genauso erleichtert wie Nolan, dass sie wieder zu Hause war.

Nolan legte den Arm um Hannah und zog sie näher an sich. »Die Mama meiner Tochter muss sich ausruhen. Du siehst müde aus.«

»Ich weiß! Ich hasse das.«

Nolan küsste sie auf beide Wangen. »Du bist wunderschön, ich will nur nicht, dass du dich überforderst.«

Sie legte den Kopf auf seine Schulter, dankbar, dass sie rechtzeitig zu Weihnachten wieder bei ihm war. Auf der Rückfahrt hatte sie kurz befürchtet, dass sie es wegen des Schnees nicht schaffen würden. »Wie geht es meinem kleinen Dexter?«

»Ohne dich war er ein richtiger Miesepeter, genau wie ich, Fred und Homie. Ich habe versucht, ihnen zu erklären, dass wir unsere Zeit unter Männern genießen müssen, aber davon wollten sie nichts wissen.«

»Kümmert sich Dude um ihn, während wir hier sind?«

»Ja. Skeeter hat gesagt, wir sollen uns keine Sorgen machen. Sie fahren mit dem Schneemobil rüber, um ihn zu füttern und rauszulassen. Ich habe Skeeter gesagt, dass er gefeuert wird, wenn ich nachher haufenweise Elchkacke in unserem Haus finde.«

Das brachte Hannah zum Kichern. »Er würde nie in mein Haus machen.«

»Das ist auch besser so, sonst ist er nämlich schneller weg, als ihm lieb ist.«

»Hör auf. Du bist genauso in ihn vernarrt wie ich, du gibst es nur nicht zu.«

»Das stimmt doch überhaupt nicht. Mein Problem ist, dass ich dich genug liebe, um zuzulassen, dass ein wildes Tier in unserem Zuhause lebt.«

»Er ist kein wildes Tier. Er ist doch sozusagen unser Sohn.«

»Du hast wirklich nicht mehr alle Tassen im Schrank.«

»Genau wie du es liebst.«

»Ich würde dich auf keinen Fall verändern wollen. Elchkacke würde unsere Beziehung aber schon auf die Probe stellen.«

»Gut zu wissen«, gähnte sie.

»Linc, würdest du bitte ein Auge auf unseren wild gewordenen Nachwuchs werfen, während ich die Elchflüsterin ins Bett bringe?«, fragte Nolan.

»Ja, alles klar.«

»Ich bin auch da«, sagte Max.

»Gleich wieder da.« Nolan half Hannah hoch und schob sie mit den Händen an ihrer Hüfte die Treppe hinauf. Hannah war so müde, dass sie sich nicht wehrte. »Du bringst Callie ins Bett?«

»Ich kümmere mich um sie. Keine Sorge.«

»Okay.«

Nolan half ihr in den Flanellschlafanzug, den sie im Winter immer trug, und tat ihr sogar Zahnpasta auf die Zahnbürste. Dann brachte er sie zurück in ihr Zimmer und deckte sie mit der Daunendecke zu.

Sie konnte die Augen gerade noch lange genug offen halten, um ihm einen Gutenachtkuss zu geben. »Tut mir leid, dass ich so müde bin.«

»Das muss dir doch nicht leidtun.«

»Ich habe dich so vermisst, als du weg warst.«

»Ich habe dich auch vermisst. Wie verrückt. Die Jungs und ich haben beschlossen, dass ohne unsere Mädels einfach überhaupt nichts Spaß macht.« Er gab ihr einen Kuss und legte seine Stirn an ihre. »Schlaf gut, mein Liebling.«

»Will mit dir kuscheln.«

»Das machen wir morgen.«

»Versprochen?«

»Versprochen.«

Hannah schlief mit einem Lächeln auf den Lippen ein.

»Ich kann nicht fassen, dass du das für uns organisiert hast«, sagte Will zu Cameron, die den schlafenden Chase auf dem Schoß hatte.

»Ich dachte, es würde deinem Dad sicher gefallen, wenn zu Weihnachten alle zu Hause sind.«

»Da hattest du recht, und ich möchte dir auch sagen, dass das von dir als Einzelkind besonders beeindruckend ist. Du hast die Dynamik unserer Großfamilie wirklich verstanden.«

»Glaubst du wirklich?«

»Auf jeden Fall. Das denken alle. Schau doch mal, was du hier auf die Beine gestellt hast, Schatz. Du hast es geschafft, dass wir alle zusammen Weihnachten feiern können.«

»Danke.« Sie freute sich sichtlich über dieses Lob.

Der Schein des Feuers auf ihrem hübschen Gesicht sorgte dafür, dass er sie so sehr wollte. »Komm, wir gehen ins Bett«, flüsterte er ihr zu.

»Sehr gerne.«

Er nahm ihr Chase ab, hielt ihn mit einem Arm fest und streckte den anderen nach ihr aus, um ihr hochzuhelfen. »Wir sehen uns morgen«, sagte er zu den anderen, als er mit seiner Familie zum Schlafen nach oben ging.

»Schlaft gut, ihr drei«, sagte Linc. »Und Cam … Danke noch mal.«

»Sehr gerne.«

Mit der Hand an ihrem unteren Rücken schob Will seine Frau zur Treppe und folgte ihr nach oben. Er legte Chase in das Klappbettchen in der Ecke des Raums und strich mit den Fingern über den weichen Flaum auf seinem Kopf. Er wusste jetzt schon, dass Chase sie in aller Frühe wieder wecken würde.

Will zog sich bis auf die Boxershorts aus und kroch zu Cameron unter die Bettdecke. Er war wirklich erleichtert, wieder bei ihr und Chase zu sein. »Die Heimfahrt war wirklich nervenaufreibend«, sagte er. »Ich hatte richtige Angst, dass wir es nicht rechtzeitig zu Weihnachten schaffen würden.«

»Wir haben uns solche Sorgen gemacht. So viele von unseren Lieben saßen in diesem einen Bus.«

Will seufzte und atmete langsam aus, dann atmete er den besonderen Geruch seiner Geliebten ein. »Ich habe dich und Chase so vermisst.«

»Wir dich auch. Es waren ja nur zwei Nächte, aber es hat sich angefühlt wie zwei ganze Wochen.«

»Ich weiß! Das haben alle so empfunden. Ich bin wirklich froh, dass wir gefahren sind, aber ich bin mindestens genauso froh, dass wir wieder zu Hause sind.«

»Deinem Dad scheint es gut zu gehen.«

»Tut es. Ich glaube, es hat ihm wirklich viel bedeutet, dass sein Dad zugegeben hat, dass es nicht richtig war, was er getan hat, und dass er es bereut.«

»Es hat ihm sicher gutgetan, das zu hören.«

»Ja, das stimmt, aber es ist trotzdem so verdammt traurig und sinnlos, wenn man wirklich darüber nachdenkt.«

»Ich habe darüber nachgedacht, während du weg warst, und ich frage mich, ob es etwas mit Lincs Vater gemacht hat, seinen ältesten Sohn zu verlieren. Ob er sich deshalb so verzweifelt an die anderen geklammert hat?«

»Nach allem, was Dad gesagt hat, war das wirklich so. Wer weiß schon, was so ein Verlust mit einem Menschen macht?«

Sie schauderte. »Gott, ich hoffe, das finden wir nie heraus.«

»Ich auch.«

Nach einer Weile sagte sie: »Weißt du, ich habe es bei meinem eigenen Dad gesehen, wie sehr der Verlust meiner Mutter ihn verändert hat und wie er mich ab diesem Zeitpunkt immer auf Abstand gehalten hat, als hätte er Angst, dass ich ihm zu wichtig werde, weil es dann schlimmer wäre, wenn er mich auch verliert. Trauer macht seltsame Sachen mit Menschen.«

»Du hast recht, das tut sie wirklich. Ich schätze, alles, was wirklich zählt, ist, dass mein Dad und sein Vater die Gelegenheit hatten, Frieden zu schließen, bevor er stirbt.«

»Deinem Dad geht es sicher besser deswegen. Davon bin ich überzeugt.«

»Wo wir gerade von Dads sprechen, deiner kommt nach wie vor diese Woche zu Besuch, oder?«

»Ja. Mary und er sind über Weihnachten bei ihren Eltern in Florida und kommen für Silvester zu uns.«

»Das ist gut. Ich freue mich, sie zu sehen.«

»Ich auch. Er wird nicht glauben, wie groß Chase geworden ist, seit sie im Oktober hier waren.« Sie gähnte und kuschelte sich an seine Brust. »Ich bin so müde.«

»Für sechsundzwanzig Leute ein Weihnachtsfest zu organisieren, ist ja auch Arbeit.«

»Ich hatte viel Unterstützung, und es werden wohl eher vierzig Leute. Gavins Eltern, Danis Eltern, Hannah und Ray kommen morgen auch und Gray, Emma und Simone. Wir haben außerdem Dude, Skeeter und Mildred zum Abendessen eingeladen.«

»Diese Scheune wird Weihnachten rocken.«

»Da bin ich mir sicher. Ich kann es kaum erwarten. Die Familien in den Sitcoms, die ich früher immer geschaut habe, können den Abbotts nicht das Wasser reichen.«

»Die Abbotts sind so viel besser, weil Cameron Murphy dabei ist, vor allem dieser Abbott. Ich liebe dich so sehr.«

»Ich liebe dich auch.«

»Ab wann ist es nicht mehr unhöflich, ins Bett zu gehen?«, fragte Landon Amanda. Seine Lippen waren dicht an ihrem Ohr, damit sonst niemand hörte, was er sagte.

»Nicht, bevor Stella ins Bett geht.«

»Und wann ist das?«

Er saß hinter ihr auf einer Chaiselongue, und sie drehte sich zu ihm um. »Warum hast du es denn so eilig, Cowboy?«

Er zog sie an sich und drückte seine Erektion an ihren Rücken. »Noch Fragen?«

»Ach, so ist das also?«

»Immer, wenn du da bist.«

»Ich bin oft da. Das muss doch weh tun.«

Er schnaubte vor Lachen. »Es tut auf jeden Fall weh, vor allem nach zwei endlosen Nächten ohne dich.«

»Jetzt stellst du dich aber ein bisschen an.«

»Ich kann nichts dafür. Ich liebe dich einfach so sehr, dass es weh tut, nicht mit dir zusammen zu sein.«

»Ich liebe dich auch, und ich habe dich genauso vermisst. Stella hat die ganze Zeit gesagt, es sei viel zu still, wenn du nicht da bist.«

»Ich weiß nicht, ob das jetzt ein Kompliment ist oder eine Beleidigung.«

»Wahrscheinlich ein bisschen von beidem.«

»Schau sie dir an.« Stella hatte sich auf dem Boden ausgestreckt und las Savannah, Caden und Callie ein Buch vor. »Sie macht das so toll mit ihnen.«

»Sie lieben sie. Sobald sie das Haus betritt, klammern die drei sich an sie.«

»Wir sollten ihr schleunigst ein paar Geschwisterchen schenken.«

»Meinst du?«

»Auf jeden Fall. Sie wird die beste große Schwester aller Zeiten.«

»Ja, wirklich.«

Er drückte sich wieder an sie. »Wie wäre es, wenn wir sofort anfangen?«

Amanda kicherte. »Hör auf. Du befindest dich in einem Raum voller Verwandter, und du machst eine Szene.«

»Sie sind an Szenen gewöhnt, und sie wissen ja nicht, wovon wir reden.«

»Das können sie sich sicher denken.«

»Schau dir doch Lucas mit Dani an. Ich würde unsere Weihnachtsfarm darauf verwetten, dass er auch versucht, sie zu überreden, endlich ins Bett zu gehen, und zwar aus den gleichen Gründen wie ich.«

»Das ist mir peinlich, Landon.«

»Damit kann ich leben, Amanda. Also, Bett. Jetzt. Okay? Stella kann ein Mal alleine schlafen gehen. Sie ist ein großes Mädchen.«

»Ich werde es nicht verpassen, sie an unserem ersten gemeinsamen Heiligabend ins Bett zu bringen.«

Landon stöhnte dramatisch. »Es ist auch unser erster gemeinsamer Heiligabend. Willst du es verpassen, mich ins Bett zu bringen?«

»Ich bringe dich ins Bett, nachdem ich sie ins Bett gebracht habe.«

»Jetzt bist du einfach nur gemein zu mir.«

Sie bekam einen Lachanfall, was dafür sorgte, dass er sie nur noch mehr wollte. Er hätte nie gedacht, dass er irgendwann mal so verliebt sein würde.

Als Stella mit Lesen fertig war, schnappten sich die Eltern ihre Kinder und brachten sie ins Bett.

»Gott sei Dank«, sagte Landon. »Wir sehen uns in meinem Zimmer, wenn du Stella ins Bett gebracht hast.«

»Wärm du schon mal das Bett auf.«

Landon streckte die Arme aus, um Stella zu umarmen und ihr gute Nacht zu sagen. Sie hatten schon alle zusammen ihre traditionelle Weihnachtsgeschichte gelesen und dem Weihnachtsmann Kekse hingestellt, die sie vor allem vor dem ganzen Rudel Hunde, das an diesem Tag in der Scheune logierte, beschützen mussten.

»Ich bin froh, dass du es zu Weihnachten nach Hause geschafft hast, Landon«, sagte Stella. Sie lächelte zufrieden.

»Ich auch, mein Liebling. Bis morgen.«

Amanda stand auf, um mit Stella nach oben zu gehen, damit sie es sich mit ihrem Welpen Matilda auf dem Sofa in Lincs Arbeitszimmer bequem machen konnte.

Landon hatte sich Sorgen gemacht, das Stella vielleicht alleine Angst haben könnte, aber sie hatte gesagt, es sei alles in Ordnung, solange Matilda bei ihr war. Er war froh, dass sie nicht bei ihnen schlief, so dass sie ein bisschen

Zeit für sich haben konnten. Er musste allerdings noch ganze zehn Minuten warten, nachdem Amanda gegangen war, damit er aufstehen konnte, ohne sich zu blamieren.

»Gehst du schlafen?«, fragte Lucas.

»Ja.«

»Ich auch, Bruderherz. Ich bin fix und fertig.«

»Fröhliche Weihnachten.«

»Dir auch.«

Landon stieg vorsichtig über Colton und Lucy, die anscheinend vorhatten, im Wohnzimmer auf dem Boden zu übernachten. Dann machte er sich auf den Weg in das Schlafzimmer im ersten Stock, das ihm und Amanda zugeteilt worden war.

Er war immer unglaublich erleichtert, wenn Heiligabend war, denn das bedeutete, dass er eine weitere hektische Phase auf der Weihnachtsbaumfarm überstanden hatte. Dann gab er sich selbst ein paar Wochen Urlaub, bevor er Mitte Januar wieder anfing, dort zu arbeiten. Zu wissen, dass er auch noch zwei ganze Tage freihatte, bevor er wieder auf die Feuerwache musste, trug zusätzlich zu seiner festlichen Stimmung bei.

Als er sich ausgezogen hatte, setzte er sich aufs Bett, um zu überprüfen, ob es quietschte und war froh, dass es das nicht tat. Das war wirklich erfreulich.

Als Amanda ein paar Minuten später ins Zimmer kam, lag er schon im Bett, so nackt wie am Tag seiner Geburt.

»Ach, verdammt nochmal, Landon. Was, wenn aus Versehen jemand anderes hier reingekommen wäre?«

»Dann hätten sie so richtig was zu sehen gehabt.«

Sie verdrehte die Augen. »Du bist ziemlich arrogant.«

Er nahm sein steifes Glied in die Hand. »Ich höre von dir jedenfalls nie Beschwerden, die mein Selbstbewusstsein schmälern könnten.«

»Du verhältst dich wie ein Teenager.«

»Das ist aber nichts Neues, das weißt du doch schon, seit du mich kennengelernt hast. Also, kannst du diesen Teenager jetzt vielleicht von seinen Qualen erlösen?«

Sie zog sich besonders langsam und verführerisch aus.

Er sah ihr zu und konnte kaum fassen, wie viel Glück er hatte. Amanda war wunderschön, süß, klug und einzigartig. Es war unglaublich, von ihr geliebt zu werden. Und dann schloss sie die Tür ab, stieg ins Bett und setzte sich auf ihn. Er fühlte sich, als sei er gestorben und im selben Moment in den Himmel gekommen. »Na endlich. Das meinte ich doch die ganze Zeit.«

»Du redest ja nie von etwas anderem.«

»Das ist ganz allein deine Schuld.«

Sie hob eine Augenbraue, um ihm zu zeigen, dass sie darauf nicht hereinfallen würde. Das war eine ihrer ganz besonderen Fähigkeiten. »Wie das denn?«

Er griff nach ihren Brüsten und fuhr mit dem Daumen über die harten Brustwarzen. »Du bist einfach so sexy, ich will dich die ganze Zeit.«

»Und das ist meine Schuld?«

»Ja.«

»Gut zu wissen.«

»Ich erlaube mir ziemlich viele Scherze mit dir, aber du weißt schon, wie sehr ich dich liebe, oder?«

»Ja, Landon, das weiß ich, und ich liebe es auch, dass du die ganze Zeit mit mir Witze machst. Du bist sehr gut für mein Selbstbewusstsein.«

»Dein Selbstbewusstsein sollte sehr, sehr gesund sein. Das Einzige, worüber ich nie Witze mache, ist, wie sehr ich dich liebe, wie sehr ich dich will und wie viel besser alles ist, jetzt, wo ich dich und Stella und Matilda in meinem Leben habe.«

»Ich liebe meine kleine Familie. Sie ist das Beste, was mir je passiert bist. Du bist das Beste. Du und Stella ...«

Er zog sie an sich und küsste sie leidenschaftlich, was dazu führte, dass sie kurz davor war, darum zu betteln, dass er sie endlich erlöste. Glücklicherweise musste sie nie betteln. Er wusste, was sie brauchte, und er sorgte immer gerne dafür, dass sie es bekam. Er stemmte sich hoch und ließ dann langsam seinen Penis in ihre enge, feuchte Hitze gleiten. Ihre Augen rollten nach oben und schlossen sich.

»Verdammt, das ist *so gut*«, flüsterte er.

»Und es wird noch besser«, sagte sie mit einem frechen Grinsen und begann, sich so sexy und verführerisch zu bewegen, wie er es nicht für möglich gehalten hätte. Als sie immer schneller wurde, flüsterte er heiser:

»Das hier wird viel zu schnell vorbei sein, und das ist ganz allein deine Schuld.«

»Wie das denn?«

»Ich bin schon seit Stunden kurz davor.«

»Dann frage ich noch mal: Wie das denn?«

»Indem du neben mir geatmet hast.«

Sie zwickte seine Brustwarzen, und er zuckte zusammen. »Du bist ja lächerlich.«

»Nur mit dir. Ich habe noch nie jemanden so gewollt wie dich. Du musst nur zur Tür hereinkommen, und schon bin ich heiß.«

»Na, da habe ich aber Glück.«

»Du hast so ein Glück.«

Sie lachte und gab ihm einen Kuss. »Ja wirklich. Sehr großes Glück.«

20

Schließ deine Augen, und ich werde dich küssen.
Morgen werde ich dich vermissen.
Paul McCartney

Lucas folgte Dani in das Zimmer, wo sie mit Savannah zusammen schlafen würden. Er hoffte, dass die Kleine schnell einschlafen würde, damit er ein wenig Zeit nur mit seiner Geliebten verbringen konnte.

»Sie ist wirklich aufgedreht heute«, sagte Dani. »Ich kann nicht glauben, dass sie immer noch wach ist. Sie hat heute nicht einmal Mittagsschlaf gemacht.«

Sobald Dani Savannah hingelegt hatte, sprang sie wieder auf und begann in dem Bettchen auf und ab zu hüpfen.

Lucas schnappte sie sich aus der Luft. »Zeit, zur Ruhe zu kommen, meine Süße. Der Weihnachtsmann kann nicht kommen, wenn ein kleines Mädchen noch wach ist.«

»Wei-mann, Lu.«

»Genau, meine Kleine. Wenn du willst, dass der Weihnachtsmann kommt, dann musst du jetzt schlafen.«

»Nein, Lu.«

»Doch, Savvy.«

»Nein, Lu.«

Dani schlug sich die Hand vor den Mund, um ihr Lachen zu unterdrücken. Nach Lu, ihrem Spitznamen für Lucas, war »Nein« das zweite Lieblingswort ihrer kleinen Tochter geworden. Sie hatte bisher noch nicht einmal Mama gesagt, aber nein beherrschte sie perfekt.

»Fang jetzt nicht an zu lachen«, sagte er zu Dani.

»Ich versuche es wirklich.«

Lucas lief eine halbe Stunde mit Savannah im Zimmer hin und her, bis sie langsam schläfrig wurde. Er streichelte ihr den Rücken und flüsterte ihr schöne Träume und Geschichten vom Weihnachtsmann ins Ohr. Dieser würde mit seinem Schlitten kommen und lieben Kindern viele Geschenke bringen. Dabei dachte Lucas die ganze Zeit daran, wie er im letzten Jahr Heiligabend verbracht hatte. Nach dem Abendessen mit der Familie waren Landon und er mit ein paar Kollegen von der Feuerwehr um die Häuser gezogen.

Wie anders ihre Leben jetzt waren, und er würde das um nichts in der Welt wieder verändern. Dani und Savvy in seinem Leben zu haben, war das Beste, was ihm je passiert war. Im kommenden Jahr würden Dani und er heiraten, und vielleicht würde sich ihre kleine Familie noch vergrößern. Er konnte die Zukunft kaum erwarten.

Als er sicher war, dass Savvy schlief, gab er ihr einen Kuss und legte sie in ihr Bettchen zurück. Dann schüttelte er seine Arme aus, die eingeschlafen waren, weil er sie so lange getragen hatte.

»Mein Held«, flüsterte Dani, als er sich zu ihr ins Bett legte.

»Ich liebe sie so sehr.«

»Sie liebt dich auch so sehr. Du kannst so gut mit ihr umgehen, es ist wirklich wie Zauberei.«

»Und das hier? Das ist auch ein bisschen wie Magie, oder?« Er zog sie näher zu sich.

»Immer«, sagte sie und unterdrückte ein Gähnen. Sie hatte zwei Monate lang sieben Tage die Woche im Lagerhaus gearbeitet und hatte jetzt bis Neujahr frei. Lucas hatte sich ebenfalls Urlaub genommen und konnte diese Zeit mit ihr kaum erwarten.

Er küsste sie auf die Stirn und dann auf den Mund. »Schlaf schön, mein Liebling. Du bist erschöpft.«

Ihre Augen flogen auf. »Du willst nicht …?«

»Immer«, sagte er. »Aber heute Nacht brauchst du den Schlaf dringender als mich.«

»Ich brauche dich mehr.«

»Schlaf. Wir haben noch eine ganze Woche zum Kuscheln.«

»Mmh, ich freue mich schon.«

»Ich mich auch.«

»Colton.«

»Hmm.«

»*Colton.*«

Er öffnete widerwillig ein Auge und schaute in Lucys wunderschönes Gesicht – sein Lieblingsanblick.

»Wir müssen schlafen gehen.«

»Ich kann mich nicht bewegen.«

»Du musst dich bewegen, sonst schläft deine schwangere Frau auf dem Boden, und dann ist sie nicht ausgeruht für Weihnachten. Willst du, dass ich an Weihnachten schlechte Laune habe?«

»Nein.«

Sie stieß ihm den Zeigefinger in die Rippen, und er zuckte zusammen. Jetzt war er wach.

»Verdammt, Lucy!«

»Bring mich ins Bett, Colton, sonst ...«

Weil er nicht herausfinden wollte, was *sonst* passierte, zwang er sich aufzustehen und zog Lucy hoch. Er hielt sie kurz fest, bis sie sicher stand. Im letzten Schwangerschaftsmonat fiel es ihr manchmal schwer, das Gleichgewicht zu halten. »Alles gut, Liebling?«

»Mir geht es sicher besser, wenn ich in einem Bett liege.«

Ihre Hunde Sarah und Elmer schauten auf, um zu sehen, wo sie hingingen, beschlossen aber, selbst am Feuer zu bleiben, wo sie sich an Tucker und Tanner, George, Ringo und Horace gekuschelt hatten. Es waren fast so viele Hunde im Haus wie Menschen.

Colton und Lucy sagten seinem Dad und seinem Großvater gute Nacht. Die beiden tranken noch ein Gläschen vor dem Schlafengehen.

»Schlaft gut, Kinder«, sagte Elmer.

»Ich lasse die Hunde noch mal raus, bevor ich ins Bett

gehe«, sagte Linc. »Danke, Dad«, erwiderte Colton. »Gute Nacht.«

»Nacht, Junge.«

»Geht es dir gut?«, fragte Colton Lucy, als sie die Treppe hinaufstiegen.

»Abgesehen davon, wie fett ich bin und dass mir die Brüste weh tun, geht es mir super.«

»Du bist nicht fett. Und du bist wunderschön.«

»Ich kann beides sein.«

»Du bist die absolut schönste schwangere Frau, die ich je gesehen habe.«

»Das musst du ja sagen. Du bist schließlich dafür verantwortlich.«

»Ich habe wirklich ganze Arbeit geleistet, als ich dich geschwängert habe, oder?«

Sie drehte sich zu ihm um und hielt ihm den Mund zu. Colton redete natürlich einfach weiter. »Gib es zu«, nuschelte er. »Dich hat noch nie jemand besser geschwängert als ich.«

Lucy wusste ganz genau, wie sie Colton zum Schweigen bringen konnte, wenn sie nichts mehr hören wollte. Sie legte die Arme um seinen Hals und gab ihm einen Kuss.

Das funktionierte immer, zumindest eine Zeitlang.

Er hob sie hoch und trug sie die restlichen Stufen hinauf, dann legte er sie in ihrem Zimmer aufs Bett und ließ sich neben sie fallen, alles, ohne den Kuss zu unterbrechen, der von Sekunde zu Sekunde dringlicher wurde. »Ich dachte, du bist müde.«

»Bin ich.« Sie streckte die Arme nach ihm aus.

Colton liebte die schwangere Lucy und wie sie nie genug Sex bekommen konnte, egal, wie oft sie es taten. Das passte ihm gut.

»Mach schon«, sagte sie.

Er machte, und als sie in einem Moment der Hitze, Verlangen und Liebe zusammenkamen, der so groß war, dass die Empfindungen sie zu verschlingen drohten, war er wie immer unglaublich dankbar für jene kleine Wendung des Schicksals, die sie zu ihm geführt hatte. Mit seiner Lucy Liebe zu machen war eine fast schon religiöse Erfahrung für ihn, jedes Mal aufs Neue, und vor allem, nachdem er drei endlose Tage und zwei lange Nächte von ihr getrennt gewesen war.

»Ich habe dich so vermisst«, sagte er und bewegte sich in ihr, die ganze Zeit darauf bedacht, keinen Druck auf ihren Bauch auszuüben.

»Ich dich auch. Unser Berg ist nicht derselbe ohne meinen Bergmenschen.«

»Ich habe mir Sorgen um dich gemacht, ganz allein da oben.«

»Ich war nicht allein. Sarah und Elmer haben sich gut um mich gekümmert.«

Colton schob sich tief in sie hinein und hielt still, während er ihre Hüfte ebenfalls festhielt. Er wusste, dass das sie verrückt machte.

»Colton!« Sie klang richtig verzweifelt. »Hör auf, mich so zu quälen.«

»Warum denn? Ich liebe es, dich zu quälen.«

Sie zwickte ihn in den Hintern, so dass er zusammenzuckte und sich dann wieder zu bewegen begann.

»Das war ein wirklich schmutziger Trick, mein Liebling.«

»Man tut, was man tun muss.«

»Willst du das hier?« Er bewegte sich immer schneller.

»Ja.« Sie bäumte sich unter ihm auf und presste ihren Körper an seinen, so gut das mit dem Wasserball zwischen ihnen eben ging.

»Warte kurz.« Er zog sich aus ihr zurück.

»Mmh.«

Er drehte sie vorsichtig um, so dass sie auf allen vieren vor ihm war. Dann drang er von hinten in sie ein.

»Hör nicht auf!«, sagte sie.

»Psst, wir sind nicht auf dem Berg.«

»Hör. Nicht. *Auf.*«

Colton lachte und gab seiner Geliebten, was sie wollte. Er erinnerte sie wieder daran, leise zu sein, als ihre Aktivitäten zu einem äußerst befriedigenden Ende kamen.

»War ich laut?«, fragte Lucy, als sie erschöpft auf dem Bett dahinschmolzen.

Colton zog sich aus ihr zurück und drehte sich auf die Seite, so dass er sie anschauen konnte. »Sehr, aber das ist in Ordnung. Es ist gut, wenn die Leute wissen, wie glücklich ich dich mache.«

Sie drückte seine Lippen mit Daumen und Zeigefinger zusammen. »Du machst mich wirklich sehr glücklich, aber dein Ego ist völlig außer Kontrolle geraten.«

»Genau, wie du es am liebsten hast.«

»Wenn du meinst.«

»Ich liebe dich, meine Lucy in the Sky with Diamonds, du bist das Beste, was mir je passiert ist.«

»Ich liebe dich auch, Colton, mein Bergmensch mit dem Ego, das größer ist als die Sonne.«

»Wir sind wirklich füreinander bestimmt.«

»Wenn du das sagst.«

»Tue ich. Genau das sage ich.«

Weil sie schon fast eingeschlafen war, gab sie sich damit zufrieden, dass er das letzte Wort hatte.

Hunter fiel es schwer, nach den emotionalen letzten Tagen mit der Familie seine rasenden Gedanken zur Ruhe zu bringen. All die Dinge, die er über die Vergangenheit seines Vaters gelernt hatte, kreisten in seinem Kopf. Er wollte mehr über den Onkel wissen, nach dem er benannt worden war. Sobald die Situation sich ein wenig beruhigt hatte, würde er seinen Vater nach ihm fragen.

Megan war noch unten für ein paar letzte Frühstücksvorbereitungen. Sie war es gewohnt, für weit mehr als zwei Dutzend Menschen Frühstück zu machen und hatte angeboten, es zu übernehmen. Hunter wusste, dass es ihr kein bisschen schwerfallen würde, aber er machte sich trotzdem Sorgen, dass sie sich nicht genug Ruhe gönnte. Er wollte gerade zu ihr gehen, als sie zur Tür hereinkam.

»Da bist du ja. Ich wollte dich gerade holen.«

»Das Frühstück wird toll.«

»Da habe ich keinen Zweifel, schließlich hast du es vorbereitet. Jetzt komm zu deinem einsamen Mann ins Bett. Er hat dich so vermisst.«

»Ich komme.«

Als sie sich ein paar Minuten später an ihn schmiegte, spürte er, wie er sich langsam beruhigte. Warum wunderte ihn das überhaupt? Sie war normalerweise das Heilmittel für alles, was ihm fehlte. Warum sollte das ausgerechnet heute anders sein?

»Ich habe gemerkt, dass du gestresst warst, als du nach Hause kamst«, sagte sie. »Geht es dir jetzt besser?«

»So langsam.« Er drückte sie an sich. »Das hier hilft.«

»Aber die Fahrt ist gut verlaufen, oder?«

»Ja, wirklich, wenn man alles bedenkt. Ich denke nur die ganze Zeit darüber nach, dass man Menschen nie wirklich kennt und keine Ahnung hat, was sie durchgemacht haben. Manchmal trifft das sogar auf die zu, denen man am nächsten steht.«

»Das stimmt. Ich sehe deinen Dad jeden Tag. Schon seit vier Jahren. Und ich hatte keine Ahnung, dass er das erlebt hat.«

»Er wollte nicht, dass wir es wissen.«

»Er wollte nicht, dass ihr seinetwegen traurig seid.«

»Wahrscheinlich.«

»Aber das warst du trotzdem, oder?«

»Ein bisschen.«

»Du hast ein großes Herz, Hunter. Das ist eines der Dinge, die ich am meisten an dir liebe.«

Eine Aufmunterung kam ihm gerade recht. »Was sind denn die anderen Dinge?«

»Ich liebe es, wie du dich um mich kümmerst und um alle anderen, die du liebst. Ich liebe deine wunderschönen braunen Augen und dein hübsches Gesicht und deinen sexy Körper und ...«

Er küsste sie, verschlang ihre Lippen in einem leidenschaftlichen Kuss, der in seinem Gehirn keinen Platz für irgendetwas ließ, das nicht mit ihr zu tun hatte und damit, wie es sich anfühlte, auf diese Weise mit ihr zusammen zu sein. Selbst jetzt, ein ganzes Jahr nach ihrer Hochzeit, wollte er sich immer noch oft kneifen, um zu glauben, dass er wirklich mit seiner Traumfrau verheiratet war. »Alles Gute zum Jahrestag«, sagte er an ihren Lippen. »Das beste Jahr meines Lebens.«

»Alles Gute zum Jahrestag.« Sie fuhr ihm mit den Fingern durchs Haar und schaute zu ihm auf, ihr ganzes Herz lag in ihrem Blick. »Das war auch das beste Jahr meines Lebens.«

»Ich kann das zweite kaum erwarten.«

»Ich freue mich auf all die Jahre.«

»M-hm, ich auch.«

»Was glaubst du, wie viel Sex gibt es heute insgesamt in dieser Scheune?«, fragte Charley Tyler.

»Viel.«

»Das Elixier, das du mir verabreicht hast, bevor ich losgefahren bin, hört langsam auf zu wirken, und ich muss morgen den ganzen Tag mit meinen Geschwistern verbringen. Ich glaube, ich brauche eine weitere Dosis, wenn ich morgen für den familiären Weihnachtsfrieden garantieren soll.«

Tyler lachte leise, was auch sie zum Lachen brachte. Drei Tage und zwei Nächte ohne ihn hatten ihr gezeigt, dass sie noch mehr auf seine Anwesenheit in ihrem Leben angewiesen war, als sie bisher gedacht hatte. Und das wollte etwas heißen.

Er drehte sich so, dass er über ihr war und schaute voller Liebe und Leidenschaft auf sie hinunter. Er zeigte ihr jeden Tag, dass sie der Mittelpunkt seines Universums war. »Ich bin jederzeit gerne bereit, dich zu zähmen, solange dir klar ist, dass ich dich immer liebe, genau so, wie du bist.«

»Deswegen bin ich hier. Weil du mich verstehst.«

»Ich verstehe dich, und dich zu verstehen ist das Beste, was mir je passiert ist.«

Sie streckte die Arme nach ihm aus und zog ihn an sich. »Frohe Weihnachten, Ty.«

»Frohe Weihnachten, Charl.«

»Schläft sie?«, fragte Gavin, als Ella fertig mit Stillen war.

»Ich glaube schon.«

»Sollen wir sie in ihr Bettchen legen?«

»Wahrscheinlich.«

»Willst du nicht?«

Ella schaute auf das kleine Gesicht hinunter, das innerhalb von vierundzwanzig Stunden das Wichtigste in ihrem Leben geworden war. »Ich will sie die ganze Zeit festhalten.«

»Stand nicht in den Büchern, dass wir das nicht sollen?«

»Ja.«

»Also …«

»Ich will sie die ganze Zeit festhalten.«

Gavin lachte und legte den Arm um sie, damit er sie festhalten konnte, während sie das Baby festhielt, das sie sich so lange gewünscht hatte. »Hast du noch Schmerzen?«

»Ja, sehr sogar. Aber das war es so was von wert. Sie ist perfekt, oder?«

»Fast so perfekt wie ihre Mommy.« Er küsste Ella aufs Haar. »Na komm, wir legen sie hin, damit du dich ausruhen kannst. Sie wacht sicher in ein paar Stunden schon wieder auf.«

»Ich kann es kaum erwarten.«

Er lächelte, stand auf und legte Sarah in ihre Wiege. »Bist du sicher, dass sie keine Decke braucht?«

»Nein, deshalb hat sie den Schlafsack an. Es sollte nichts mit ihr in der Wiege liegen.«

Er beugte sich über die kleine Sarah und gab ihr einen Kuss auf die Stirn. »Schlaf gut, meine Kleine.« Dann kroch er zu Ella ins Bett und zog ihren Kopf an seine Brust. »Hast du es bequem?«

»M-hm. Aber mir ist gerade eingefallen, dass ich nicht mit deinem Weihnachtsgeschenk fertig geworden bin.«

»Doch, klar. Es schläft da drüben in seiner Wiege.«

»Ich habe dir noch etwas anderes gemacht, aber es ist noch nicht fertig.«

»Macht doch nichts, Liebes. Ich freue mich immer noch darüber, egal, wann es fertig wird.«

»Woher willst du das wissen?«

»Weil ich mich über alles gefreut habe, was du mir je geschenkt hast. Du hast mir mit deiner Liebe das Leben gerettet, meine süße Ella, und du hast mir diese wunderschöne Tochter geschenkt. Du musst mir nie wieder irgendetwas anderes schenken.«

»Ich habe ein schlechtes Gewissen.«

»Warum?«

»Weil ich so glücklich bin und so viele andere Menschen nicht.«

»Genieße einfach den Moment, auf den du so lange gewartet hast. Das Hier und Jetzt ist das Einzige, was wirklich existiert.«

Und weil sie wusste, dass er wusste, wovon er redete, nahm sie seinen weisen Rat an.

21

Am Ende ist die Liebe, die du annimmst,
gleich der Liebe, die du schenkst.
Paul McCartney

Linc wollte gerade ins Bett gehen, als Max wieder nach unten kam, sich ein Glas von dem Whiskey einschenkte, den Linc und Elmer zusammen getrunken hatten, und sich zu ihnen ans Feuer setzte.

»Alles in Ordnung, mein Sohn?«

»Klar, alles super. Ich glaube, alle meine Geschwister haben gerade Sex, während ich hier mit euch sitze.« Max trank einen großen Schluck Whiskey. »Aber ja. Alles in Ordnung.«

Elmer fuhr sich mit der Hand über den Mund, als versuchte er, ein Lachen zu unterdrücken.

»Du wirst deinen Menschen schon finden, Max«, sagte Linc. »Daran habe ich keinen Zweifel. Und wenn es so weit ist, dann wird es eine Liebesgeschichte, die in die Geschichte eingeht.«

»Klar. Das kann natürlich jeden Tag passieren.«

»Du bist noch nicht bereit«, meldete sich Elmer zu Wort.

»Wie meinst du das?«

»Du bist erst dreiundzwanzig.«

»Mom war noch nicht mal dreiundzwanzig, als sie Dad geheiratet hat.«

»Touché«, sagte Elmer. »Aber du hast wirklich alle Zeit der Welt. Denk mal an Hunter. Er war fünfunddreißig oder sechsunddreißig, als er mit Megan zusammengekommen ist.«

»So lange warte ich nicht«, sagte Max. »Das ist ja eine Ewigkeit. Ich habe es jetzt schon satt, alleine zu sein.«

»In dieser Familie bist du nie allein.«

»Und dafür bin ich auch wirklich dankbar, aber du weißt doch, was ich meine. Ich will das, was sie haben.« Er machte eine vage Handbewegung in Richtung Treppe, um anzudeuten, dass er von seinen Geschwistern sprach, die mit ihren Partnerinnen und Partnern im Bett lagen.

»Du bekommst es schon noch«, sagte Elmer. »Daran habe ich gar keinen Zweifel. Du, mein Lieber, bist für eine ganz große Liebe bestimmt.«

»Wann?«

»Wenn die Zeit gekommen ist.«

»Woher soll ich wissen, dass es Zeit ist?«

»Wenn du einem Menschen begegnest, ohne den du nicht leben kannst. Bis dahin solltest du es genießen, ungebunden zu sein, und ein bisschen Spaß haben.«

»Ich habe einen Einjährigen.«

»Und mehr als genug Babysitter«, erinnerte ihn Linc. »Du willst zwar nie um Hilfe bitten, aber wir helfen dir alle sehr gerne.«

»Mom kümmert sich schon den ganzen Tag um ihn, wenn ich auf der Arbeit bin. Das Letzte, was sie will, ist, ihn auch noch abends zu nehmen.«

»Mom liebt jede Sekunde, die sie mit ihm verbringt, und ich auch. Wenn du sie nicht gefragt hättest, ob sie auf ihn aufpasst, wenn du arbeitest, hätte sie es dir angeboten. Falls du es noch nicht weißt: Deine Mom liebt Kinder.«

»Trotzdem … Ich will niemanden ausnutzen.«

Elmer beugte sich zu ihm vor. Er stützte sich mit den Ellbogen auf den Beinen auf, sein Gesichtsausdruck war ernst, aber liebevoll. »Hör auf deinen Dad, Max. Sie helfen gerne mit Caden. Das würden sie nicht sagen, wenn es nicht so wäre. Also hör auf, dir Probleme auszudenken, die gar nicht vorhanden sind. Leg deinen Sohn ins Bett, gib deinen Eltern die Verantwortung und hab ein bisschen Spaß. Du bist nur einmal dreiundzwanzig. Genieß dein Leben. Die Zeit für ernsthaft und für immer wird kommen. Wenn du dem richtigen Menschen begegnest.«

»Versprochen?«

»Versprochen. Und ich habe noch kein Versprechen, das ich dir gemacht habe, gebrochen, oder?«

»Nein.«

»Und ich habe auch nicht vor, jetzt damit anzufangen.«

»Danke, Gramps. Du bist der Beste.«

»Danke. Aber du solltest wissen, dass ich nicht ruhen werde, bis jedes einzelne von euch Kindern glücklich vergeben ist, also lass dir Zeit. Sorg so dafür, dass dein Lieblingsgroßvater noch ein bisschen unter den Lebenden weilt.«

»Mache ich. Wenn es dafür sorgt, dass du für immer hier bist, heirate ich nie.«

»Nein, tu das nicht. Ich möchte, dass du das bekommst, was ich mit meiner Sarah hatte und dein Dad mit deiner Mom, auch wenn ich ihn anfangs am liebsten um die Ecke gebracht hätte.«

Linc verdrehte die Augen. »Hör gar nicht auf ihn. Zwischen uns war es in Wahrheit Liebe auf den ersten Blick.«

»Ja, sicher«, lachte Elmer. »Die Frechheit, die er besaß! Einfach aufzutauchen und mein kleines Mädchen an der Hand zu halten.«

»Die Frechheiten enden hier wohl nie.«

Den beiden zuzuhören, brachte Max zum Lachen, obwohl er vor ein paar Minuten noch so traurig gewesen war, dass er sich wieder einmal alleine in einem Meer aus glücklichen Pärchen befand. Auf seinen Dad und seinen Großvater konnte man sich wirklich verlassen, was Aufheiterung anging.

»Ich gehe schlafen«, sagte Max, als er den letzten Schluck Whiskey getrunken hatte. Er hätte gerne noch einen getrunken, aber Caden würde früh wach sein, und das Letzte, was sein Sohn an Weihnachten brauchte, war ein verkaterter Vater.

»Nimm mich mit nach oben, mein Freund«, sagte Elmer. »Ich habe vergessen, wo ich schlafen soll, und ich habe große Angst davor, aus Versehen ins falsche Zimmer zu gehen und Dinge zu sehen, die ich nie mehr ungesehen machen kann.«

Linc und Max lachten.

»Das ist wahrscheinlich eine gute Idee«, sagte Linc.

»Komm mit, Gramps. Ich bringe dich ohne traumatische Erfahrungen ins Bett.«

»Das weiß ich sehr zu schätzen. Bis morgen, Linc.«

»Bis morgen. Ich werde jetzt mit deiner Tochter kuscheln.«

»Du unverschämter Kerl«, murmelte Elmer.

Max lachte. »Das ist wirklich nichts, was man zu seinem Schwiegervater sagt, Dad.«

»Ich weiß. Was glaubst du, warum ich es gesagt habe?«

»Siehst du, womit ich mich schon seit Jahren herumschlagen muss, mein Junge?«

»Allerdings, Gramps. Deine Situation ist sicher nicht einfach, wo du es ständig mit den beiden zu tun hast.«

»Ganz und gar nicht.«

Spät am ersten Weihnachtstag, als alle Geschenke ausgepackt und eine unglaubliche Menge gegessen worden war, fragte Ella, ob sie noch kurz die Aufmerksamkeit aller Anwesenden haben könnte, bevor sich ihre Wege wieder trennten.

»Solange ich mich nicht bewegen muss, bin ich ganz

Ohr, El«, sagte Colton von seinem Platz auf dem Boden, wo er sich neben dem Weihnachtsbaum ausgestreckt hatte. Lucy schmiegte sich an ihn.

Die Jungs waren nach dem Abendessen zwei Stunden draußen gewesen und hatten die Einfahrt geräumt und die Autos ausgegraben, damit alle später nach Hause fahren konnten.

»Du musst dich nicht bewegen«, sagte Ella. »Gavin und ich hatten für heute eine kleine Überraschung für euch geplant, als wir noch nicht wussten, dass unsere eigene kleine Überraschung so früh kommen würde.«

»Was ist denn eure Überraschung?«, fragte Charley. Sie verkniff sich ein Gähnen und kuschelte sich noch enger an Tyler.

Ella schaute Elmer an. »Gramps? Bist du bereit?«

»Bereit, gewillt und imstande, meine Liebe«, sagte Elmer. Er stand auf und ging zu Ella, die mit Sarah auf dem Arm neben Gavin am Kamin stand.

»Was ist denn hier los?«, fragte Molly.

»Nur eine kleine Hochzeit«, sagte Ella und strahlte Gavin an.

Seine Mutter Amelia stieß einen Freudenschrei aus und umarmte ihren Mann, Bob, und dann Molly und Linc. »Klappe, die zweite«, sagte sie und strahlte, weil schon wieder ein Gunthrie eine Abbott heiraten wollte.

»Wir wollten es machen, wenn alle hier sind«, sagte Gavin. »Wir hatten keine Ahnung, dass unsere Tochter auch dabei sein würde.«

»Sie macht das Ganze perfekt«, meinte Ella und küsste den flaumigen Kopf ihrer Tochter.

»Seid ihr Kinder bereit, euch das Jawort zu geben?«

»Ich schon.« Ella lächelte Gavin an.

»Aber so was von«, sagte Gavin.

»Charley und Hannah, würdet ihr meine Trauzeuginnen sein?«

Während sie darauf wartete, dass ihre Schwestern zu ihr kamen, sah Ella, wie Amelia sich die Tränen abwischte.

Hannah umarmte Ella, und Charley tat es ihr gleich. »Danke, dass du uns gefragt hast«, sagte Hannah.

»Ich hätte niemand anderen fragen wollen.«

»Will und Hunter«, sagte Gavin. »Wir sind Freunde, solange ich denken kann, und weil mein eigener Bruder nicht hier sein kann, würde ich mich sehr freuen, wenn ihr meine Trauzeugen seid.«

Hunter legte sich die Hand aufs Herz, stand auf und stellte sich zu Will und Gavin. »Ist mir eine Ehre, Bruder.« Er umarmte Gavin.

»Mir auch«, fügte Will hinzu.

Ella kam nicht umhin zu bemerken, dass ihr gutaussehender, lächelnder Bräutigam keinerlei Ähnlichkeiten mit der leeren Hülle, die er vor ein paar Jahren gewesen war, hatte. Ihr gemeinsames Leben hatte geheilt, was in ihm zerbrochen gewesen war. Er würde nie wieder derselbe sein wie vor dem Tod seines Bruders, aber Ella liebte die neue, so viel stärkere Version von ihm mit ganzem Herzen und ganzer Seele.

»Ella und Gavin wollten ihre eigenen Schwüre schreiben, ich bin also nur hier, um ihnen zu sagen, was sie tun sollen und wann.« Elmer strahlte über das ganze Gesicht. »Du zuerst, Ella.«

Ella gab Sarah an Molly weiter, damit sie sich ganz auf die Liebe ihres Lebens konzentrieren konnte. »Ich habe ein Kleid gekauft und wollte was mit meinen Haaren machen, aber dann kam Sarah, und es hat geschneit, und jetzt stehen wir in Jogginghosen und Flanellhemden hier, und das ist irgendwie genau so, wie es sein soll. Ich bin nie entspannter als dann, wenn ich mit dir zusammen bin, Gav. Es ist also nur passend, dass ich meine gemütlichsten Kleider trage, wenn ich endlich den Mann heirate, den ich schon so lange geliebt habe. Ich kann mich nicht an eine Zeit erinnern, in der ich dich nicht geliebt habe.«

Gavin ließ eine ihrer Hände los, um sich die Tränen abzuwischen.

»Eine Zeitlang dachte ich, es würde nie passieren. Ich glaubte nicht mehr an unser Happy End. Es hat ganz schön lange gedauert, bis ich dich überzeugt hatte …«

Gavin lachte unter noch mehr Tränen.

»Aber als du endlich überzeugt warst und eingesehen hast, dass ich die ganze Zeit recht gehabt hatte, da hast du mich so, so glücklich gemacht. Ich kann es kaum erwarten, zu sehen, was unserer kleinen Familie als Nächstes passiert. Ich kann es kaum erwarten, unsere kleine Familie zu vergrößern, allerdings vielleicht besser nicht sofort.« Sie verzog das Gesicht und lachte. »Ich kann es kaum erwarten, wie es mit uns weitergeht. Ich, Ella Abbott, nehme dich, Gavin Gunthrie, zu meinem Mann. Ich werde dich lieben und ehren und dir treu sein, von diesem Tag an, an jedem Tag meines Lebens.«

Elmer tupfte sich die Augen ab und wandte sich Gavin zu. »Gav?«

»Wow«, sagte Gavin. »Ich bin mir nicht sicher, wie ich dem gerecht werden soll.« Er fuhr sich mit der Hand übers Gesicht und versuchte, die Fassung wiederzuerlangen. »Es wäre eine Untertreibung, zu sagen, dass es mir nicht gut ging, als du in mein Leben kamst, Ella. Ich war ein Wrack. Eine emotionale Naturkatastrophe. Ein Projekt. Aber du, meine mutige, unermüdliche, unnachgiebige Geliebte hast nur das Potenzial gesehen, nicht das Durcheinander. Du bist in schweren Zeiten und Dunkelheit bei mir geblieben und hast mich in das Licht geführt, das um dich herum strahlt.« Er strich ihr eine Haarsträhne aus dem Gesicht und streichelte ihre Wange. »Du bist ganz einfach mein Rettungsanker. Du bist der Grund, aus dem ich jeden Morgen aufstehe, der Grund, warum ich mir wieder Mühe geben konnte, obwohl ich schon dachte, dass es keinen Sinn mehr hat. Du bist mein Grund für alles. Du und unsere Sarah und die Familie, die wir zusammen gegründet haben, ihr habt meine Scherben wieder zusammengefügt und mir Liebe und Hoffnung gegeben und den Trost, von dem ich gar nicht wusste, dass ich ihn brauche, bevor ich dich hatte. Danke, dass du nicht aufgegeben hast, wo alle anderen gesagt hätten, es ist zu spät.

Ich liebe dich so sehr, Ella. Ich, Gavin Gunthrie, nehme dich, Ella Abbott, zu meiner Frau. Ich werde dich lieben und ehren und dir treu sein, von diesem Tag an, an jedem Tag meines Lebens.«

Als Elmer Gavin Ellas Ring reichte, war kein Auge mehr trocken.

»Ich gebe dir diesen Ring als Zeichen meiner Liebe und Treue«, sagte er, als er den Ring an Ellas Finger steckte.

Elmer reichte Ella Gavins Ring.

Sie steckte ihn ihm an und schaute zu ihm auf. »Ich gebe dir diesen Ring als Zeichen meiner Liebe und Treue.«

»Kraft des mir vom Staate Vermont verliehenen Amtes«, sagte Elmer, »erkläre ich euch, meine wunderbaren Kinder, zu Mann und Frau. Gavin, du darfst deine Frau jetzt küssen.«

Gavin legte die Arme um Ella und schaute ihr lange in die Augen, bevor er sie sanft und vorsichtig an sich zog und küsste. Sie wusste das sehr zu schätzen, ihr tat immer noch alles weh. Alles, außer ihr Herz ... Ihr Herz hatte sich noch nie besser angefühlt oder voller.

»Ich freue mich, euch zum ersten Mal das junge Ehepaar vorzustellen, Gavin und Ella Gunthrie!«

Die ganze Familie klatschte und jubelte, und Sarah wachte auf und stieß einen lauten, kräftigen Schrei aus.

Es war der perfekteste Moment in Ellas ganzem Leben.

Noch lange, nachdem alle nach Hause gefahren oder ins Bett gegangen waren, schaute Linc ins Feuer und dachte über die ereignisreichen Tage nach, die sie erlebt hatten. Was ganz normale Weihnachtsfeiertage hatten werden sollen, war etwas ganz anderes geworden, als sie alle gedacht hatten. Der furchtbare Bruch mit seiner Familie war geheilt, und seine Schwiegertöchter und -söhne hatten alles gegeben und ein wunderschönes Weihnachten für ihre Familie auf die Beine gestellt. Und dann auch noch die Geburt eines neuen Enkelkindes und eine Hochzeit. Diese Tage würde er mit Sicherheit nie vergessen.

Er hatte wirklich unglaublich viel Glück, und dieses Glück begann mit Molly, die schon vor einigen Stunden ins Bett gegangen war. Wie immer war sie nach Weihnachten völlig erschöpft. Er stand auf, stieg vorsichtig über die schlafenden Hunde, um den offenen Kamin für die Nacht zu sichern, dann ging er nach oben.

Im Flur schaute er auf die vielen Türen, die jetzt wieder offen standen, und war voller Dankbarkeit für den Weihnachtsmorgen, an dem alle für eine erinnerungswürdige Nacht wieder in die Scheune zurückgekommen waren.

Er gab sich Mühe, Molly nicht aufzuwecken, als er sich ins Bett legte, aber sie bemerkte es trotzdem.

»Da bist du ja«, sagte sie verschlafen.

»Da bin ich.«

Sie kuschelte sich an ihn, und er schlang die Arme um sie. »Ich wollte schon einen Suchtrupp losschicken.«

»Dein Dad hat den Whiskey ausgepackt. Von da an ging es bergab.«

»Wie oft hat er das Wort ›Frechheit‹ benutzt?«

»Nur vier- oder fünfmal.«

»Also war es ein schöner Abend.«

»Es war ein toller Abend.«

»Ich freue mich, dass er noch eine Nacht bleibt und mit dir einen Schlummertrunk trinken konnte.«

»Ich auch. Ich glaube, er wollte hierbleiben, um sicherzugehen, dass es mir gut geht. Das ist richtig lieb von ihm.«

»Er hat dich sehr lieb.«

»Ich weiß, und ich ihn auch.«

Sie unterdrückte ein Gähnen. »Hast du die Weihnachtskarte von Joseph und Keisha schon gelesen?«

»Ja! Jalen wird Richter. Das ist einfach toll.«

»Und Jasmine ist die Vorsitzende einer Buchhaltungsorganisation.«

»Ich bin froh, dass Keisha Joseph endlich überzeugen konnte, am Ende des Jahres in den Ruhestand zu gehen.«

»Vielleicht schaffen sie es dann endlich mal wieder hierher?«

»Wir könnten uns auch auf halbem Weg treffen.«

»Das fände ich auch schön.«

Er fuhr ihr mit den Fingern durchs Haar. »Ich kann immer noch nicht fassen, was Cam und die anderen auf die Beine gestellt haben, während wir weg waren.«

»Ich weiß! Ich habe mich so darüber gefreut. Ich hatte

schon die ganze Zeit versucht, nicht darüber nachzudenken, wie ich das mit Weihnachten hinbekommen sollte, als wir noch einen Tag länger in Philly bleiben mussten. Sie haben mir all diese Sorgen abgenommen. Das war das beste Weihnachten aller Zeiten.«

»Ja, wirklich. Unsere tollen Kinder sind alle mit ebenso tollen Partnerinnen und Partnern zusammen.«

»Auf jeden Fall. Und denk nur: Das alles hat auf einem Busbahnhof in Maine angefangen. Von da an führte jeder Schritt zu dir.«

»Es war der beste Tag meines Lebens.«

»Meiner auch. Liebst du mich immer noch mehr als die Beatles?«

»Immer und für immer.«

»Sing unser Lied.«

Mit leiser Stimme sang er den ersten Teil des Liedes, das sie durch die besten und die schlimmsten Tage gebracht hatte. Nach dem Bruch mit seiner Familie hatte es eine ganz neue Bedeutung gewonnen, als Molly und ihre Familie ihn mit offenen Armen empfangen hatten. »*When I find myself in times of trouble …*«

Let it be.

Lass es geschehen.

Epilog

Zwei Tage nach Weihnachten setzte Lincoln sich an den gewohnten Tisch im Diner, wo sein Schwiegervater bereits mit einer Tasse Kaffee auf ihn wartete. »Tut mir leid, dass ich zu spät komme.«

»Ist alles in Ordnung?«

»Meine Schwester hat angerufen und mir gesagt, dass mein Vater in der Nacht gestorben ist. Sie meinte, es war sehr friedlich und dass sie alle bei ihm waren.«

»Mein herzliches Beileid, Linc.«

»Danke, aber es fühlt sich gar nicht an, als hätte ich etwas verloren, weißt du?«

»Ich verstehe, was du meinst. Aber trotzdem … Lass dir ein bisschen Zeit, es zu fühlen.«

Linc nickte und lächelte, als Megan mit dem Kaffee zu ihnen kam. »Danke, Liebes. Wie geht es dir?«

»Ich erhole mich immer noch von Weihnachten.«

»Ich auch. Vielen Dank noch mal für deine Hilfe.«

»Es hat wirklich Spaß gemacht, und es war gut, dass wir etwas zu tun hatten, als ihr weg wart.«

»Nach dieser Woche hörst du auf zu arbeiten, oder?«, fragte Elmer.

»Ja, Sir. Meine Vertretung fängt Ende der Woche an, damit ich ihr alles zeigen kann.«

»Dich kann sowieso niemand ersetzen«, sagte Elmer.

»Oh. Danke. Ich bin ja nicht für immer weg, und ich komme garantiert jeden Tag vorbei, wenn das Baby da ist. Mir wird bestimmt richtig langweilig.«

»Megan«, rief Butch aus der Küche. »Bestellung.«

»Die Pflicht ruft.«

Die Glöckchen an der Tür klingelten, und Lincs Neffe Grayson Coleman kam herein. Er lächelte, als er die beiden entdeckte.

Als Grayson seine Jacke an die Garderobe gehängt hatte, rutschte Elmer zur Seite, um Platz für seinen Enkelsohn zu machen.

»Was macht ihr beiden denn hier?«, fragte Gray. »Löst ihr wie immer sämtliche Probleme der Welt?«

»Vor allem erholen wir uns immer noch von zu viel Weihnachten«, sagte Elmer.

»Das war wirklich ein Fest«, stimmte Gray zu. »Danke, dass wir und die anderen Colemans auch kommen durften.«

»Natürlich durftet ihr kommen«, sagte Linc. »Und ich habe gehört, die Silvesterparty steigt bei deiner Mutter?«

»Ja, genau. Alle Colemans werden da sein, das wurde mir jedenfalls gesagt.«

»Habt ihr irgendwas von Noah gehört?«

»Nein. Er ist über Weihnachten nicht aufgetaucht und ist auch nicht ans Telefon gegangen. Heute Morgen bin ich bei ihm vorbeigefahren, und sein Truck war nicht da, aber dann habe ich ihn beim Hotel gesehen. So oder so, heute ist er wieder auf der Arbeit.«

»Dieser Mann ist wirklich ein Staatsgeheimnis«, sagte Elmer.

Megan brachte Grayson einen Becher, stellte ihn auf den Tisch und schenkte ihm Kaffee ein. »Frühstück?«

»Ja bitte«, sagte Gray. »Das Übliche.«

»Kommt sofort.«

»Wie schafft sie es nur, sich zu merken, was alle immer essen?«, fragte Gray.

»Das ist ihre ganz besondere Begabung.«

»Also, ich habe etwas über Noah gehört, das dich vielleicht interessiert«, sagte Gray.

»Was denn?«, fragte Elmer.

»Einer der zwei Männer, die für ihn arbeiten, ist ein ehemaliger Klassenkamerad von mir. Ich habe ihn zwei Tage vor Weihnachten im Supermarkt getroffen. Er hat mir gesagt, dass Noah und die Architektin, die Mrs. Hendricks beauftragt hat, um das neue Hotel zu planen, sich gestritten haben. So richtig. Sie haben sich vor allen Leuten angebrüllt.«

»Wirklich?«

»Ja, und … Die Architektin, Brianna heißt sie, ist wohl die reinste Rauchbombe. So hat es mein Kumpel ausgedrückt.«

»Übersetzung bitte«, sagte Elmer.

»Sie ist heiß.«

Eine von Elmers weißen Augenbrauen schoss in die Höhe. »Aha.«

»Das hat er gesagt.«

»Na ja, dann ist es vielleicht Zeit, beim Hotel vorbeizufahren und meinen Enkelsohn zu bitten, mir zu zeigen, wie weit sie sind.«

»Damit kann ich dir auch sehr gerne dienen«, bot Linc an.

»Das dachte ich mir, aber wenn daraus etwas wird, geht das auf meine Liste.«

»Habt ihr zwei euch jemals die Mühe gemacht, zu verstecken, dass ihr eure Nasen in sämtliche Angelegenheiten anderer Leute steckt?«, fragte Grayson.

Elmer schaute ihn ausdruckslos an. »Wir haben keine Ahnung, wovon du sprichst.«

Grayson bekam einen Lachanfall. »Ist klar, Gramps.«

Danksagung

Danke, dass ihr *Jeder Schritt zu dir* gelesen habt. Ich hoffe, diese Reise in die Vergangenheit hat euch gefallen und auch, dass ihr mehr über Linc und Mollys Geschichte herausfinden und Weihnachten mit den Abbotts verbringen konntet. Ich möchte, dass ihr wisst, dass ich mir meine künstlerische Freiheit zunutze gemacht habe, indem ich ein paar Schwangerschaften über die gewöhnliche Länge hin ausgedehnt habe. Ich wollte dabei sein, wenn die Babys zur Welt kommen, und du sicher auch! Deswegen haben die arme Ella und Megan die längsten Schwangerschaften der Welt!

Es hat mir sehr viel Spaß gemacht, dieses Buch zu schreiben und zu schauen, wie die Happy Ends bei sämtlichen Abbotts laufen, und ich hoffe, ihr freut euch genauso darüber wie ich. »Let it Be«, wie ich das Buch im Original genannt habe, ist mein absolutes Lieblingslied von den Beatles, und ich bin so froh, dass ich diesen Titel – und dieses Lied – Lincoln und Molly geben konnte.

Ein besonderes Dankeschön geht an Tracey Suppo, die dieses Buch gelesen hat, während ich es schrieb, und die mich mit ihrem Interesse an allem, was mit den Abbotts zu tun hat, bei Laune gehalten hat. Danke an meine Freundin und Kollegin Tia Kelly, die mein Manuskript auf politische Korrektheit geprüft hat, und danke meinen treusten Erstleserinnen Anne Woodall und Kara Conrad für ihre Beiträge. Und vielen Dank an die Erstleserinnen in Vermont: Marchia, Alice, Nancy, Katy, Betty, Jennifer, Doreen, Jessica, Isabel und Deb.

An mein Team zu Hause: Julie Cupp, Lisa Cafferty, Tia Kelly, Jean Mello, Nikki Haley und Ashley Lopez, ich danke euch allen für alles, womit ihr mir immer wieder unter die Arme greift, und Melissa Saneholtz und Janet Margot für eure Hilfe beim Marketing. Danke an Dan, Emily und Jake, dafür, dass ihr mich in meinem Beruf unterstützt, selbst wenn er unser ganzes Haus in Beschlag nimmt!

Es war ein langes Jahr für uns alle. Wir mussten uns an das Leben mit einer Pandemie gewöhnen und versuchen, in dieser schwierigen Zeit nicht die gute Laune zu verlieren. Ich bin so dankbar dafür, dass ich mich in meinen Phantasiewelten verlieren kann, und ich habe auch von vielen von euch gehört, dass meine Bücher und die Personen darin euch Trost gespendet haben. Vielen Dank dafür, dafür, dass ihr meine Bücher unterstützt und dass ihr Teil meines Lebens seid. Ich bin euch allen sehr dankbar.

Alles Liebe,

Marie